손자병법의 모든것을 알기쉽게 풀이한 영원한 지혜의 고전(古典)

필승 손자 孫子兵法 병법

孫 武 著

김재하 譯

太乙出版社

머 리 말

손자(孫子)의 병법이 최근 많은 사람들로부터 관심의 대상이 되고 있는 것은 무슨 까닭이겠습니까? 기업(企業)의 급속적인 발전은 새로운 경영전략의 필요성을 낳게 되었고, 그 경영전략에 대한 필요성은 손자의 병법에 나타난 전천후의 전략을 배우지 않을 수 없다는 당연한 결론 때문일 것입니다.

손자(孫子)의 병법을 읽어보면, 기계와 과학의 싸움이라고 하는 현대전에는 그대로 써먹기 보다는 손자가 가르치는 그 전략적인 바닥에 흐르고 있는 산 인간, 현실의 전쟁터가 되어있는 자연환경에 순응하여 매사를 처리한다는 사고방식은 현대의 기업전쟁에 그대로 들어맞는 훌륭한 교훈으로서도 도움이 된다는 사실을 발견할 수가 있습니다.

「손자의 병법」 안에 나타나는 단편적인 말은 우리들의 일상생활 속에서도 꼭 필요한 진리이며, 우리들은 그 진리를 생활 속에서 늘 써먹으면서도 그것이 손자로부터 나왔다는 사실조차도 모르고 있습니다. 예를 들자면, '오월동주(吳越同舟)'라는 표현이나, '시작은 처녀와 같이, 나중은 비호와 같이'라는 말은 바로 손자가 그의 병법 속에서 언급한 교훈들입니다. 그러나 우리는 사실 손자가 말한 병법의 진리를 우리의 생활 속에서 제대로 써먹고 있지 못하다는 것입니다.

손자(孫子)도 이 병법(兵法)의 13편 중에서 더러 역설한 바와 같이, 군대를 움직이는 병법의 골자는 다름아닌 하나 하나의 기법(技法)보다도·그 기법이 생겨난 원인을 분명히 파악하는 것, 그리고 그 골자를 나의 것으로 분명히 소화하는 일입니다.

그러한 의미에서 이 책의 해설은 단순한 어학적(語學的)이나 축어역(逐語譯)에 그치지 않고, 손자가 말하려고 한 그 진의(眞意)를 되도록이면 충분히 파악할 수 있도록 하는데 중점을 두었습니다. 그리하여 독자 여러분이 손자병법을 실생활에 여러모로 응용할 수 있도록 알기쉽게 설명하고자 노력하였습니다.

또한 이 책을 해설함에 있어서 너무나 적나라하게 표현되었다고 비평하실는지 모르지만, 손자가 표현하고자 하였던 바를 정확하게 나타내기 위해서는 보다 현대적인 감각에 적합하도록 우리의 실생활에 비근한 예를 들어서 설명하는 것이 합리적인 방법이 되지 않나 생각합니다. 원래의 문장은 비교적 딱딱하고 재미없는 모양을 취하고 있지만, 그 저변에 깔려있는 의미는 참으로 깊고 오묘한 진리를 내포하고 있는 것입니다.

이「손자병법」은 원래부터 한 권의 저서로써 쓰여지지 않았습니다. 물론 손자가 저술을 위해서 직접 집필한 내용도 있겠지만, 그보다는 더 많은 내용이 군주(君主)의 어전이라든가 병사에서 많은 사람들을 모아놓고 병법에 관한 강의를 한 것을 메모해 놓았다가 후일에 다시 체계를 세워 정리를 한 것이 아닌가 합니다.

독자 여러분이 이 책의 원문을 자세히 탐독해 보시면 잘 알겠지만, 원문 속의 용어(用語)가 통일이 되어 있지 않다는 것입니다. 그뿐만 아니라 문학적인 표현에 있어서도 어떤 부분은 상당한 수준급에 이르고 있으나 어떤 부분은 열악하기그지없는 부분도 더러 눈에 띄고 있습니다. 문장의 흐름으로 보아 분명히 여러 사람의 손을 거쳐서 완성된 책임에 틀림없습니다.

손자(孫子)가 살던 시대는 지금으로부터 약 2천 5백여년 정도 전의 일입니다. 물론 글을 쓰는 종이를 발명한 것이 중국이라고는 하지만, 이것은 손자가 살았던 시대보다는 훨씬 뒤인 후한(後漢)

의 화제(和帝) 시대로 알려지고 있습니다. 중국에서 종이가 발명된 시기는 말하자면 손자가 살았던 시대로부터 7, 8백 년이 지난 후의 일입니다. 그때까지는 대나무의 껍질이나 양가죽 같은 데에다가 글씨를 썼었고, 그것을 모아서 책도 엮었다는 기록이 남았있습니다.

'엮어서 만든다'는 뜻으로서의 '편집(編輯)'이라는 글자는 그 당시의 풍습을 그대로 전해주고 있는 글자라고 생각합니다. 그러므로 「손자병법」 역시 여러 사람의 손에 의해서 씌어지고 엮어진 것이 아닌가 합니다. 그러한 까닭에 문장 전체가 일관성이 없는 부분도 더러 있고, 내용도 중복성을 띄고 있는 부분도 더러 발견이 됩니다.

그러나 이러한 어색한 표현이 결코 손자가 말하고자 하는 참뜻을 전혀 외면하고 있다고는 보이지 않습니다. 어려운 말투나 복잡하게 돌려서 말하는 투의 어색한 표현이 더러 있기는 하지만, 이것을 접어서 잘 생각한다면 그 저변에 깔려있는 사상을 충분히 이해할 수 있을 것입니다.

한문의 원문(原文)은 사실 읽기에 따라서 그 뜻이 많이 달라지는 특성을 지니고 있습니다. 이 책의 목적은 결코 어학적인 손자병법의 해석이 아니라 우리들의 생활 속에서 여러모로 활용될 수 있는 「손자병법」의 숨은 뜻을 올바로 드러내어 알리고자 하는데 있습니다. 그러한 까닭에 때로는 말의 순서를 바꾸기도 하고 새로운 단어를 채워넣어 설명을 부연한 곳도 있습니다. 그렇다고 해서 손자가 말한 의도를 전혀 다른 뜻으로 바꾸고자 한 것은 물론 아닙니다. 어디까지나 독자 여러분의 삶에 도움을 줄 수 있도록 하기 위해서입니다. 그러므로 어디까지나 인생론을 대하는 기분으로 이 책을 정독해 주시고, 그 깊은 뜻을 올바로 새겨 현대의 생활 전선에서 패배하지 않는 사람이 되기를 바랍니다. 〈나를 알고 상대를 알면 백 번 싸워서 백 번을 다 이길 수 있다〉고 하였으니, 아무쪼록 이 책으로 말미암아 여러분의 인생이 보다 알차고 보람있는 승리의 인생이 될 수 있도록 하시기 바랍니다.

　아울러 옮긴이의 부족한 해설과 풀이에 가일층 격려와 양해를 부탁드립니다.

옮긴이 씀.

차 례

제 1 편

시계(始計)

1

〔原文〕 孫子曰　兵者國之大事 死生之地 存亡
之道. 不可不察也.

〔역주〕 **孫子** : 책이름, 〈손자병법〉의 약칭. 저자 孫武의 존칭.
兵 : 전쟁.

〔해석〕 손자(孫子)가 말하기를 전쟁은 나라의 대사로서, 죽
고 사는 것이 결정되고, 존망(存亡)의 도(道)이다.
잘 알아보고 시작해야 된다.

● 대의

병(兵)이란 낱말은 앞으로도 자꾸 나타날터이지만, 병력(兵力),
즉 군사(軍士)란 뜻으로 쓰이는 이외에, 무기 전뇌, 전력이란 뜻
도 되고, 어떨 때는 크게 전쟁이란 의미도 됩니다. 이 때의 병은
최후의 전쟁이란 의미입니다.

● 풀이

이 손자의 병법의 첫머리 문귀(文句)는 손자의 전쟁만이란 것을
말한 것입니다.

그런데 예링그의 「권리를 위한 전쟁」 첫머리에 이러한 말이 있습
니다.

'법의 목적은 평화에 있고, 여기 도달하는 수단은 투쟁이다. 법
이 불법측의 침해에 대해서 각오하지 않으면 안될 동안은── 그
런데 그건 세상 끝날까지 계속될테지만…… 법은 투쟁을 피할 수

가 없다. 법의 생명은 투쟁이다. 모든 국민은 국가권력의 계급의 개인의 투쟁이다. '

법의 목적은 평화일테지만, 여기 도달하기 위한 수단은 투쟁이란 형태를 취할거라는 얘깁니다. 그리고 이게 세상 끝날까지 계속될 것이란 얘깁니다.

이러한 큰 법에 구속된 전력인 이상, 손자의 소위, '알아보고 해야만 된다' 는 말은, 엄중하게 받아들이지 않을 수가 없을 것입니다.

〔原文〕 故經之以五事 校之以七計 而索其情.

〔역주〕 經 :「常道」기본이라는 뜻. 校 :「較」비교하다.

〔해석〕 그런고로 이것을 의논컨대 오사(五事)를 가지고 하고, 이것을 계산하는데는 칠계(七計)를 갖고 하며, 정보를 잘 알아야 된다.

●대의

그러니까 국내적(國內的)으로는 다섯가지 항목(項目)에 대해서 충분히 따져보고, 대외적(對外的)으로서 일곱가지 사항을 잘 계산해야 양쪽을 비교해서 상세하게 알아, 그 우열(優劣)을 살펴야 된다.

●풀이

경(經)은 경제(經濟)의 경입니다. 집을 세울려고 할 때에 그 토지를 측량(測量)한다는 기본적인 계칙(計測)의 의미가 있고, 교(校)는 비교조사단 의미의 낱말입니다. 교정(校正), 교열(校閱) 따위로 쓰입니다.

　여기선 시세를 따라 함부로 사건을 일으켜서는 안된다. 우선 무엇보다도 소중한 것은 기본조사란 말을 한 겁니다. 조사하지 않으면 안되는 까닭은 이것을 오사(五事), 칠계(七計)에 정리돼 있으니까 이 오사칠계의 내용은 다음 항에서 설명합니다. 먼저 오사(五事)쪽만 보겠읍니다.

〔原文〕 一日道　二日天　三日地　四日將　五日法.

〔역주〕 道 : 도의(道義), 도덕(道德). 天 : 기상(氣象).

〔해석〕 첫째에 도(道)를 말하고, 둘째에 하늘(天)을 말하고, 셋째에 땅(地)을 말하고, 넷째에 장(將), 다섯째로 법(法)을 말한다.

● 대의

　먼저 첫째로 말씀드리고자 하는 것은 도의(道義), 도덕(道德)입니다. 둘째가 하늘의 기상(氣象), 그리고 셋째가 지형의 이점(利點)입니다. 네번째가 통솔자(統率者). 총지휘자의 선정으로서 최후에 있어서 안되는 것은 다섯번째의 법제(法制). 조직 규율 같은 것입니다.

● 풀이

　전쟁을 시작하는 것이고 보면, 그 전쟁에 대의명분(大義名分)이 있나 없나를 봐야 됩니다. 이것을 잘 봐야 되고, 사리사욕이 앞서고 여기 억지나 조작이 첨가되어서는 안됩니다.

기업에 비교한다면 그게 상도덕(商道德)에 맞는가 어떤가? 여러분의 공동의 이익에 도움이 되는 여부가 앞서야 된다는 것입니다. 무엇보다도 사회의 복지에 이바지가 되나 안되나, 보다도 사회복지를 위해서 꼭 필요한 일인가 어떤가 하는 것입니다.

계집애가 아이를 낳아도 제할 말은 있다는데, 어떤 일이든 갖다 대면 이유는 됩니다. '돈만 벌면 그만이다'라고 하는지도 모르지만, 차차 이게 안통하는 시대가 돼 갑니다.

전쟁인 이상 부분적으로는 피해가 될는지 모르지만, 그러나 그게 소수의 사람에 대한 것이고 한정된 시간 사이의 것이지, 그것을 겪고 나면, 더욱 양양하고 큰, 그러한 폐를 갚고도 남을 더욱 여러 갑절의 이득이 되는 것 따위의 일이면 좋은 것입니다. 말하자면 사회정의에 입각하고 있다는 것, 이게 도(道)인 것입니다.

다음이 하늘. 이건 중국의 고대철학(古代哲學)에서 발달한 우주의 법칙으로 만상(萬象)을 지배한다는 음양설(陰陽說)에 따른 것이라 짐작이 되는데, 이 경우엔 더욱 좁은 의미로 보고 천후(天候)로 봐야 합당할 것 같습니다.

인간도 동물인 이상, 기상에 크게 지배를 받는다고 해서 어쩔 수가 없다고 봅니다. 이것을 크게 해석하면, 자연의 법칙을 경시해서는 안된다는 게 됩니다. 또 다음으로 중요한 것은 지적한 숫자의 의도를 충분히 알아내는 게 무엇보다도 선결문제라 생각합니다.

물론 손오(孫吳)의 시대의 천체관측은 유치했을 테지만 현대엔 훨씬 훌륭한 기상학이 있습니다. 기업가로서 태양의 흑점의 소장(消長)에 관심을 갖는 사람은 아마 적을 것으로 생각됩니다. 그래서는 안됩니다. 기업가가 되는 필수 조건으로 기상학의 해득도 대강은 갖는 게 좋다는 얘깁니다. 둘째는 하늘(天)인 것입니다.

삼(三)은 땅인데 이것 또한 소중한 지식으로서, 간단하게 말하면

지(地)의 이(利)를 안다고 해석해도 좋은데, 산악(山岳)이나 구릉(丘陵)의 분포(分布), 평지(平地)의 광협(廣狹), 하천(河川)이나 바다의 관계, 동서남북의 방위(方位) 등의 자연지리학적인 조건이나 이러한 자연환경에 자리잡은 시설(施設), 건조물(建造物)이나 상주(常住) 또는 집산(集散)하는 인구의 밀도, 교통 등의 조건, 그러한 것들의 상호관계 등의 인문지리학적인 지식, 혹은 지반(地盤)의 강약, 지질·토지 등의 지질학적인 사실에 대해서도 충분한 조사 연구가 필요하다고 생각합니다.

다음 사(四)가 장(將)입니다. 이 장이란 것은 총 지휘자, 총대장일 뿐만 아니라, 기업에서 말하면 회장(會長), 사장(社長), 중역, 간부사원, 공장장 등 모든 부하를 거느리는 모든 조직의 책임자를 말하는 것입니다.

오(五)의 법은 법제(法制)입니다. 조직, 규율로 말을 달리하면 질서(秩序)란게 됩니다. 바른 질서가 없는데는 운영이 원활하게 안 됩니다. 바른 질서란 모든 활동을 구속하는 것이 아닙니다. 그것을 조장하고 일정한 궤도에 올려서 혼란을 막는 겁니다. 조직은 그대로 활동력을 말합니다.

이상이 아방의 조건으로서 요구되는 오사(五事)입니다. ‘道·天·地·將·法’, 이것이 손자의 병법의 범논(汎論)입니다.

이하 그 오사(五事)에 대해서 자세한 설명을 가해집니다.

〔原文〕 道者令民與上同意　可與之死　可與之
生　而不畏危也.

〔역주〕 道 : 정당한 길, 정당한 원리.　與 : 일심동체(一心同體).
　　　而不 : 마지못해 한다.

〔해석〕 도(道)는 백성으로 하여금 지도자와 뜻이 같게 하고,
이네들과 같이 죽기를 원하게 하고, 이네들과 함께
살게 하고, 겁이 나게 하거나 위태하게 해서는 안된
다.

●대의

툭 터인 도의(道義)란 것은 국가로 말하면 국민, 사업으로 말하
면 조직에 참여한 전원이 합심이 되고, 모든 판단이 일치가 되고,
일심동체(一心同體), 생사(生死)도 고락(苦樂)도 모두 함께 해서
같은 목적으로 나가게 하는 겁니다. 거기는 마지못해 한다든지 명
령이니까 싫어도 한다든지 하는 것도 없을 터이고, 일의 성패(成
敗)도 자기 자신의 운명에 불안을 갖는 일도 없을 터입니다.

●풀이

거국일치(擧國一致)란 말은 흔히 쓰입니다. 그러나 어려운 이상
(理想)입니다. 소나 말을 끌고 물가에까지 가기는 쉽지만 물을 먹
이긴 어렵습니다. 도(道)라는 것은 같이 살고, 같이 죽을 심정이
되게 하고, 조금도 무섭거나 위태하지 않는 것입니다.

〔原文〕 天者陰陽寒暑時制也.

〔역주〕 陰陽 : 陰陽二氣의 이치. 날씨의 맑음과 흐림.
時制 : 시절에 따른 적절한 시책.

〔해석〕 천(天)은 음양(陰陽), 한서(寒暑), 시제(時制)다.

●대의

음양(陰陽)이란 것은 밤이 새면 아침이 되고, 해가 지면 밤이 된

다. 비바람이 칠 때는 어둡고, 날이 개이면 해가 밝다. 그러한 날씨에 어떻게 인간이 좌우되는가 하는 따위를 가볍게 무시해서는 안된다는 뜻으로 받아들이면 될 것 같습니다.

다음 한서(寒暑)란 것은 글자 그대로 기후에 의한 온난(溫暖), 냉한(冷寒)을 말합니다. 혹은 더욱 크게 봐서, 그러한 것을 함축시킨 사시(四時)의 기후의 변천이란 의미로 봐도 될 것 같습니다.

시제(時制)란 것은 음양(陰陽), 한서(寒暑)를 때로 보고, 여기 적응시키고, 이것을 이용하는게 제(制)가 된다는 해석도 있는 모양입니다만, 이것은 지구가 태양을 축(軸)으로 공전하는 시간, 365, 24219일(日)로 1년, 하루를 24시간, 이하 60분할해서 분(分), 초로 하는 시간의 제약이란 의미로 해석해도 좋습니다.

물론 중국에서는 태양을 중심으로 하지 않고 달의 운행을 중심으로 한 태음력제이니까, 손자의 두뇌에 자리잡은 시제(時制)는 훨씬 내용이 다를 것일테지만, 그런건 현재 문제시할 건 없습니다.

● 풀이

근대산업(近代産業)에선 음양(陰陽), 한서(寒暑), 통풍(通風), 채광(採光), 난방장치시설 같은 인공적, 인위적인 조작(操作)을 하는 거로 됐습니다. 물론 이것은 작업능률, 사무능률을 올리기 위해서 음양, 한서를 인체에 적응이 되도록 조절하는 노력일 테지만, 이러한 조절을 고려하는 게 그 직장에 있는 한도 내의 것이지, 한 발자국 밖에 나오기만 하면 조건은 영 달라지는 상태가 됩니다.

생물은 자연환경에 순응하도록 돼 있습니다. 그러니까, 오랜 세월엔 이러한 인위적으로 만들어진 환경에도 순응이 되어갈지도 모릅니다. 그러나 이것은 별안간에는 아마 어렵겠습니다. 만들어진 환경이 자연 그 자체에서 멀면 멀수록 거기 필요한 시간은 긴 것

으로 보지 않으면 안됩니다

그 동안에는 인공과 자연과 양쪽 환경을 따라서 생활하지 않으면 안되고, 그 두개에 적응하는 것 같은 생리적인 조절이란 것에도 어느 정도의 연구가 필요하게 됩니다. 근대의 손자는 그러한 두 형태로 천(天)이란 것을 해석하지 않으면 안될 것입니다.

최후의 시제란 것을 두고 말하더라도 이것을 시간의 제약이라고 해석한다면 노동시간과 생산능력이란 문제에까지 확대발전이 됩니다. 혹은 또, 사회정책적으로 노동인구의 고용(雇用)이란 것까지 포함이 될 것입니다.

〔原文〕 地者遠近險易廣狹死生也.

〔역주〕 死生 : 死는 막다른 곳, 生은 막히지 않은 곳.

〔해석〕 땅(地)이란 원근(遠近), 험이(險易), 넓고 좁은 것, 죽고 사는 것을 말한다.

● 대의

땅이란 것은 지역이 멀고 또 가까운 것, 거리, 간격, 험이(險易)는 험조(險阻)한 곳과 널찍한 곳, 광협(廣狹)은 글자 그대로 넓은 땅과 좁은 골짜기란 뜻으로서, 최후의 사생이란 것은 사지(死地), 생지(生地)란 의미입니다.

● 풀이

원근(遠近), 험이(險易), 광협(廣狹)까지는 범론(汎論)이 된다고 말한 바이고, 지리(地理), 지문(地文), 지질학적인 지식이지만, 단순한 학문적, 학술적인 지식으로 시종해선 안됩니다. 그게 사지라,

진퇴양난이 되는 것 같은 어쩔 수 없는 죽기를 결정하는 결전지의 자리인가, 생지, 기사회생(起死回生)의 자리인가를, 그러한 지식을 마음껏 활용해서, 맞춰넣어서 판단한다는 게 무엇보다도 중요합니다. 말하자면 이게 자리에 대처하는 요점이 될 것입니다.

〔原文〕 將者智信仁勇嚴也.

〔역주〕 **智** : 지식. **信** : 신의(信義), 성실이 근본임.

〔해석〕 장(將)이란 지(智), 신(信), 인(仁), 용(勇), 엄(嚴) 입니다.

● 대의

관리(管理), 주무(主務), 통솔을 맡는 사람은 먼저 그 일에 대한 깊은 지식이 필요합니다. 다음엔 신의(信義)가 있어야 됩니다. 신의의 근본은 성실(誠實)입니다.

그 다음은 어진 것(仁). 인(仁)은 도덕의 근본이며, 인생의 달도(達道)라 하지만, 이것을 쉽게 말한다면 자비심을 다른 많은 사람에게 베푸는 애정이라 할 것입니다.

용(勇)은 용기, 용맹심, 어려운 일을 당했을 때에 굴하지 않는 투혼입니다. 장으로서 필요조건의 최후의 것이 엄(嚴), 엄중함입니다. 시시한 타협은 안한다는 믿음의 계율(戒律)이 엄중함입니다.

● 풀이

하연석(何廷錫)이란 사람의 말에 '지(智)가 아니면 적을 알아보고 틈을 이용할 수가 없고, 신(信)이 아니면 남을 가르치고 부하를 통솔하지를 못하고, 인(仁)이 아니면 대중을 따르게 하고 부하를 거느리지를 못한다. 용(勇)이 아니고는 계교를 시행하고 전투를 하지 못한다. 엄(嚴)하지 않으면 강(强)한 자를 휘어잡고 대중을 다스리지를 못한다.

이 오재(五才)를 완전히 다하는 것이 장(將)의 체(體)가 된다는 말을 했습니다.

장이 될 수 있는 다섯개의 자격조건입니다. 이 다섯개의 조건중 하나가 빠져도 모든 통솔은 잘 안됩니다. 또 한가지만 썩 잘한다고 해도 거북합니다. 이 다섯개를 골고루 원만하게 서로 관련시켜서 혼연(渾然)한 하나의 인격(人格)을 이뤄서 행동해야만 되는 겁니다.

다섯개 가운데는 서로 모순반발하는 것도 있는 것 같습니다. 예를 들면 지(智)와 용(勇) 하룻강아지 범 무서운 줄 모른다고 해서, 모를 때에 강한 것입니다. 너무 잘 알기 때문에 결단이 어렵다는 것도 흔히 있는 것이지만 모르고 강한 것은 참 우기는 아닙니다.

또 인(仁)과 엄(嚴)은 흔히 양립(兩立)하기 어려울 때가 있습니다. 그러나 아무리 부정을 해도 관대한 태도 밖에 없어서는, 그것은 옳은 인(仁)은 안됩니다. 큰 안목으로 본 엄(嚴)은 그대로 인(仁)으로도 통할 터입니다.

〔原文〕法者曲制官道主用也.

〔역주〕**曲制**：군사제도(軍制). **官道**：官制, 官規.

〔해석〕법(法)이란 그 제도(制度), 관도(官度), 보급(補給)이다.

●대의

이 법의 조(條)의 곡제(曲制=制度), 관도(官度), 주용(主用=補給)이란 자취에는 여러가지 설이 있고 해석이 있겠지만, 곡제(曲制)의 곡은 상세하다는 위곡(委曲)이란 의미가 있습니다만 그러한 경우는 소상하다는 것으로, 군대의 대중소(大中小)의 잔잔한 편성(編成), 그 조직계통이란 내용을 갖는 것이 이 곡제(曲制)란 글자라 해석해도 좋을 것입니다.

관도(官度)란 그 곡제(曲制), 조직편성의 명령계통입니다. 해석을 넓게 하면 복무규율(服務規律)이란 것까지 포함이 될 것입니다.

주용(主用=補給)이란 것은 군대에서 쓰는 병기(兵器), 탄약(彈藥), 식량(食糧)으로서, 기업(企業)에서 말한다면 자재(資材), 공구, 용도품(用度品)에 해당되는 것입니다.

● 풀이

곡제(曲制)란 것을 기업체를 두고 말한다면 본사, 지사, 사업장, 부(部), 과(課), 계(係) 같은 사업분담(事業分擔)의 조직이 됩니다. 곧잘 하나의 사업체 사이에서 그 업무분담의 한계다툼이나, 책임전가같은 일이 생길 때가 있습니다.

또 으례껏 필요한 부서가 무시를 당한 나머지 엉뚱하게 손해를 거듭해 보는 일도 있어서 그 배치에 관념적인 게 있어서, 번연히 알고도 괜한 시간과 품을 낭비하는 일도 생깁니다.

명령계통이 안서면 책임의 소재도 애매해지고, 반대로 루트가 너무 번거러우면 상부의 뜻이 도중에서 희미해지거나 개조되어 또 전달이 빨리 안될 때도 있을는지 모릅니다.

곡제의 활용은 군(軍)이나 기업체나 그 실력을 충분히 발휘하기 위해서는 그 적(適), 부적(不適)에 영향이 큽니다.

〔原文〕凡此五者 將莫不聞 知之者勝 不知
者不勝.

〔역주〕知 : 알다. 不知 : 모르다.

〔해석〕대체로 이 오자(五者)는 장(將)으로서는 모르는 사
람이 없다. 이것을 알면 이기고, 모르면 이기지 못
한다.

● 대의

이 다섯가지 도천지장법(道天地將法)에 관해서 모르는 사람은
없을 터입니다. 그러나 이것은 당연한 상식이면서도, 참으로 속속
들이 알고 있는가 어떤가? 이것으로 승부(勝負)가 나는 겁니다. 사
실 참 잘 알고 있는 사람은 이기고, 시원찮은 지식, 상식으로서 그
참 이치를 체득 못한 사람은 이기지 못한다 할 것입니다.

● 풀이

여기까지 읽으신 독자 여러분은 속으로는, 젠장 빤한 얘기만 장
황하게 늘어 놓는다고 불평을 하는 분도 계실지 모르겠습니다.

진리는 언제나 평범한 데 있는 것입니다. 손자의 병법이라 해서,
뭔가 기상천외(奇想天外)의 것이라도 툭 나타나는 줄로 생각한 분
도 계실것 같습니다만, 그러한 분, 속으로 실망이 됐을지 모르겠
습니다.

'장(將)은 다 안다. 이것을 알면 이기고, 모르는 자는 못 이긴
다.'라고 대담 솔직하게 말한 것입니다.

알고 있다든지 어디서 한번 들었다든지 하는 것과, 제 것이 된
것하고는 많이 다릅니다.

　무의식중에라도 그대로 행동할 수 있을 만큼 알고 있는 지식이 그대로 내면화 되고 뼈골까지 스며있는 것을 제것이 된 것이라 말하는 것입니다. 이러한 제것으로 만든 사람과 지식으로 받아서 간수한 사람을 비교해서 어느 편이 강하겠는가?

2

〔**原文**〕 故校之以計　而索其情.

〔역주〕 **故** : 그런고로.　**之** : 이것을.　**情** : 우열(優劣).

〔해석〕 그런고로 이것을 따지는데 있어서 계산을 해보고 그 우열을 알아본다.

● **대의**

　그러니까, 이러한 자기편이 갖춰야 할 조건 다섯가지가 갖춰지고, 그게 만족할 만한 상태라면 이로부터 앞으로 말씀드릴 일곱가지 조항에 대해서　자세하게 적과 자기편과의 우열(優劣)을 비교검토합니다. 그렇게 하면 실전(實戰)을 해볼 것도 없이 그 승부의 윤곽이 나타날 것입니다. 적어도 대강의 짐작은 가능한 것입니다.

● **풀이**

　이 줄은 별로 거창스런 해석은 필요가 없습니다. 지금까지 말씀드린 오사(五事)의 목표로서 논했습니다만, 다음 줄의 칠계(七計)는 다소간의 생각하는 방식을 수정할 필요가 있을는지 모릅니다. 이 상대를 새로운 사업계획으로서 적용해 보는 것도 혹 재미가 있을는지 모르겠습니다.

〔原文〕曰　主孰有道.　將孰有能.　天地孰得.
　　　　法令孰行.　兵衆孰強.　士卒孰練.　賞罰
　　　　孰明.　吾以此知勝負矣.

〔역주〕吾 : 나는.　此 : 이것.

〔해석〕말하자면 임금이 어느 편이 도가 있는가? 장(將)
　　　　은 어느 쪽이 유능한가? 천지(天地)는 어느 편이
　　　　유리한가? 법령(法令)은 어느 쪽이 잘 시행이 되
　　　　는가? 일반대중은 어느 쪽이 강한가? 사졸(士卒)
　　　　은 어느 쪽이 훈련이 잘 돼 있는가? 상벌(賞罰)은
　　　　어느 쪽이 분명한가? 나는 이것을 보고 승부를 판
　　　　단한다.

●대의

　이하 일곱개의 항목(項目)은 전부 피아(彼我)의 비교검토입니다.
주(主)는 원문에선 군주란 뜻이지만, 주체라 보면 됩니다. 사업의
주체죠. 그 주체 두 개를 비교해 보고, 어느쪽이 보다 도의적인
가?

　다음에 지도자 통솔자의 인물을 보고, 어느편이 유능인자를 더
포섭하고 있는가를 본다는 것입니다. 그 충실도의 비교인 것입니
다.

　천상(天象), 지상(地象)의 조건은 과연 어느편이 유리한 조건
을 갖추고 있는가?

　결정된 규칙은 그 선악적응도 그렇지만 어느편이 잘 지켜지
고 운영되고 있는가?

다음에 병중(兵衆), 현장의 실무자들의 소질 문제입니다. 어느 편이 잘 훈련되고, 어느편이 기술적으로 우수한가 자세한 관찰도 필요할테죠?

그리고 이러한 실무자들에 대한 상벌, 월급, 대우가 어느쪽이 타당한가? 불만의 소리가 있는가? 없는가? 있다면 어느편이 더 심한가 하는 점입니다.

이만큼 피아의 검토를 할 수 있으면, 자기들(손자가 말하는 것입니다) 벌써 일부러 전쟁을 해볼 것도 없이 그 승부가 확실하게 판단이 된다는 것입니다.

● 풀이

경쟁의 적수를 생각하지 말고 착수할려는 새로운 사업이라 해도, 그 일을 잘 해내는 조건은 어떨까? 이 칠계(七計)를 말해서 현재의 자기편의 실력과 비교해 보면 되는 것입니다.

바둑에 관한 속담에 '꺼라 수는 놓지 말라.'는 말이 있습니다. 대개 이럴 거야. 자세하게 조사하는건 귀찮지만, 대개 이렇게 되는건 아닌가? 하는 '꺼라'가 좋지 않은 겁니다. 이 관찰은 어디까지나 과학자의 냉엄, 면밀, 주도함이 필요한 것입니다.

사업체가 과거에 갖고 있던 숫자는 반드시 실체(實體)를 설명하지 않을 때도 있습니다. 이 숫자는 그때까지 과거의 오사(五事)의 적합성(適合性)을 보인 것으로서, 반드시 현재의 또는 장래의 적합성은 보여주고 있지는 않는 것입니다.

〔原文〕將聽吾計用之 必勝. 留之. 將不聽吾 計用之 必敗. 去之.

〔역주〕將 : 若과 같다. 만약.

〔해석〕장(將)은 내 계(計)에 순종해서 이대로 하면 반드
시 이긴다. 여기 머물 것이다. 장(將), 내 계(計)를
안 들을 때는 이대로 하지 않고 반드시 질 것이다.
이것을 버릴 것이다.

●대의

이 조(條)에는 지(之)가 네 군데가 나옵니다. 이 네 개의 지(之)
는 모두 최초의 장(將)의 대명사입니다. 그러니까 이 문장은 손
자가 말하는 계략(計略)을 잘 듣고, 이것을 활용한다면 그러한 장
수에게 맡겨놓으면 반드시 이길 수가 있다. 사업은 성공한다. 내
병법은 그러한 인물의 것이 되고, 언제까지나 그들의 도움이 될것
이다.

만일 내 계략대로 하지 않는 통솔자가 있으면, 그러한 장수에게
맡겨 놓으면 반드시 실패할 것입니다. 그러한 사람에게는 조언(助
言)을 일체 하고 싶지 있습니다.

● 풀이

이 줄은 읽기에 따라서는 손자 자신의 자가선전 같은 냄새가 코
를 찌르는 것 같지만, 손자의 자신을 보여준 것입니다.

'돌대가리도 믿음에서'라는 속담이 있지만, 길가에 굴러있는 돌,
잡초라도 그 보기, 해석에 따라서 여러가지 해석이 들어있는 것
입니다. 하물며 이러한 병법, 전략(戰略) 이란건 그 골자를 새겨
듣고 내 것으로 만들지 않는다면 백권의 책이라도 아무 소용이 없
을 것입니다.

3

〔原文〕 計利以聽　乃爲之勢　以佐其外.

〔역주〕 計 : 계책, 계획. 勢 : 움직이는 힘, 힘이 움직이는 기세.

〔해석〕 이(利)를 따져서 남들이 가면, 곧 그것으로 미루어
서 그 밖의 것도 알게 된다.

● 대의

이해를 계산한다는 것은 군사의 근본이지만, 이 근본정신 원칙
이란 것은 올바로 알아 듣고 이것을 소화를 시켜놓으면 그것을 확
대추리를 할 수도 있고, 어떠한 응용도 가능해집니다.

● 풀이

이 줄은 골자를 맛본다는 게 얼마나 소중한가 하는 것을 역설한
것이라 생각이 됩니다. 지금까지 이 조문(條文)은 여러가지로 해석
을 해왔지만, 전조(前條)와 함께　참으로 이해를 했는가 어떤가?
겉으로만 맹세하는건가 어떤가가 병법을 활용하는 건지, 죽여버리
는 게 되는지의 기로가 된다고 해석하면 될 것 같습니다.

한번 골자를 알아버리면　어떠한 사태에 직면해도 서슴지 않고
자주 해석이 되어 하나의 태세란 게 갖추어집니다. 태세란 갖춰지
면 전연 다른 형태의 장면에 부딪쳐도　같은 식으로 밀고 나갈 수
가 있는 겁니다.

〔原文〕 勢者因利而制權也.

〔해석〕 세(勢)란 것은 이(利)를 가지고 권(權)을 제(制)할
        수 있다.

● 대의

권(權)이란 것은 권변이변(權變利變)이라고 해서 임기응변(臨氣
應變)이란 뜻입니다. 왕도, 권도(權道)라고 해서, 왕도(王道)는 원
칙대로의 방법이고, 권도는 임시의 도, 그 응용변화의 방법으로서,
그러한 의미의 권(權)입니다.

하나의 큰 태세, 사물의 골자를 파악해 버리면, 그것을 살려서 이
용하면 어떤 응용변화의 형태에 부딪쳐도 그것을 자유로 소화시
킬 수가 있는 겁니다.

● 풀이

지금까지로 시계제일(始計第一)의 총론적인 것을 끝내고, 다음
부터 각론적인 것으로 옮겨갑니다. 서론에선 오사칠계(五事七計),
그것도 조목별의 글귀에만 아닌, 골자, 작전의 기본을 자기의 생
활에 뼈가 되고 살이 되게 체득할 것이라 역설한 것입니다.

이 이론은 그대로 사람을 죽이는 전쟁의 이론, 작전병법, 기업
에 맞춰서 마음대로 구사할 수도 있고, 이론은 한가지란 것도 있
는 겁니다.

4

〔原文〕 兵者詭道也.

〔역주〕 詭道 : 詭는 詐와 같다. 속인다는 뜻.

[해석] 병(兵)은 궤도(詭道)이다.

●대의

궤(詭)란 글자는 속인다는 의미가 있습니다. 궤도(詭道)란 글자엔 올바른 이치가 아닌 도(道), 변사(變詐)의 도란 해석이 사전 같은데 나와 있습니다.

그러니까 이러한 조문을 그대로 해석한다면, 전쟁은 적을 속이는 게 본질이라는 것이 됩니다. 이건 좀 온당치 않습니다. 이 말이 문자 그대로 이해가 되고, 뒤에 나오는 군쟁(軍爭) 제칠(七)이란 편의, '그런고로 병법은 속이는데 있고, 유리함을 추구하고, 분합(分合)으로 변(變)을 만드는 것이다'라고 하는 병(兵)은 속이는데 있고'란 글귀에 비추어서, 손자의 병법은 기만작전을 주로 하는 거라 평가가 내린 원인이 된 것입니다.

그러나 이렇게 되면 앞줄까지의 '권을 제하는 것이다'가 나오기까지 계속 나온 글귀의 문맥과 별안간 문맥의 비약이 있는 것 같고, 최초의 '말하기를 도이다.'로 풀기 시작한 주장에서 갑자기 쌍소리가 나온 것 같아서 앞뒤가 맞지 않는 것 같이 됩니다.

그러니까, 권을 제한다. 임기응변이 가능해진다는, 손자의 주장의 설명으로서, 그 실례를 보이는 것으로 보면 됩니다. 그럼 의미는 이렇게 됩니다.

전쟁이란 것이나 사업이란 것은 외골수로 정석(定石)대로 되는 경우는 드물고, 엉뚱한 일에 부딪치는 경우가 많습니다.

●풀이

이 조문(條文)만을 똑 떼어서 보고, '잠든 적장의 목아지를 벤다'든가, '복병(伏兵)' '함정' '되 속임수' 이러한 게 병법의 정석이라

보는 건 잘못입니다. 다만 그러한 적의 작전에 직면했을 때에, 이런
건 비겁하다든지 하는 항의는 잠꼬대란 겁니다.

　속의 속까지 알고, 그 뒤집은 적법에 부딪쳐도　직각으로 거기
대응할 만한 이쪽의 응용의 재능이 없어선 안된다는 것입니다. 그
렇게 해석해도 잘못이 아니란 것을 차츰차츰 알게 하는 조항이 나
타납니다.

〔原文〕 故能而示之不能.

〔역주〕：故：그런고로.

〔해석〕그런고로 잘 하면서도 이것을 못하는 거로　나타내
　　　　보이고.

●대의

　이하 계속 기도작전(奇道作戰)을 잘 봐야 계속되지만 그중의 이
것(之)이란 글자는 모두 상대방에게란 의미로 봐서 틀림이 없습니
다.

　이 조항은 능력의 실태를 똑똑하게 보여선 안된다는 뜻입니다.

●풀이

　비근한 예가 장사치들이 괜히 밑진다고 방정을 떠는 것과 비슷한
얘기가 되겠습니다.

　이것은 세무관리(稅務官吏)들 앞에서만 그렇게 하는 게 아닙니다.
일종의 궤도(詭道)인 것입니다.

〔原文〕 用而示之不用.

〔역주〕 用 : 쓰다. 사용하다.

〔해석〕 쓰면서도 그들에게 안 쓰는 것을 보여준다.

●대의
어떤 정책을 쓸 작정이면서도 결코 그 낌새를 밖에 나타내지를
않는다.

●풀이
전조(前條)의 자취가 능력(能力)을 감추는 것을 보인다고 할 것
이면, 이것은 전술을 감추는 게 될 것입니다. 방침을 숨기는 것입
니다. 이 방법도 알뜰해지면 어떤 하나의 작품을 시작(試作)하려
고 할 때는 이것과 관계가 없는 어떤 엉뚱한 방향의 것에 대해서
여러군데다 사양(仕樣) 견적(見積)을 의뢰합니다. 이러한 괜한 견
적의뢰를 일부러 야단스럽게 하는 등의 수단도 있습니다.
'옅은 여울일수록 소리가 나고 깊은 소일수록 조용하다'는 거
겠죠.

〔原文〕 近而示之遠　遠而示之近.

〔역주〕 近 : 가깝다. 遠 : 멀다.

〔해석〕 가까워도 그들에겐 먼 것을 보여주고, 멀지만 그들
　　　에겐 가까운 것을 보여준다.

●대의
이 가깝다 멀다는 거리에 대한 얘깁니다. 사실은 가까운데 있는
데도, 꼭 먼 것 같이 꾸미고, 사실은 꽤 먼 곳에 있는데도 그 소재

가 상대에게 가깝게 있는 것 같이 가장(假裝)을 합니다.

● 풀이

교통기관에 속력이 없었던 시대는 거리는 그대로 거리가 되고, 먼 곳은 멀고 가까운 곳은 가까웠을 것임에 틀림이 없지만, 현대에선 거리의 원근이란 게 그대로 시간과 정비례(正比例)가 안되게 되었습니다.

또 수송기관의 소요시간은 그 교통로의 관계에도 영향이 됩니다. 이 교통로의 개선이란 것은 기계적이 없었던 손자의 시대에선 상상도 못했을 것임에 틀림이 없습니다. 거리란 것을 인위적으로 좌우하게 된 현대에선 이 생각도 대단히 복잡하고 까다롭게 된 것입니다.

〔原文〕 利而誘之.

〔역주〕 誘 : 끌어내고.

〔해석〕 이익을 주어서 이것을 끌어내고.

● 대의

적은 이익을 주어서 상대를 유혹합니다. 대국(大局)의 이익은 자기 수중에 넣기 위한 수단으로서, 어느 정도의 이익을 상대방에게 주는 것입니다.

● 풀이

이 글귀는 옛날부터 명문귀(名文句)로서 많은 사람의 입에 오르내린 것입니다. 그러나 악용하면 뇌물을 준다든가, 오리(汚吏) 같은 변변찮은 게 됩니다.

그러나 이것도 더욱 대국적인 생각을 한다면, 속담에 '대욕(大欲)은 무욕과 같아보인다'하는 말이 감시한 것 같이, 큰 이익을 얻고자 한다면, 그것을 잔뜩 독점하려는 것은 피하고, 이익은 같 같은것도 노자쌍방이 이 생각에 폭 젖어있을 필요가 있을는지도 모른다.

〔原文〕 亂而取之.

〔역주〕 亂 : 어지러운 판국. 取 : 공격.

〔해석〕 난(亂)케 해놓고 이것을 취(取)하고.

● 대의

상대방의 약점에 약간 작용을 하기도 하고, 그 배후를 교란하기 위한 손을 뻗치기도 하고, 갖가지 수단을 써서 상대의 상태를 어지럽혀서 그 틈을 타고 공략(攻略)을 한다는 뜻입니다.

● 풀이

교란전술입니다. 최근엔 공작대란 명칭을 갖고 특별한 임무를 위해 특별한 교육을 시켜서 전문적으로 행할 정도입니다. 궤도(詭道)의 정수라 할 만한 것입니다.

상대를 교란시키는데는 그 약점에 집중적인 공격을 가한다든지, 또는 어떠한 점에 대해서 편편한 세력을 극단적으로 파괴하는 것 같은 엉뚱한 공격력을 마련하고, 그 부분에 상대의 응전에 편승해가지고 제의 처소에 공격을 가합니다. 여기에 대한 응전태세가 정비되기 전에 또 새로운 제 3의 국소에다 돌격을 개시합니다.

이러한 공격은 모두 그 포인트, 포인트의 돌파작전은 아니고, 적을 응전의 자세에서 정력을 빼앗고, 혼란을 생기게 하는 걸 노리는 겁니다. 그러니 공격은 되도록 뜻하지 않은 곳에 자꾸만 하는 게 좋습니다.

〔原文〕 實而備之.

〔역주〕 備 : 대비.

〔해석〕 실(實)이 있는데 대비를 하고.

●대의

이 줄은 실이 있을 때 여기 대비하고 하는 뜻과 실질적으로 대비를 한다고 해석하는 것, 두 가지가 있는 것 같습니다. 실하다는 것은 충실하다는 뜻으로 전자로 보면, 상대방이 내용적으로 충실해 있다고 본다면, 이 쪽도 거기 대비해서 대등의 세력을 양성할 필요가 있다고 해석하지 않으면 안됩니다.

또 이게 후자의 의미라면, 적에 대한 방비란 것은 이쪽의 실력을 충실히 하는 것이라 보는 게 좋습니다.

●풀이

두가지로 해석할 수가 있는 것 같지만, 그 어느 쪽도 궤도(詭道)라고는 말할 수가 없을 것 같습니다. 그러니까 손자가 말하려는 것은, 상대가 긴장하고 있을 때는이걸 건드리지 말고 오히려 한 발자국 물러서서, 천천히 형세를 관망하면서 이쪽의 태세를정비하는데다 전념하라는 것이라 생각이 되는 것입니다.

〔原文〕 强而避之.

〔역주〕 避 : 피하다. 도망하다.

〔해석〕 강하면 이것을 피하고.

● 대의

강하다든지 약하다든지 하는 것은 피아(彼我)의 비교의 문제로서, 상대가 자기 쪽보다 우세하다고 판단이 된다면 느닷없이 이것과 맞부딪치는 것은 피하도록 한다.

● 풀이

이 조항의 문리에서 곧 생각나는 것은 야담이나 대중문학 같은데 나오는, 소위 악한으로 취급되는 깡패등속으로서, 그런 작가들의 생활태도는 '약한자 골탕먹이기'입니다. '강한 자에겐 굽실거려라'입니다.

이러한 처세를 하라는 건 아닙니다. 상대방이 강력한 시기, 강력한 부서는 되도록이면 미련하게 덤비지 말라는 것입니다. 멋지게 헛점을 찌른다는 거죠. 싹 비킨다든지 하는 호흡을 몸에 배게 하는 것입니다.

〔原文〕 怒而撓之.

〔역주〕 撓 : 擾와 같다. 요란하게 하다.

〔해석〕 약을 올려서 이것을 흔들어 놓고.

● 대의

일설에는 이 문귀를 '화를 내어 이것을 휘어놓고'라 읽는 분도 있습니다. 그렇게 읽게 되면 분격한 양상을 잔뜩 과장해 보여서 상대방이 겁을 집어먹게 한다는 겁니다.

본문에 나타난 대로 읽는다면 상대방에게 자극을 주어, 화를 내게 해서 그 판단이나 행동이 안정을 잃게 한다는 의미가 되겠습니다.

● 풀이

두 가지로 읽는 법을 제시했습니다만, 어느 편이든 '승부는 화를 낸 편이 진다'로 속담에 있는 대로의 심리(心理)를 말한 것이 되겠습니다.

야담 같은데 나오는 얘기지만, 미아모도무사시(官本武藏)가 사사기간류(佐佐木岸柳)하고 고구라(小倉) 항구 앞의 작은 섬에서 시합을 할 때에, 무사시가 일부러 약속시간을 늦췄다는 전술(戰術)의 묘수입니다. 화를 내어버리면 저돌적으로 덤벼들기 마련입니다. 앞뒤를 재지를 않습니다. 그 콧대란 것 비교적 꺾기가 쉬운 것입니다.

상대가 제 정신이 없고 거기 대해서 이쪽이 냉정하면 그 승부는 으례껏 빤한 것입니다. 그래서 모략으로 상대를 격분시킨다는 건, 궤도(詭道)로서 으례껏 생각할 수 있는 수단일테죠?

〔原文〕 卑而驕之.

〔역주〕 卑 : 비굴하게 하다. 驕 : 교만하다. 교만함.

〔해석〕 비굴하게 해서 이것을 우쭐하게 만들고.

● 대의

비굴하게 한다는 건 자기를 낮춘다는 겁니다. 이쪽이 발 붙으면 암만해도 상대는 뻣뻣하게 나올 것이라는 것입니다.

● 풀이

　외교절차에서 곧잘 써먹는 것입니다. 지나치게 주겨올릴 땐 곡절이 있다는 게 됩니다.

　이쪽이 저자세로 나가면 상대는 암만해도 고자세가 되는 건 원칙입니다. 이쪽에 대한 경계심, 적대의식의 태엽이 풀립니다. 허리를 쭉 펴면 밟고선 자리가 흔들립니다. 겸양(謙讓)은 미덕일 경우도 있지만, 필요 이상의 겸양을 곧잘 일부러 하는 경우가 많은 겁니다.

〔原文〕 佚而勞之.

〔역주〕 佚 : 편안하다. 安養하다.

〔해석〕 일(佚)할 때는 이것을 괴롭히고.

●대의
상대가 평온무사하게 잘 지낼 때는 무슨 일을 만들어서 정신 못 차리게 지쳐자빠지게 한 후가 아니면 공격해선 안됩니다.

●풀이
평범한 것 같지만 잘 새겨보면 깊은 맛이 있는 말입니다. 상대편의 사업이 일정한 궤도에 올라서 지극히 순조롭게 되어갈 때에 그대로 전쟁을 시작했다간 승산이 없으니까, 그러한 때에 꼭 싸움을 해야한다면 무슨 꾀를 내든지 대단히 바쁜, 눈이 뱅뱅 돌 것 같은 상태에 몰아넣어서 잔뜩 지치게 되는 때를 기다려야 된다는 것입니다.

　구체적인 전법으로 말한다면 저쪽을 찌르고, 이쪽을 찌르기도 해서 맞아 싸울 사이가 없게 하는 것입니다. 물론 이것은 계속 자꾸 하는 게 아니어서는 효과를 얻기가 어렵습니다.

예를 들면 상대의 판매망(販賣網) 같은데, 큰 문제가 될 건 없지만, 그렇다고 해서 내버려두기는 어렵게스리 혓바닥을 내민다든가 해서 골치 아프게 합니다. 그것도 한 군데가 아니고 줄곧 여기 저기를 쑤셔놓는 겁니다.

인사가 있는 것입니다. 여자끼리의 사이엔 대단히 많다는 것입니다.

또 게다가 원료 루트를 집적거리고, 인접지 같은 데도 손을 뻗쳐서 문제를 만드는 것입니다. 종업원들을 선동해서 문제를 일으킵니다. 등등 여러가지 수단이 있겠습니다만, 그러한 소동을 미칠 지경이 되도록 일으켜 놓는 것입니다. 이러한 혼동을 상대방에게 계속 일으켜서 어느 정도 진을 빼고 나서 틈을 타고 싸움을 거는 것입니다.

〔原文〕親而離之.

〔역주〕離 : 떼어놓다.

〔해석〕친하면 이것을 떼어놓고.

● 대의

국제간의 모략으로 곧잘 써먹는 이간 전법이란 것입니다. 상대편의 조직이 평화롭게 보조가 잘 맞을 때는 그 사이가 깨어지도록 공작을 하고, 협동보조를 취하고 있는 작자가 있으면 그 사이를 갈라 놓는다는 것입니다.

● 풀이

상대편을 고립(孤立)시키고 분열을 일으켜 놓겠다는 작전입니다. 묘하게 당하면 이쪽의 결합이 여간 잘된 게 아닌 이상 넘어가기가 쉬운 것입니다.

대개의 경우 아니 땐 굴뚝에 연기가 나는 경우도 많으니까, 일찌감치 그 묘략의 출처를 알아보고 비벼 끄지 않으면 어느새 터무니 없는, 수습할 수 없는 상태가 되고, 그렇게 되면 적이 원하는 함정에 빠지고 마는 것입니다. 개인의 일상생활에도, 성격으로서도 이러한 술책을 좋아하는 것입니다.

〔原文〕攻其無備　出其不意.

〔역주〕 **不意** : 뜻밖에.

〔해석〕 그 방비없을 때에 공격하고 그 뜻밖에 나간다.

●대의

상대가 안심하고 또는 깔보고 허술하게 차리고 있을 때에, 방비를 게을리 하고 있을 때를 발견하면 즉각 그곳을 치고, 상대가 설마 하고 있을 때나 곳을 노려서 그 헛점을 찌르는 것입니다.

●풀이

이것은 언제나 상대편의 동정, 상태를 자기의 손바닥같이 잘 들여다 보고 있어야 할 수 있는 기도전술(奇道戰術)입니다. 인원관계, 전비, 자본력의 관계 등 깊이 관찰하면 어디나 상대방의 약점이란게 있는 겁니다. 뭔가 상대편에 동요가 있을 경우엔 자연 그 모양이 나타나기 마련입니다. 어느 업체건 약점 한두 군데는 반드시 있습니다. 그것을 찌르는 게 중요합니다.

지키는 편으로 말한다면 그러한 약점을 갖지 않고 완전하다 보면 그게 제일 좋지만, 만일 그런 곳이 있을 때에는 먼저 거기 대한 교묘한 캄푸라치를 할 필요가 있는 것입니다.

약점이란 것은 태세에만 있는 게 아니니까, 시간적인 예측, 지리적인 판정, 진로의 방향등 여러가지 계획설정의 면도 있는 겁니다. 그 반대를 찌르는 게 '그 뜻밖으로 나간다' 란 의표작전입니다.

〔原文〕 此兵家之勝 不可先傳也.

〔역주〕 先傳 : 사전에 소문이 전파되는 것.

〔해석〕 이것은 병가(兵家)의 이기는 법인데 먼저 말할 수는 없는 것이다.

●대의

이상 말한 12조(條)는 어느 것이나 궤도의 전법으로서, 이것을 이용하면 적에게 이길 수 있는 방법이지만, 이런 것들은 미리 어떻게 상대가 나올지 예측을 할 수 없는 것입니다.

이 외에도 여러가지 기책(奇策)은 그 때의 정세에 따라서 만들어내야 하는 거니까 미리 말을 하지 못합니다.

●풀이

이러한 따위의 기도작전(奇道作戰)을 아무런 준비도 없이 정통으로 얻어 걸린 날엔 혼이 나는 것입니다. 그렇다고 해서 미리 그것을 전수(傳授)하는 방법은 없고 예측이 안되니까 기도작전인 것이며, 예측을 할 수 있다면 기도(奇道)라 할 수는 없을 것이며 동시에 그토록 겁을 낼 것도 없는 것입니다.

그러니만큼 최초에 말한 기본 오사칠계(五事七計)에 철저하는 게 중요한 것이며, 여기다 흠뻑 몸에 배개해 두는 외에는 방법이 없다는 것을 손자는 강조하고 있는 듯 싶습니다. 이 병서(兵書) 가 나온지 이천수백년, 이런 따위의 궤도가 손자의 골자라고 이해 된 것 같은데, 혹은 이러한 해석은 엉뚱한 생각이 될는지 모릅니 다만, 문맥과, 문리를 따져서, 이러한 식으로 알지 않으면 앞뒤가 잘 안맞는데가 생기는것 같습니다.

〔原文〕 夫末戰而廟算 勝者 得算多也. 失戰而廟
算 不勝者 得算少也. 多算勝 少算不勝
而況於無算乎. 吾以此觀.

〔역주〕 廟 : 정부라는 뜻. 算 : 계산, 정부의 계획.
得算 : 成算을 얻음, 승산.

〔해석〕 대체로 아직 전쟁을 하기 전에 묘산(廟算)을 잘해서 이기는 자는 승산을 얻는 수가 많다. 아직 싸우지 않고 묘산(廟算)을 잘못해서 이기지 못하는 자는 옳은 계산을 얻는 수가 적다. 계산이 잘되면 이기고, 계산이 잘못되면 진다. 그런데 하물며 계산이 없을 때는 말할 것도 없다. 나는 이걸 가지고 보면 승부는 나타난다고 본다.

● 대의
묘산(廟算)이란 것은 현지군이 아니고 최고수뇌(最高首腦)의 조의(朝議)의 조사, 연구, 논의(論議), 검토(檢討)를 하는 것을 말한다. 뒤에 나오는 산(算)이란 것은 공산(公算)입니다.

글의 뜻은 전쟁을 시작하기 전부터의 기상논(机上論)에서도 그 계산에 오인이나 착오만 없으면, 충분한 산출방법에 뛰어난 쪽에 승리를 얻을 공산(公算)이 강한 것입니다. 만일 싸우기 전의 검토 방법에 상대보다 못한 데가 있으면 확실한 공산도 얻기 어렵습니다. 이때의 공산(公算)의 확률이 높은 쪽이 실전에 들어가도 진짜로 이길 때가 많고, 확률이 낮은 편이 이길 가능성이 적은 것입니다.

하물며 아무런 공산도 없이 확실한 통계도 없이 '꺼라수'로서는 참패를 면하기가 어려운 것입니다.

나(孫子)더러 말하게 한다면 실전은 보나마나 무엇하나 안봐도 그 승부의 귀결은 불을 보는 것같이 분명하게, 이 최초의 검토(檢討)만으로 알아맞출 수가 있는 것입니다.

●풀이

이 조항의 문장이 기도작전(奇道作戰)은 말하기 어렵다는 대목을 물려받은 거라는 데 주목을 하십시다. 이 질문을 한 곳에 '그러니'란 말을 끼우면 알기가 쉬워지리라 생각합니다.

실천에 부딪쳐버리면 이럴 까닭이 없는데가 통하지 않습니다. 작은 승부는 혹은 그때의 승부가 될는지 모릅니다. 전국의 소장(消長)이란 것은 반드시 있을 터인것입니다. 그러나 대국의 승패는 공산(公算)이 많은 쪽의 것이라는 얘깁니다.

이 시계편(始計編)을 또 한번 전부 정리해서 사업에 맞춰서 말씀드린다면, 사업에 있어서 무엇보다도 소중한 것은 계획성이 없어선 안된다는 겁니다.

모든 점에 걸쳐서 여러가지로 자세하게 검토해 보고, 모든 점이 합리적이 아니어서는 사업은 성립이 안된다는 것, 먼저 첫째로 알아볼 것은 사회적으로 필요성이 있나 없나 하는 것.

다음에 2, 3에는 그 시대, 시세(時世)에 대해서 필연성이 있나 없나 하는 것.

제4에 수뇌자의 역량, 자격이 완전한가 어떤가에 있습니다.

제5에 조직, 사업방침, 운영방법이 적정한가 어떤가? 이상이 5시에 해당됩니다.

다음에 실제 운영을 맡아보는 수뇌자들의 경영지식, 이것을 두개로 나눠서 평상시경영과 비상시경영으로 나누게 되어, 거기엔 먼저 사업의 본체를 꽉 파악할 것, 비상사태는 어디서 어떤 사고가 날는지 모르니까, 어느 정도의 기본원칙이란 것을 알아보고, 자유로운 응용을 할 수 있도록 실력을 충분히 길러 놓아야 됩니다.

대체로 이렇게 되는 거라 생각이 됩니다. 이하 제13편까지, 그 기본원칙에 해당하는 여러가지 실례와 이론의 해설이 전개될 것입니다.

제2편

작전(作戰)

1

〔原文〕 孫子曰　凡用兵之法　馳車千駟　革車
千乘　帶甲十萬　千里饋糧　則內外之費
賓客之用　膠漆之材　車甲之奉　日費千
金　然後十萬之師擧矣.

〔역주〕 작전 : 전쟁을 일으켜 결행함. 馳車 : 경장비를 갖춘 공격용
차량. 革車 : 輜重을 적재하는 차량.

〔해석〕 손자는 말하기를 대체로 용병(用兵)을 하는 법은,
치차(馳車)가 천대, 혁차(革車)가 천대, 완전무장을
한 병졸이 십만, 천리길에 양식을 보내야 할 때에는
즉 내외의 비용, 손님 접대비, 아교와 칠의 재료, 전
차와 군인들의 비용, 하루에 천금(千金)이 들고난 연
후에 십만의 군대가 움직인다.

● 대의

치차(馳車)란 것은 전차란 뜻. 사(駟)는 전차는 모두가 말 네 마
리가 끄는 고로, 차 하나의 끄는 힘으로 쓰는 말 4천이란 말. 혁차
(革車)는 수송차량 치중차(輜重車)로서 병기, 탄약, 양식 등을 운
반하는 차입니다. 대갑(帶甲)은 중무장을 한 병사들.

용병(川兵)을 하려 할 때에는 4두마 전차가 천대, 치중차가 함
께 천대, 갑옷을 입은 중무장을 한 병사가 십만명, 전쟁터의 거리
가 천리나 되는 곳에 탄약이나 양식을 보낼 필요가 있을 때에는 국

내의 물자보호도 계산에 넣어서, 이웃나라에서 오는 군사(軍使)라
든지, 원조의 사관(士官) 같은 이가 올 것도 생각해야만 되니까, 거기
나가는 자재나 비용, 교칠(膠漆)은 당시의 무기나 무장의 보수(補
修)에 소용되는 아교풀, 칠 등속의 보수자재, 봉(奉)은 기르는 비용
이란 뜻인데, 전기병사의 필요경비, 이런데 쓰이는 게 하루에 천금
(막대한 큰 천금)의 마련이 있어야만 이것으로 간신히 약 십만명의
군대를 움직일 수가·있다는 뜻입니다.

● 풀이

모두 당시의 국내전의 규모로 산출한 인재, 자재, 경비의 견적
으로써, 역사적인 흥미 이외의 것으로써 그 가운데서 우리들은 아
무런 소득도 없습니다.

다만 이 가운데에 빈객의 용이란 하나의 항이 들어 있어서 상당
히 중요하게 취급이 되는 것은 그 시대의 습관을 얘기하는 것일테
지만, 현재 기업전 같은 데서도 소홀히 할 수 없는 대목이 아닌
지 모르겠습니다.

2

〔原文〕 其用戰也　勝久則鈍兵挫銳.

〔역주〕 **勝久** : 승리하더라도 오래 끌면, 任과 같은 뜻.

〔해석〕 그 전쟁을 하는데 있어서 장기간이 걸려서 이긴다면,
즉 병사들이 피로해서 예기(銳氣)가 꺾이고 만다.

● 대의

막상 전투를 시작하고 보니까 상당하게 긴 세월을 보내고 나서 간신히 승리를 얻게 되면 벌써 그 때는 군병은 피곤하고, 병비도 소모가 되고, 정예(精銳)의리, 강력한 공격력이란 게 둔해지고 마는 겁니다.

● 풀이

같은 일대 일의 실력으로 쌍방이 전투를 개시했다면 그 공격력 은 비슷할 터입니다. 그러나 숫자상으론 동일하지만, 그 병비나 병력은 신선한가 어떤가로 큰 차이점이 있는 겁니다.

능률이 좋은 기계설비, 새로운 생산방식, 새기술, 언제나 새로 운 활동력이 넘치는 팔팔한 종업원 또는 경영관리자들, 그 반대로 노후한 설비, 구태의연한 생산방식, 언제까지라도 새맛이 없는 기술, 침체돼 있는 종업원 이런 따위의 진용(陣容)과 비교할 때에 거기는 상당한 거리가 생기고 맙니다.

활동체란 것은 언제나 신선할수록 강합니다. 오랜 사업활동 후 일정한 안정을 얻었다고 할 때는 거기는 이미 하나의 위기가 마련 돼 있다고 봐도 틀림이 없습니다.

〔原文〕 攻城則力屈. 久暴師　則國用不足.

〔역주〕 暴師 : 군대를 밖에 나가 있게 하여 비바람을 무릅쓰게 함.

〔해석〕 성을 공격하면 즉 힘이 다한다. 오랫동안 군대를 내 놓으면, 즉 국용(國用)이 부족해진다.

● 대의

이 공격이 공격전인 경우엔 특히 소모가 많을 것이라 생각하지 않으면 안됩니다. 상대의 방비가 튼튼한 데를 친다는 것은 대부분 이쪽의 총력에 바닥이 나는 거라 봐도 틀림이 없습니다.

이게 원정(遠征)이나 국외의 파병(派兵)이고 보면 그게 장기간이 되면 본국의 경제력 자체가 위기에 직면하게 되는 것입니다.

● 풀이

상대가 하나의 진영을 고수하고 있다. 어떤 특정의 사업이나 생산품을 유일한 것으로 알고 있는 때에 공략(攻略)하려고 할 때에는 만일 그 공략이 성공된 직후엔 상당한 힘의 소모가 오고, 그 사업이나 생산이 이쪽의 과서의 경영내용에서 멀리, 심하게 다른 종류의 것이었을 경우 그 공략에 장시일이 걸렸다 할 때에, 이쪽의 본업, 주체였던 사업편이 허술해져 버리기도 하는 것입니다.

이럴 때야말로 주의하지 않으면 뜻하지 않는 사고가 생기기 쉬운 것입니다.

〔原文〕 夫鈍兵挫鋭　屈力殫貨　則諸候乘其弊　而起. 雖有智者　不能善其後矣.

〔역주〕 鈍兵 : 무기가 둔화함. 弊 : 폐단, 나쁨.

〔해석〕 대체로 군사가 둔해지고 예기(鋭氣)가 꺾이고, 힘을 다하고 화(貨)의 바닥을 내면, 즉 제후 그 패(弊)를 타고 일어날 것이다. 지자(智者)가 있다고 해도 그 뒤를 감당하기 어렵다.

● 대의

이러한 형편으로 군사가 피로하고, 그 정예성을 잃고 전투력이 약해져서 경제적으로도 곤궁해졌을 때야말로 위기로서, 근방의 거물급이 이 피폐를 틈타고 쳐들어올 위험이 있는 겁니다.

이렇게 되면 아무리 지혜있는 자가 있어도 사태를 쉽게 수습할수는 없게 됩니다.

●풀이

이렇게 실력의 바닥이 들어날 때까지 장기간에 걸친 공방전(攻防戰)이란 건 이겨도 이긴 게 안될 때가 많습니다. 사업의 경쟁상대는 언제나 혼자만은 아닐 터이며, 범이나 이리는 어디든 있는 것입니다. 하물며 이쪽이 잔뜩 지쳐버리게 되면 무력한 개들이나 어떨때는 평소에 문제도 안되는 온순한 양에게까지 혼이 나는 바보 노름이 안된다고 할 수가 없습니다.

힘껏 싸운다는 것은 감정적으론 비장감이 들는지 모르지만, 절대로 술책으로는 취할 게 못되며, 그러한 상태가 되버린 후에는 평소라면 아무것도 아닌, 시시한 것까지가 여의치 않게 되어 이러한 보잘것 없는 축들의, 이러한 공세를 지탱못할 턱이 없다고 생각하는 것으로 인해 파멸로 말려들게 됩니다.

유능한 사람이 아무리 있어도 이렇게 된 파국은 구할 재간이 없게 됩니다.

주위로부터의 집중공격을 받으면서 고쳐나가기란 어렵습니다. 비록 유력한 성을 얻었다 해도 전연 활동해 보지도 못하고 보물을 앉아서 썩히고는 원통한 눈물을 머금게 되는 것입니다.

〔原文〕 故兵聞拙速. 末覩巧之久也.

〔역주〕 巧 : 공교로움. 교묘한 술책

〔해석〕 그런고로 병법에 졸속(拙速)이란 말을 들었다. 아직
도 교(巧)의 장시간이란 것은 보지 못한다.

● 대의

그러니만치 일단 이렇게 정하고 전투를 시작했으면 자꾸만 계
속 새로운 공략방법이 있을 것 같이 생각해도 불을 터뜨린 이상
은 단숨에 주저하지 말고 밀고 나가야 된다는 얘깁니다.

이렇게 저렇게 방법을 바꿔가며 하나의 공격방법이 잘 안될 것
같으니까 손을 늦춰가며 다음 새 수단을 생각해 내고, 그게 신통
찮다고 해서 또 신기(新奇)한 수단을 짜낸다. 이렇게 우물쭈물 끌
면서 한 공격이 성공한 예가 없다는 것입니다.

● 풀이

말할 것도 없이, 이것은 사전의 충분한 조사, 준비, 실력의 충
실을 전제로 할 것은 말할 것도 없습니다.

'병(兵)은 졸속을 존중한다' 는 것은 너무도 유명한 문귀이지만, 지
금까지 손자가 풀이해온 게 전제가 되어서 비로소 살아있는 문귀
입니다. 이것만을 떼어내어서 이용할려고 한다면 야단인 것입니다.

이것을 쉽게 말한다면, '먼저 먹는 게 장땡이' 란 게 되겠습니다만
이 먼저가 단순한 먼저, 미련하게 덤비는 먼저여서는 안됩니다.

이 조(條)에서 손자가 말하려는 것은 신중한 검토를 한 후에 승
산이 있다고 시작한 전쟁은 그 세부에 좀더 좋은 방법이 있을 것
같이 생각이 돼도, 되도록이면 초지관철로 밀고 나가서 장기전이
안되도록 할 것이라는 것이고, 장기전으로 이긴대도 그 뒤가 무
섭다는 것입니다. 그 뒤의 조항에서도, 이것을 반복해서 설명, 훈
계하고 있습니다.

〔原文〕夫兵久而國利者　未之有也. 故不盡知
兵之害者　則不能盡知用兵之利也.

〔역주〕**國用** : 국가의 재정. **未之有也** : 아직도 있는 일이 없다.
用 : 써먹다.

〔해석〕대체로 병(兵)을 오래 끌고도 나라에 이(利)가　되
는 것은 아직도 있은 일이 없다. 그런고로 병을 움
직이는 폐단을 잘 알지 못하는 자는 즉 병을 써먹
는 이로움을 다 알지 못한다.

● 대의

무리한 장기전을 감행해서 그게 국가의 이익이 된 예는 없다. 그
까닭은, 전쟁을 시작하는데서 생기는 피해를 모두 알지 못하는 자
는 반대로 전쟁을 하는데서 생기는 진짜 이득이란 것을 모른다 해
도 과언이 아닐 것이다.

● 풀이

전쟁은 제가 손해를 보고, 제가 상처를 입기 위해서 하는 건 아
닙니다. 결국 아무런 소득도 없는 전쟁을 시작하는 건 바보 중 바
보의 짓입니다. 문제는 타산, 거기에 충분한 이문이 있는가 없는가
하는 대개의 주먹구구라도 있어야 합니다.

전쟁을 시작해 가지고 이쪽이 상처를 입을 거라는 계산을 자세
하게 못하는 사람은　결과적으로 얻어낼 이익의 계산도 제대로 못
하게 된다는 얘깁니다. 목적이 없는 전쟁은 그게 전쟁이 아니라는
겁니다.

곧잘 시국이 어떻다, 어쩔 수 없었다 하지만, 이것은 괜한 변명

이고, 상당히 액수가 부푼, 자세한 타산을 한 후가 아니면, 함부로 사업을 일으켜선, 도중에서 쩔쩔 매게 되어선 아무것도 안됩니다. 눈앞에 어른거리는 이익만 생각하는 것, 그건 이익이란 것에 대해서 눈을 감고 있는 것이나 한가지가 됩니다.

노루를 쫓는 자가 산을 안봐선 노루를 쫓지 못하는 겁니다.

떡줄 사람은 꿈도 안 꾸는데 김치국부터 마시는 꼴이 되어선 웃음거리가 되는 건 틀림이 없습니다. 비록 안줄 떡이라도 형편을 잘 살펴봐야 되겠다는 얘깁니다.

3

〔原文〕 善用兵者 役不再籍 糧不三載. 取用
於國 因糧於敵. 故軍食可足也.

〔역주〕 **役不再籍**：役은 병역, 籍은 병적―병역은 두 번 다시 병적에 오르지 않는다. **糧不三載**：군량은 세 번 다시 싣지 않는다.

〔해석〕 병(兵)을 선용(善用)하는 자는 역(役) 도중에 병적(兵籍)을 다시 하지 않고, 양(糧)을 세번씩이나 실어내지 않는다. 용(用)은 국내 것으로 충당하지만 양(糧)은 적(敵)의 것으로 한다. 그런고로 군식(軍食)이 넉넉하다.

●대의

역(役)이란 것은 병역(兵役). 적(籍)은 징병보 입니다.

훌륭한 용병법이란 것은, 전쟁중에 병정을 징모한다든가 하는 일은 안합니다. 그러한 방법으로 나간다는 것은 당초부터의 계획이 시원찮았다는 얘기가 됩니다.

국외에 파병을 한 경우엔 본국에서 바다를 건너서, 멀리 국경을 넘어서 선편 차편으로 세번 이상 양식을 보내는 형편이 되어선 안 됩니다. 용도품, 무기탄약 같은 것은 어쩔 수가 없지만 양식은 적지에서 징발할 태세가 되지 않으면 안된다는 것입니다. 왜냐하면 그러한 대량의 보급은 자국의 국민이 먹고 살 식량을 빼앗는 게 되기 때문입니다.

자국의 식량을 갖다 먹는 것 같은 식량보급은 결코 충분하지 못합니다. 그래서는 안되니까 군의 식량이 넉넉하지 않으면 만족한 전쟁은 계속 못합니다. 그 때문에도 충분한 사전 조사가 필요한 것입니다.

● 풀이

얘기가 어지간히 구체적이 되고 자세해진 것 같습니다.

이것을 사업에 맞춰서 고찰해 보면 앞서 말씀 드린 것 같이 군병은 언제나 새로워야 하고 정예(精銳)하지 않으면 안됩니다. 그 때문에 새로운 병사를 얻는다는 것은 갱신이니까 좋지만, 같은 병사를 다시 징모한다는 것은 근본적으로 얘기가 안되는 것입니다.

한번 정리한 인원을 사정이 달라졌다해서 다시 채용한다는 것은 아무리 다급하다해도 사람을 잘 쓰는 것이 안됩니다. 이런데에 인사(人事)문제의 곡절이 있는 것 같습니다. 하긴 객관정세에 따라서 그렇게 외골수로만 얘기를 할 수가 없지만, 원칙적으로 생각하기론 '역(役), 적(籍)을 다시는 않는다'가 좋습니다.

'용은 국내에 취하고, 양(糧)은 적에게 얻는다'란 것은, 기재시설에 드는 비용은 자본금으로 대도 좋지만, 경비는 그 새로운 사업

에서 생기는 이익으로 충당하지 않으면 안됩니다. 양식을 세번이
나 실어내지 않는다고, 초기의 경방비 지출은 최초에만 자금에서
까먹지만, 여러번이나 반복하게 되어서는 그 재정은 건전하지 못
한 것입니다.

　이러한 계산은 어디까지나 엄밀하고 정확하게, 그 때문에 군식
(軍食), 종업원의 월급도 박하게 되어서는 천만의 말씀이란 얘깁
니다. 좀 해석에 견강부회도 있지만, 진리는 잘 들어맞는 것입니
다.

〔原文〕 國之貧於師者遠輸. 遠輸則百姓貧.

〔역주〕 **遠輸** : 파견군.

〔해석〕 나라에서 파견군에게 보급이 빈약한 것은 거리가 멀
　　　 기 때문이다. 멀리 보내다 보면 즉 백성(百姓)의 생
　　　 활이 궁핍하다.

●대의

　백성(百姓)이란 뜻은, 우리나라에선 국민이란 의미로도 써먹지
만 이건 서민이란 의미입니다. 맹자(孟子)에 '진실로 백성(百姓)
이란 게 있어'란 말이 있지만, 서민에는 대단히 많은 성(姓)이 있다
는 데서 나온 말입니다.

　나라가 파병에 대해서 제대로 보급을 못하는 것은, 국가와 파병
을 한 지역의 거리가 너무 멀기 때문입니다. 너무나 먼 곳에다 출
정군의 병기와 양식을 보내고 있다 보면 본국의 국민 전부가 곤궁
하게 될 것이란 얘깁니다.

● 풀이

새로 개시할려든가, 공략할려는 사업이 과거의 사업경험, 입지 조건, 설비 기타의 점에서 너무나 엉뚱하고 인연이 멀다 보면 모든 이익, 월급 등이 뜻대로 안됩니다.

'이 일만 잘 되면 충분한 보수를 드릴 수 있으니까 잠시 동안만 참으면 됩니다. 오죽 고되겠습니까만, 서로 잠시만 참아봅시다.'고 경영자는 말을 하기를 좋아하지만 이런건 근본이 잘못돼 있습니다.

그 사업에 무리가 있기 때문입니다. 무리는 여러 사람을 골탕먹이는 것 뿐입니다. 혹은 또 그때까지의 본업 편이 허술해집니다. 이것은 그 사업체의 피폐를 의미하는 게 됩니다.

〔原文〕 近於師者貴賣. 貴賣則百姓財竭. 財竭 則急於丘役.

〔역주〕 **貴賣** : 비싸게 판다, 즉 물가가 오름. **丘役** : 부역. 고대의 지방 조직은 九家.

〔해석〕 사(師)에 가까운 것은 비싸게 판다. 비싸게 팔면 즉 백성의 재산이 바닥이 난다. 재산이 없어지면 구역(丘役)을 서두르게 된다.

● 대의

글 가운데의 구역(丘役)이란 것은 당시의 조세부과제도(租税賦課制度)였던 정전법(井田法)에 의해서 노동력을 세로서 지출한 노역(勞役)을 말합니다. 정전법(井田法)에 대해서는 여러가지 설이 있는 것 같습니다만, 주(周) 시대의 제도에선 일평방리(一平方里)의 밭을 정자(井字)로 잘라서 9등분하고, 중앙의 한구역만 공전(公田), 나머지 여덟구분을 팔호로 나눠서 일구분의 공전만을 팔호의 공동경작으로, 여기서 수익되는 것만 조세로 문 것 같습니다.

이 공전의 공동경작이 구역(丘役)에 해당되는 터로, 구(丘)라는 글자의 출처에도 여러가지로 그럴듯 한 게 있지만 생략합니다. 이 정도의 예비지식을 갖고 문장의 뜻을 보면—

출정군, 군수품의 물자의 값이 수급의 관계로 암만해도 모릅니다. 이 값이 오르는건 암만해도 물가수준에 영향이 되니까, 직접 전쟁에 관계가 없는 서민생활이 어려워집니다. 으례히 돈이 군색해집니다.

결국 납세(納稅)가 잘 안됩니다. 따라서 독촉이 심해지고, 억지로 빼앗아 가지 않으면 안될 사태가 됩니다.

● 풀이

억지노름을 하고 졸렬한 사업의 강행군의 꼬락서니에서 궁핍한 상황을 설명한 거겠죠? 국가와 전쟁의 관계에선 물가 폭등과 세금징수로 나타나지만, 이게 사업체의 경우엔 재력의 여유가 없어지고, 상품에 무리한 비싼 값을 매기기도 하고 또는 품질저하에 의한 실질상의 값을 올리기도 하고, 혹은 반대로 덤핑 등으로 부자연스런 환금(換金)을 서둘러대는 결과가 되는 것입니다.

무리한 빚을 지고 신용상태를 저하시키게도 되고, 부당한 지불연기, 장기간의 연수표를 발행하는 사태도 나오게 됩니다. 혹은 부자연스런 노동강화를 할 필요가 생길 때도 있습니다. 힘 자라는데까지의 억지를 하는 무리를 하는 이상한 상황입니다. 발끝으로 서서, 거의 발밑이 흔들리고 있는 형편이라 하겠습니다. 이렇게 된 경우의 궁핍의 상황이 다음 조항에서 모사됩니다.

〔原文〕 力屈財殫中原　內虛於家　百姓之費　十
去其七. 公家之費　破車罷馬　甲胄弓
矢　戟楯矛櫓　丘牛大車　十去其六.

〔역주〕 **中原**: 平原의 가운데, 물산이 풍부한 곳이라는 뜻. **費**: 재
물. **丘牛大車**: 丘邑의 소와 큰수레(치중을 싣는 혁거).

〔해석〕 중원(中原)에 힘이 다하고 재물이 다되고, 집안이 텅
비고, 백성(百姓)의 비(費) 십에 칠을 가져간다. 공
가(公家)의 비(費), 차는 파손되고 말은 지치고 갑
주(甲胄)와 활과 화살, 극순모로(戟楯矛櫓), 구우대
차(丘牛大車), 십(十)에 육이 없어졌다.

● 대의

글 가운데 극순모로(戟楯矛櫓)의 극(戟)은 양쪽에 뿔이 나 있는
창, 모(矛)는 차상(車上)에서 세워놓고 쓰는 창이다. 구우대차(丘牛
大車)는 정전법에서 말하는 공전에 써먹는 소로서, 전쟁때는 이게
징발되어서 큰 수송차를 끌었다고 한다. 당시의 풍속관습에서 나
온 말입니다.

중원은 승부를 내는 큰 전쟁으로, 먼 전장에 보급은 잘 안되고,
총후의 힘도 다 바닥이 나고 필요한 재원도 막히게 되고, 대부분의
집은 텅 비었다. 서민의 부담은 70%의 것이 소모되었습니다. 한
편 국가로서의 소모도 요긴한 전차는 깨어지고, 말은 지치고 병들
고, 긴칼, 방패, 사닥다리, 다락같은것과 큰 수송차도, 이것을 끄는
소도 약 60%가 못쓰게 되고 말았습니다.

● 풀이

장기 원정전의 궁핍한 상태의 설명으로서, 특히 해설할 필요는
없을 것입니다. 얼마큼 참고가 될는지 모르는 것은, 군대의 피폐
보다도 후방의 곤궁의 도가 다소 더 심하게 관찰된 것으로, 한발자
국 먼저 손을 들게 될 사실을 암시한 점일 것입니다.

〔原文〕故智將務食於敵. 食敵一鍾　當吾二十
　　　　鍾　萁稈一石　當吾二十石.

〔역주〕鍾 : 고대의 무게의 단위, 六𣁽四斗들이. 石 : 衡의 명칭.

〔해석〕그런고로 지장(智將)은 되도록이면 적의 식량을 먹
　　　　는다. 적의 일종(一鍾)을 먹는 것은 이쪽 20종을 먹
　　　　는데 해당되며, 기간(萁稈) 일석은 이쪽 20석에 해당
　　　　된다.

●대의

종(鍾)은 양(量)의 단위로서, 일종(一鍾)은 6석4두. 기간(萁
稈)의 기(萁)는 콩깍대기, 간(稈)은 벼와 보리짚. 석(石)은 근량(斤
量)의 단위로서, 일석은 120근. 마량(馬糧)의 양입니다.

그래서 명민한 장, 지도자는 되도록이면 적지, 적군의 식량을
활용하는데다 힘을 씁니다. 적의 일종분을 활용하는 건 자국에서
수송하는 20배의 분량과 맞먹고, 콩깍대기나 짚 120근은 자국의
것 2400근에 해당하는 것입니다.

●풀이

이 국도 실례(實例)니까, 별로 설명이 필요는 없습니다. 적지에
서의 자급자족은 자국의 생산의 20배가 된다는 것이니까, 되도록

이면 자국에 폐가 되지 않도록 노력한다는 거겠죠? 20배라는 숫자가 나타난 근거는 설명되 있지 않지만, 아마 손자의 실전 경험에서 나온 게 아닌가 생각됩니다.

새로운 사업일 경우에 거기서 생겨나는 손익으로 그 사업을 꾸려나가지 않으면 경상이익이라든가 자본금에 손을 내밀어 그 사업을 운영해나가는데 비교해서, 이십배의 경제에 해당한다는 얘깁니다.

여기까지 실례적인 숫자의 해석인데 '아마 이 다섯가지는, 장(將)이 모르는 이가 없다. 이것을 아는 자는 이기고…'로, 병법의 기본이 되는 골자를 알고 읽으면, 넉넉히 배울 건더기가 있고 활용의 길도 있습니다.

4

〔原文〕 故殺敵者怒也. 取敵之利者貨也.

〔역주〕 故 : 夫와 같다(어조사). 貨 : 재화.

〔해석〕 그런고로 적을 죽이는 건 노(怒)함이다. 적의 이(利)를 취하는 것은 화(貨)이다.

● 대의

이러한 형편이니까, 전쟁은 타산이 첫째입니다. 적을 살상하는 것 같은 전투행위는 분격만으로도 상당한 성과가 올라가지만, 적의 이득을 역이용하는 것은 그대로 재화(財貨)인 것입니다.

● 풀이

여러가지 수단으로 이쪽을 격분시킨다든지 하는 방법이나, 근소
한 적의 과실을 2 배 3 배로 과장해서 얘기를 해서 사기를 돋우기
만 해도 소극적인 전투에는 이길테지만, 더욱 중요한 것은 적의
자재, 시설, 재화(財貨)를 빼앗아 가지고 이것을 써먹는데 있다는
겁니다.

이 조항의 의미를 두목(杜牧)이란 사람은 이렇게 설명합니다.

만사람이면 만사람이 같은 심정이 되어 함께 화를 내는 게
아니니까 이쪽에서 술책을 써서 분격을 시켜 그러한 세를 갖고
가는 것입니다.

옛날 전초(田草)란 사람이 직묵(卽墨)의 성을 지키고 있는 일이
있었다. 그 때에 적국의 연인(燕人)을 꼬여내어서 적에게 항복한
이쪽편의 병정을 성문 앞에 끌어내어, 성병(城兵)이 보는데서 그
코를 짜르고, 그것을 매를 때려서 성병(城兵)의 시체를 묻을 묘혈
(墓穴)을 많이 파게 했다는 게 좋은 실례입니다.

이렇게 조작된 분노라도 신통하게 적을 죽이는 힘이 되는 것이
지만, 그것보다도 전조에서 말한 20배의 효용가치로 환산이 되는
적의 물자를 빼앗아 그것을 활용하는 것이 손쉽다는 얘깁니다.
거기는 방법이 있는데 그 방법을 다음 조항에서 설명합니다.

〔原文〕 故車戰得車十乘以上 賞其先得者 而
        更其旌旗 車雜而乘之 卒善而養之. 是
        謂勝敵而益強.

〔역주〕 車戰 : 兵車의 合戰. 先得者 : 먼저 노획을 강행한 사람.
      更 : 변경, 바꿈. 雜 : 섞음, 편입함.

〔해석〕 차전(車戰)을 해서 차 십승 이상을 얻으면, 그 먼저
얻은 자에게 상을 주고, 그리고 그 정기(旌旗)를 바
꾸고 차를 섞어서 이걸 타고, 병졸은 잘 대우해서 이
것을 기른다. 이것을 적을 이겨서 보강한다고 말한다.

● 대의

전차전을 해서 적의 전차십대 이상을 생포하면, 먼저 생포한 공
로자에게 상을 주어 모두들 힘을 내게 합니다. 그리고 차에 달고 있
던 지금까지의 적의 깃발을 이편 것과 바꿔버립니다.

완전히 외모를 이쪽 것과 같이 해서 이쪽편 전차대에 편입해 버리
고, 그 차에는 이쪽편 병사를 태웁니다. 지금까지 적의 차에 타고
있던 적병(敵兵)은 곧잘 대우를 해서 달래어 버립니다. 이거야말
로 적에게 이긴 것만이 아니고, 이걸 이를 얻어 자기편을 보강한다
는 이중의 승리를 의미한다고 말하는 것입니다.

● 풀이

적의 이를 취하는 것의 구체적인 일례의 설명입니다. 다만 여기
서는 물자의 역이용만이 아니고, 사람의 역이용도 말하고 있습니
다. 졸이라 하니까, 현장노무자겠지만, 이것은 은혜를 베풀어서
달래어 놓고, 자기 것으로 하는 게 적세를 줄인 분만큼 반대로 자
기 세력이 증강되니까, 효과는 이중이 되는 것입니다.

이것을 전쟁심리라 하는건지, 적을 죽이는 것 같은 일대일의 전
투, 자칫 잘못하면 이쪽 생명도 빼앗길 위험을 무릅쓴 전투는, 선
동으로 이쪽의 분노를 격발시킨다는 점에서도 의미가 없겠죠?

한편 약탈을 장려하는 것 같은건 당시의 전쟁의 관습인 것 같으
며, 좀 납득이 잘 안가는 것 같지만, 이 관습은 전쟁의 풍속으로서

문명인인 근대전에도 충분히 남아 있는 듯하고, 평화시의 질서를 뿌리채 짓밟아버리는, 전혀 이질적인 게 횡행(橫行)하는 걸 얘기하는 것 같습니다.

이것만은 어떻게 해석을 한다 해도 근대산업전에 그대로 적용할 수 없는 이론같지만, 권총강도 같은 말초적인 것이 아닌, 더욱, 본질적인 것으로는 적의 힘을 이쪽으로 끌어서 써먹는 수단은 충분히 연구할 필요가 있다고 생각이 됩니다.

〔原文〕 故兵貴勝 不貴久. 故知兵將　民之司命 國家安危之主也.

〔해석〕고로 전쟁은 승리가 소중한 것이고 지구전이 소중한 것은 아니다. 고로 병을 아는 장은 민중의 사명, 주이다.

● 대의
사명(司命)이란 것은 별의 이름으로서, 사람의 거동에 따라서 그 생사를 좌우한다고 합니다. 그래서 전쟁이란 것을 잘 알고, 이해하고 있는 장수는 인민의 생사, 국가의 안위를 한손에 쥐고 맡고 있다고 해도 과언이 아닐 것이라는 얘깁니다.

● 풀이
통솔 주재자의 책임이 중대함을 얘기하는 것입니다.
경영자는 사업경영의 본질이란 것에 젖어 있지 않으면 안되며, 작은 이해에도 그게 경영실체에 어떻게 관련이 되는가를 판단하고, 언제나 대국을 잘못보지 않도록, 전 종업원의 생사를 한손에 맡고 있는 터이라, 사업체가 번영하나 쇠망하나 모든 게 그 사람의 하기에 따른거라 말하는 것입니다.

얘기가 잔소리 같지만, 병법의 근본의 뜻을 근성(根性)이 되도록 몸에다 익혀서 언제나 정확한 판단, 운영에 주의를 게을리 하지 않도록 안하면 이러한 여러가지 교훈은 이 쪽의 무기되는 동시에, 언제나 상대방에도 같은 효력을 주는 것입니다.

상대를 경쟁적수라 보지 말고, 사업 그 자체라 생각할 때도, 주위는 진보하고 있고, 하루도 쉬지 않고 진보하고 있다는 사실은 매달려 있는 사업 자체가 하루하루 강해진다는 거라 생각해도 되는 것입니다.

제 3 편

모공(謀攻)

1

〔原文〕 孫子曰　凡用兵之法　全國爲上　破國
次之.　全軍爲上　破軍次之.　全旅爲上
破旅次之.　全卒爲上　破卒次之.全伍爲
上　破伍次之.

〔해석〕 손자가 말하기를 대체로 용병법은 나라를　건드리
지 않는 걸 으뜸으로 하고, 나라를 파멸시키는 건 그
다음이 된다. 군(軍)을 다치지 않게 하는 걸 으뜸으
로 하고, 군을 격파하는 건 그 다음으로 한다. 려(旅)
를 다치지 않게 하는걸 으뜸으로 하고, 려를 격파하
는 건 그 다음으로 한다. 졸(卒)을　다치지 않게 하
는 걸 으뜸으로 하고, 졸을 격파하는 건　그 다음이
된다. 오(伍)를 다치지 않게 하는 걸 으뜸으로 하고,
오를 격파하는건 그 다음으로 한다.

●대의

본문 중의 군(軍), 여(旅), 졸(卒), 오(伍)는 모두가 적군을 말합
니다. 손자시대의 병제에서는 1만2천5백명을 일군(一軍)으로 한
다로 되어 있고, 여(旅)는 일군을 오등분해서 오백명의 병단조직,
졸(卒)은 백명을 일졸(一卒), 오(伍)는 5명으로 한 것입니다.

전쟁이란 수단을 쓰는 이상, 최선의 책은 상대의 나라를 멸망시
킨다는 게 아니고, 상처없이 존속시키고, 그리고도 이쪽 지배하에
두는 일로서, 상대의 나라를 망가뜨려서 재기불능이 되도록 하는

건, 어쩔 수 없는 그 다음의 수단인 것입니다.

같은 것은 실전에 들어간 후에도 말할 수 있는 것으로서 군(軍)이 상전하면 그 집단 병력을 몽땅 이쪽 편으로 먹어 치우는 게 최상책이고, 이것을 격멸하는 건 최상의 책이 안될 때에 하는 겁니다. 이하 여(旅), 졸(卒), 오(伍) 세부조직에 가서도 모두 같습니다.

● 풀이

적을 완전히 죽여버린다는 것은 그것을 해내기 위해서는 이쪽의 정력의 다대한 소모를 의미하는 터이다. 다소간 이쪽도 상처를 입기 마련이란 겁니다.

되도록이면 쌍방이 피를 흘리지 않고 무혈(無血)로 나타나 군(軍)이나 여(旅)나, 졸(卒)이나 오(伍)로 규모에 따라서 이쪽 지배하에 두도록 노력하는 게 제일가는 양책(良策)인 것입니다.

이 이론을 예를 들어 생산품에 맞춰보면, 지금까지 우수한 생산품이 있다고 합시다. 현재도 상당한 성기가 있지만, 시대의 유행 같은데 거리가 생기기 시작한 경우에, 이것을 전면적으로 내어버리고 전연 다른 종류를 개발하려 하기 보다도, 달리 됐다 생각되는 시대에 맞는 게 발견됐을 때는 그 구조의 어떤 점이 시대에 어필하는가 그 특징을 철저하게 조사해 가지고 그것을 완전히 장래의 자가제품에 끼워넣는다는 게 최선의 상책(商策)으로서, 그러한 방법으로선 도저히 결점이 많아서 채산이 안맞는다는 경우에, 어쩔 수 없이 신기한 것을 개발한다는 식으로 전용해도 될 것 같습니다.

쟁탈전을 하지 않으면 안될 호적수와 공방전을 시작할 때에 그 공략방법으로써 이 이론을 갖다대는 구체적인 방법은, 새삼스레 자세하게 얘기할 필요는 없을 것입니다. 군(軍), 여(旅) 이하의 조직구성을 상대편의 실정에 맞추어서 끼워넣어보면 됩니다.

여러가지 응용방법이 있겠다 생각되지만, 이론적으로 이질적인 것을 말의 느낌만으로 경솔하게 뜯어 맞춰보는 것만은 좋지 않습 니다.

〔原文〕 是故 百戰百勝 非善之善者也 不戰 而屈人之兵 善之善者也.

〔역주〕 **百戰百勝** : 백번 싸워 백번 이김. 즉 항상 승리함을이름.
　　　 善之善者 : 최선의 것.

〔해석〕 그런고로 백번 싸워서 백번 이기는 게 선 중의 선이 아니고, 싸우지 않고 적군을 굴복시키는 것이 선 중에 선한 것이다.

●대의

백전백승이라면 누구든지 만만세라 할테지만, 사실은 제일급의 승리가 아니라는 것입니다. 오히려 접전전에 적을 굴복시켜서 자기의 군문(軍門)에 항복을 시켰다고 하는 게 훨씬 만만세인 것입 니다.

●풀이

이겼다 이겼다로 기뻐하고 있는 건 사실 참 승리가 아니라는 것으로, 접전을 하지 않고 상대를 이쪽 것으로 하는 게 참 승리가 된다고 하는 것입니다.

상대를 참으로 자기 것으로 만드는데는 국부적인 게 아니고, 그 전체의 바닥에 있는 진수인 것이며, 국부적인 부분에 관해서도 그 대로 모방·흉내가 아니고, 그 진가가 생겨나는 곳을 파악해서 활용하는데 있다고 하는 게 됩니다.

버드나무 밑에 언제나 미꾸라지가 있는 건 아니다'라 말하지만 이건 버드나무 밑에 미꾸라지가 있나 없나의 문제가 아니고, '왜 버드나무 밑에 미꾸라지가 있느냐가 됩니다. 그게 제일 소중한 미꾸라지를 잡는 방법이 될 것입니다.

2

〔原文〕故上兵伐謀. 其次伐交. 其次伐兵.

〔역주〕**上兵** : 최상의 전쟁 방법. **伐謀** : 적의 계획을 간파하고 분쇄하여 굴복시킴.

〔해석〕 그런고로 상병(上兵)은 모략(謀略)을 친다. 그 다음은 교우(交友)를 친다. 그 다음은 군대를 친다.

● 대의

이렇게 되니까 용병책의 최상은 적의 모략, 계략을 알아내어 그것을 파괴해 버리는 것입니다. 그 다음은 상대를 고립시키도록 친교국과의 유대에 고장이 나게 해서, 이간책을 강구하는 겁니다. 다음에 비로소 군대를 치는— 공략전에 들어가는 단계가 된다는 것입니다.

● 풀이

손에 피를 안 묻히려하면 상대의 전략을 알아맞치는 게 첫째가 됩니다. 속의 속까지 들여다 보는 겁니다. 소극전법 같지만 이게 최상의 적극전법입니다. 얼른 말한다면 역이용(逆利用)하는 겁니다. 상대의 전략의 숨구멍을 꽉 눌러버리는 겁니다. 이게 요점입니다.

다음엔 조국의 힘의 근원을 잘라버리는 것입니다. 상대가 완전히 고립무원의 상태가 된다는 것은, 아마 싸울 힘을 잃어버리고마는 타격이 될 것입니다. 그게 훌륭한 것입니다. 경제적, 물질적인 원조도 그렇지만, 그 심리적인 고립감이란 거나, 불안감 같은 게 사실은 큰 작용을 할 것이라는 것입니다.

그 후의 첫째 단계에 가서 비로소 용병을 하는 거라고 말하는 것입니다. 군대를 움직이게 될 때까지의 두 단계의 공작이 충분이 되어서, 이제 이것으로 된다고 할만큼 노력한 후가 아니면 쉽게 동병(動兵)을 하는 단계에 들어가지는 못합니다. 이것은 그대로 경영전의 방법으로 써먹을 수도 있습니다.

〔原文〕 其下攻城. 攻城之法 爲不得已. 修櫓轒轀 具器機 三月而後成. 距闉又三月而後已. 將不勝其怒 而蟻附之 殺士卒三分之一 而城援者 比攻之災也

〔역주〕 攻城 : 적의 성곽을 공격하는 전쟁방법. 櫓 : 방패로서 화살·투석 등을 방어하는 기구 蟻附 : 개미떼처럼 기어오름.

〔해석〕 그 아래는 성을 치는 것이다. 성을 치는 법은 어쩔 수 없기 때문이다. 노(櫓), 분온(轒轀)을 수리하고 기계를 갖춰서 석달 후에 다 된다. 거인(距闉) 3개월 후에 끝난다. 장(將), 그 분함을 참지 못해, 여기에 개미 붙듯 기어올라 사졸 $\frac{1}{3}$ 을 죽이고도 성을 뺏지 못하면, 이건 치는 재난이다.

● 대의

분온(轒轀)이란 것은 전차와 침대차를 말하고, 거인(距闉)은 흙으로 쌓아올려서 성벽에 올라 갈 수 있도록 고가도로 같은 길을 만드는 것.

하책(下策)은 공성전(攻城戰)으로서, 이것만은 정말 알지 못할 때에 쓰는 공격법입니다. 공성전에 쓰기 위한 망루나 다락같은 것이나 그밖에 공성전에 쓰는 기계류를 수리하고, 그밖에 도구를 마련하는데도 서너달은 넉넉히 걸릴 것입니다.

성벽에 돌격하기 위한 고가도로도 적전의 대 토목공사니까, 이게 완성되는 것도 서너달은 걸립니다. 물론 적쪽에서도 그것을 위한 대비태세가 있는 곳을 치겠다는 거니까, 저항도 상당히 치열할 것입니다. 여기 초조해져서 성벽에 개미같이 군대를 달겨붙게 해서 억지로 공격을 시키게 되면, 병력의 삼분의 일 정도를 잃어버릴 각오가 있어야 됩니다.

이만한 희생을 내고도 그래도 성이 함락이 안되면 참으로 비참합니다. 이것도 말하자면, 공성전은 공격하는 측이 불리한 싸움이 되기 때문입니다. 하책(下策)이 되는 이유인 것입니다.

● 풀이

성(城)이란 것은 수비태세의 등어리와 같은 것입니다. 공성은 공격으로서는 제일 불리한 방법으로, 어쩔 수가 없을 때나 써먹을 것입니다. 공격을 하는데는 특별한 연장이 필요하며, 거기에 드는 비용보다도 더욱 기가 막히는건 준비에 많은 시일을 잡아먹는 일입니다. 오래 군사를 내보내서는 안된다는 원칙에 위반이 되기 때문입니다.

더구나 서둘러서 인해전술을 쓰게 되면 엄청난 희생을 강요당하는 거니까, 어느쪽으로 따지든지 채산이 안맞는 전법인 것입니다.

이 공성전에서 우책(愚策)이란 사고 방식에서 배울 것은, 견고한 방비태세가 완성되 있는데는 싸움을 거는 게 손해란 사실입니다. 싸움에 시일을 잡아먹히는 건 무엇보다도 금물이니까, 물량작전(物量作戰), 장기작전(長其作戰), 정 되지 못할 경우가 아니면 피하는 것이 좋겠습니다.

손자의 시대엔 그야말로 일각의 방심도 용납이 안되는 배후의 여러 세력들이 들끓고 있었으니까, 그 점이 강조됐던 것을 에누리를 해서 생각할 필요가 있습니다.

다만 피할 수만 있다면 피하는 게 좋다는 것은, 유명한 전술가 크라우걸잇쓰도 요색공위전(要寒攻圍戰)이란 것은 전국 전체의 승부가 어떻게 돼나 하는 다급한 시기에는 공격하는 편이 불리하고, 그 위기를 강화할 염려가 있고, 요새공격만큼 병력을 잡아먹는 건 없다고 말합니다.

〔原文〕 故善用兵者 屈人之兵 而非戰也. 拔人之城 而非攻也. 毀人之國 而非久也. 必而全爭於天下. 故兵不頓 而利可全. 此謀攻之法也.

〔역주〕 兵不頓 : 頓은 鈍과 같으니 무디어진다는 뜻. 그러므로 兵不頓은 무력의 손상이 없다는 뜻. 謀攻 : 謀計로써 친다.

〔해석〕 그런고로 병을 잘 쓰는 자는 타의 병을 굴복을 시켜도 싸움을 하는 게 아니다. 남의 성(城)을 함락시켜도 치는 게 아니다. 남의 나라를 격파를 해도 시일

을 잡아먹지를 않는다. 반드시 고스란히 천하를 다
룬다. 그런고로 병을 둔화시키지 않고, 소득이 완
전하다. 이게 모공(謀攻)의 법이다.

● 대의

그러니 전쟁을 잘하는 사람은 상대의 전력을 무너뜨릴지언정, 실
전(實戰)은 않습니다. 어쩔 수 없이 공성전의 필요가 생겨도 정면
에서 정식적인 공성전은 안합니다. 상대의 나라를 격파한 대도 장
구한 세월 전쟁은 않습니다. 필연적으로 서로 상하지 않게 천하를
다투는 것입니다.

이러한 방법이라면 병력 전력을 잃지 않고, 요긴한 목적으로 삼
는 이익을 완전히 수중에 거둘 수가 있게 되는 것입니다. 이거야
말로 참 지능전이라 할 수 있는 것입니다.

● 풀이

싸움은 요컨대 지능전이 최고의 것, 실전의 조우전이나 요새전
은 최하가 된다는 얘깁니다. 싸울 것 같이 보이고도 싸우지 않고,
칠 것 같이 보여도 치지는 않는다. 이거야말로 고등전술 중의 고
등전술이란 겁니다.

3

〔原文〕 故用兵之法 十則圍之 五則攻之 倍
則分之 敵則能戰之 少則能逃之 不
若則能避之 故小敵之堅 大敵之擒也.

〔역주〕 敵 : 匹敵, 어슷비슷하다. 逃 : 守와 같은 뜻으로 쓰고 있다.

堅 : 堅持 堅强한 태도를 가짐

[해석] 그런고로 용병법은 십일 때는 이걸 포위하고, 오일
     때는 이것을 치고, 배가 될 때는 이것을 나누고, 비
     등할 때는 잘 싸우고, 적을 때는 곧 잘 도주하고 아
     니면 곧 잘 피하고, 그런고로 적은 적이 완강한 것
     은 대적의 포로가 된다.

● 대의

자 실전이다 할 때의 용병법은, 이쪽의 병력이 10배가 된다고 볼
때는 적을 포위해 버리는 전면 포위작전을 하는 게 좋고, 약 5배정
도라면 정면공격도 좋다.

다음의 배가 되면 나눈다…는 데는, 해석을 두가지로 할 수 있
는데, 적과 동수의 병력을 정면에 돌리고, 나머지 병력은 딴 곳으
로 돌려서 이면작전을 한다는 것과, 의미는 비슷하지만, 적의 주세
력을 이분케하는 것 같은 공격방식을 한다는 것도 있는 것 같습니다.

다음의 적(敵)할 때란 것은 대등 필적(匹敵)하다는 뜻으로써,
이러할 때는 전력을 내어서 선전(善戰)을 한다. 만일 이쪽의 병력
수가 모자란다고 생각한다면 공격하는 건 일단 중지하고, 역점(力
點)을 방어전 · 지연작전을 벌리는 게 좋습니다.

그렇지 못하다면 이런것은, 힘이 모자란다고 알았을 때에는, 도
저히 승산이 없을 때는 몸을 잘 비켜서 절대로 충돌을 시켜선 안
됩니다. 이러한 경우에 병력을 굳혀서 방어전을 하려했다간 이거
야말로 적의 함정이다. 고스란히 생포가 되어버리는 게 결말일 거
라는 얘깁니다.

● 풀이

상대의 병력과 이쪽과의 차를 전쟁할 때마다 자세하게 검토하고 비교해 보고, 그 균형 상태에 따라서 쓰는 전법이 저마다 다르다는 것을 설명한 것입니다.

포위섬멸전은 10배 이상의 병력이 있어야 비로소 가능한 것이며, 정공법으로 정면에서 밀고 들어가서 이길 수 있는 건 5배의 병력이 있을 때라고들 하는데, 어지간히 알아 들을 만한 거라 생각이 됩니다. 비등한 세라면 보통의 공격방법에선 확실한 승리는 기대하지 못합니다. 단순한 생각으론 상대보다 조금이라도 강하다면 그것만으로 이길거라 생각하기 쉽지만, 그런 게 아니라는 것입니다.

적의 2배의 세력이 있어도 1 : 2가 되는 건 아니고, 상대의 주력방향을 둘로 가르게 해서, 1대의 관계를 두개로 합해서 2대 4란 형태로 하지 않으면 안된다는 건데, 힘을 둘로 나눠버리면, $\frac{1}{2}$이 되는 게 아니고, 더욱 약체가 되어버리는 것일 테니까, 거기서 비로소 승산이 서는 것입니다.

세력이 어금버금일 때에는 잘 이것과 싸우고자 했지만, 다음에 곧잘 도주하고 곧잘 피하는 요령과 같이, 최대한의 연구로 힘껏 싸운다는 가능의 범위의 최대한을 발휘한다는 의미를 갖고 있는 듯 합니다. 혹은 비슷한 세력의 싸움은 승부나 승패는 헤아리고 있을 때가 아니니까, 그냥 힘껏 싸운다는 의미인지도 모릅니다.

이러한 의미의 '잘'이니까, 이쪽의 병력이 적을 때는 전능력을 송두리째 내어 그냥 도주할 일이란 의미로 해석해야 하며, 이길 가능성이 없을 때는, 군자는 위험한데를 피한다니까, 적의 눈에 뜨이지 않게 최선을 다하라는 게 됩니다.

이 조항의 병력 10배라든지 5배란 비교의 기준을 그대로, 현실의 사업같은 데다 끼워맞춰본다든지 하는 건 도저히 안되는 일로서, 비록 뭔가 그럴 듯한 견강부회는 혹 가능할지 모르나, 음양오행(陰陽五行)의 숫자를 인생에다 맞추는 역단(易斷)이나 점괘같은 게 되서 맞기도 하고 안맞기도 하는 게 되버릴 것입니다.

배율(倍率)의 적부는 하여튼간에, 보통 숫자보다 월등하게 많은 실력의 거리가 없으면 절대 착실한 승리는 기대하기 어렵다는 것, 상대의 전력이 가는 방향을 두 쪽을 내는 술책을 쓴다는 점, 힘이 모자란다 생각하면 절대로 적대행위를 하지 말라 오히려 잘 도주하는데다 연구를 해서 섣불리 작게 뭉쳐서 반항하려 하다간 큰 세력의 밥이 되고만다는 주의는 들을만한 가치가 있습니다.

4

〔原文〕 夫將者 國之輔也. 輔周則國必強 輔 隙則國必弱.

〔역주〕 輔 : 수레의 양쪽 옆에서 바퀴가 빠지지 않도록 버티어 주는 뎃방나무. 周 : 무슨일이든지 허술한 구석이 없음.

〔해석〕 대체로 장(將)은 나라의 보(輔)이다. 보가 완전하면 나라는 반드시 강하고, 보(輔)에 틈이 있으면 즉 반드시 나라는 약하다.

●대의

보(輔)란 것은 차바퀴의 양쪽에서 바치는 수레뎃방나무입니다. 여기서는 나라를 차체(車體), 군주(君主)를 차축(車軸), 군을 차바퀴, 장—통솔자를—차의 뎃방나무로 보고 있는 것 같습니다.

장이란 것은 나라로 말한다면 수레의 뎃방나무와 같은 것입니다. 뎃방나무가 완전히 딱 차축에 수레를 조이고 있으면 반드시

나라는 강할 터인 것입니다. 그 까닭은 통솔자, 지휘자와 군주와의
사이의 호흡이 딱 맞아들어가면 군의 수레가 원활하게 돌 것이라
는 것입니다

또 보(輔)와 차축 사이에 틈이 있어서 그 짜임새에 틈이 생기면
그 수레, 즉 나라는 반드시 약하다. 병력의 차바퀴가 미끄럽게 회전
하지 않기 때문입니다.

●풀이

여기서는 사업주와 경영당무자들의 관계에 대해서 말을 한 것 같
이 돼있습니다. 가부간, 특히 사업주와 총지휘를 맡은 사람과의
사이에 호흡이 딱 맞지 않으면 톱니바퀴의 기어가 맞지 않는 것과
같아서 사업자체가 원활하게 운전이 안된다. 찌부러진 수레와 한
가지란 얘깁니다.

〔原文〕 故君之所以患於軍者三. 不知軍之不可
以進而謂之進   不知軍之不可以退而謂
之退. 是謂縻車.

〔역주〕 三軍 : 전군대. 周나라의 군제에 「天子·六軍 大國三軍 次國二
軍 小國一軍」이라고 하였는 바 큰 나라의 군대.

〔해석〕 그런고로 군(軍)이 군주에 대해서 근심하는 세가지
의 우환이 있다. 군이 진격할 때를 모르고 이것을
나가라고 호령하는 것을 말하고, 군이 물러서야할
것을 모르고서, 이것을 물러가라고 시킨다. 이것을
군의 코를 낀다고 말한다.

●대의

미(麋)소의 코고레로, 속박의 뜻.

군주와 군과의 관계를 말하면, 군주의 마음가짐에 의해서는, 군의 행동에 방해가 되는 것 세가지가 있다. 먼저 그 첫째는 당연히 진격해서는 안될 때에 진격하라고 시키고, 여기는 어떠한 일이 있더라도 물러서선 안될 자리를 물러나라고 요구하거나 하는 것으로서, 이것을 일컬어서 군에 코고레를 단다. 군의 자유를 구속하는 게 된다고 해도 무방할 것입니다.

●풀이

예를 들면 사장이라든지 중역실에 총지배인이나 공장장, 영업부장등 사이에 의견의 불일치가 있으면, 사업의 활약면에서 방해가 되는 세가지를 들어서 말한 것입니다. 현장관계의 실정과 평소 이러한 일을 모르는 상층부와의 사이에 곧잘 발생하는 일인데, 객관정세, 사내사정으로 이때는 적극적으로 일을 떠벌릴 시기가 아닌데도, 혹은 주식총회에 제시하는 대차대조표의 체제를 만들기 위해서라든지, 경제정세의 사실 오인이라든지, 기타, 인적인 관계등으로 사업범위의 확장이라든지 숫자의 확장을 의도하는 요구가 제시될 때가 있는 겁니다.

또 사업이 궤도에 올라서서, 여기서 이제 잠시 적극적인 지반을 굳히기 위해서, 혹은 증자, 확장, 증산 등이 필요한 시기에 이유없는 불안감이나 혹은 정견(定見)이 없는 제삼자의 견제에 밀리든지 해서, 원인은 여러가지겠지만 부당한 이유로 무릎을 꿇어버리는 지령이 내릴 때가 있는 겁니다.

박약한 근거에서 혹은 불순한 이유에서, 올바른 시책에 배반되는 방침으로 나타나는건, 업무에 있어서 거추장스런 방해 이외의 아부것도 아닙니다.

〔原文〕 不知三軍之事　而同三軍之政者　則軍
士惑矣. 不知三軍之權　而同三軍之任
則軍士疑矣.

〔역주〕 **三軍之政** : 군사행정. **惑** : 迷惑함, 즉 정신이 헛갈려 어지
럽게 됨. **三軍之權** : 軍令.

〔해석〕 삼군(三軍)의 일을 모르면서 삼군의 정(政)에 관여
하면, 즉 군사들이 의혹한다. 삼군의 권(權)을 모
르고서 삼군의 임(任)에 참견하면, 즉 군사들이 의
혹을 갖는다.

● 대의

삼군(三軍)이란 것은 당시의 종국의 군사편성으로서, 상군(上軍),
중군(中軍), 하군(下軍)의 삼군, 1군의 병원수는 1만 2천 5백명
입니다. 권(權)은 앞에도 나왔지만, 권변(權變)의 처치라 말하며,
임기응변(臨機應變)의 대책을 세우는 일입니다.

이 조항은 삼환(三患)의 제 2에 해당하는 것으로, 군정기구, 명
령계통이란 것에 무관심해서 제멋대로 간섭이나 명령을 내는 일
이 있으면 정령(政令)이 두군데서 나오는 게 되어서 큰 혼란의 원
인이 됩니다.

또 전쟁이란 것은 때에 따라 기회에 응해서 언제나 움직이고 있
는 거라, 그러한 사정에 어두운 부처에서 실정에 맞지도 않는 지
시를 내거나 방침이 내려오거나 하면, 현지 군의 입장에선 할 바
를 모르게 됩니다. 이건 참으로 난처한 것입니다.

● 풀이

여기서 다시 말할려고 하는 것은, 사업을 하는데 있어서 현장
기관과 최고수뇌부 사이에서 곧잘 생겨나는 일들입니다. 여기서 주
의를 요하는 것은, 현장의 사람들은 현장에 물들어 있기 때문에,
잘 고등정책에 속하는 판단에서 나오는 것 같은 현실적인 개혁이
라든가 하는 것에 좀처럼 휩쓸리려고 안하는 것입니다.

뭔가 중얼중얼 합니다. 항거 못한다는 불만이나 일종의 건방진데
서 오는 거겠지만, 이것은 의사전달이 잘 안된데서 나오는 거겠지
만 이것과 그것은 다릅니다. 절대로 혼동해서는 안됩니다.

문제가 되는 것은 명령계통의 혼란과, 정확하고 상세한 실정에
알맞는 인식의 철저에 있는 것입니다. 요컨대 기구의 문제입니다.
그리고 일단 수립이 된 기구는, 어디까지나 존중을 받지 못하면,
소중한 지도적 지위에 있는 자가 떠오르고 맙니다. 지도자가 떠올
라 버리면 위령(威令)이 안서고, 조직의 요소 요소의 못이 빠져
버린 것 같이 되어서 전체의 활동이 덜컹거리는 것도 어쩔 수 없
습니다.

〔原文〕 三軍旣惑且疑　則諸候之難至矣. 是謂
　　　　亂軍引勝.

〔역주〕 旣 : 이미. 引 : 이끌다.

〔해석〕 삼군이 이미 미혹하고 또 의심하면, 즉 제후(諸候)
　　　　의 난이 온다. 이것을 군을 어지럽히고 적의 승리
　　　　(勝利)를 끈다고 말한다.

● 대의

최후의 승(勝)을 끈다는 말에는 여러가지 해석이 있는 것 같은데, 적의 승리를 초래한다는 의미와 이쪽 승리를 지연시킨다 하는 해석이 있는 것 같은데. 하여튼 아군의 승패에 영향을 준다는얘깁니다.

군의 조직내에 일단 의혹이 생겨버리면, 좋은 기회가 왔다고 제삼자인 복배(腹背)의 외적이 습격해 오게 될테죠? 이것은 군을 혼란시키고 약체화하고, 승부에 심대한 영향을 주게 되는 것이라 말할 수 있을 겁니다.

● 풀이

직접 부서의 지휘자가 떠올라버리면 다른 두 개의 방책이 뒤죽박죽이 되며 일 전체의 통일이 깨지고 맙니다. 이러한 양상이 된 사업체제에는 여러가지 위기가 들어닥칩니다.

통제가 어지러워진 업체를 보면 대개의 경우엔, 이러한 각부서의 지도자가 떠올라버리는 조직, 태세라든지, 그러한 사건들이 실마리가 되는 경우가 많습니다. 이건 제일 무서운 것입니다.

사업에 있어서의 제후란 것은 여러가지 형태로 습격해 옵니다. 이것을 자기 손으로 불러들인 것 같이 한 것은 평소의 노력, 근면이 한꺼번에 온 것이 되고 맙니다.

5

〔原文〕 故知勝有五. 知可以與戰不可以與戰者勝. 識衆寡之用者勝. 上下同欲者勝. 以虞待不虞者勝. 將能而君不御者勝 此五者知勝之道也.

[해석] 그런고로 승리를 아는데 다섯가지가 있다. 그러므
로 더불어 전투를 할만한가, 또는 더불어 전투를 해
서는 안될 것인가를 아는 자는 이긴다. 중(衆)·과
(寡)의 용을 아는 자는 이긴다. 상하(上下)가 같은
욕망을 갖을 때에 이긴다. 우(虞)를 가지고 불우를
맞는 자는 이긴다. 장 능력이 있고 군주가 간섭하
지 않으면 이긴다. 이 다섯가지는 승리를 아는 길
이다.

●대의
지금까지 설명한 것을 요약하면, 이길는지 어떨는지를 미리
알 수 있는데는 다음의 다섯가지의 조건이 따른다고 말합니다. 먼
저, 전투를 해서 좋은 상대인가, 혹은 전투를 피하는 게 좋은 상대
인가를 틀림없이 판단이 가능한 것.
다음엔 병원(兵員) 군비의 대소를 따라서, 그 용병법을 잘 알고
있을 것.
위에서 아래까지 무엇이 목적인가를 잘 알고 있는 점에서 완전
히 일치된 처세일 것.
이쪽이 충분한 경계태세를 갖추고, 면밀한 계산위에 상대방의
무방비를 조용하게 기다릴 만한 침착성이 있을 때.
장이 된 사람이 충분한 재능 능력을 갖추고 있고, 군주가 그 능
력을 잘 알아 어느 정도 맡겨버리고, 괜한 간섭이나 지배를 하
려하지 않을 때.

●풀이
승부를 예측할 수 있는 다섯가지 조건을 정리한 것입니다. 필승

을 다짐하는데 중요한 요소라고도 할 수 있습니다.

이러한 다섯가지 조건은 모두가 지금까지 자세하게 풀이해 온 것이니까, 다시 해설을 할 필요가 없을 것입니다.

〔原文〕故曰 知彼知己 百戰不殆 不知彼知己 一勝一負. 不知彼不知己 每戰必敗.

〔역주〕殆 : 위태함. 知彼知己 : 저쪽을 알고 나를 안다. 不知彼知己 : 저쪽을 모르고 나를 알다.

〔해석〕그런고로 저쪽을 알고 나를 알면 백번 싸워도 위태하지 않으며, 저쪽은 모르고 나를 알면 한번은 이기고 한번은 진다. 저쪽도 모르고 나도 모르고 싸울 때마다 반드시 진다.

● 대의

말을 바꾸어 설명한다면 상대방이 갖추고 있는 조건 그 강약을 잘 알아서 이쪽의 실력을 충분히 분간한 싸움이라면, 소위 백전백승으로 가는 곳 무적이라 위험이란 전연 없습니다.

이것과 반대로 자기의 실력만을 알고 그 나름의 태세를 제대로 갖추고 있어도, 상대에 관한 정보의 군사분석이 불충분하고, 그 비교검토가 시원찮을 때에 전투를 시작하면 어떤 때는 이기기도 하고, 또 지기도 한다. 이겼다가 졌다가 한다는 것입니다.

만일 상대방에 대해선 전연 모르고, 자기편에 대해서도 계산이 엉터리고, 참 실력도 모르는 형편으로는 이건 전연 문제가 안되는 얘기라 싸움을 하기만 하면 지고, 나가면 얻어터지기 마련이라는 것입니다.

● 풀이

이게 '모공제삼(謀攻第三)'의 결귀(結句)입니다. 이것을 뒤집어 얘기를 하면, 어떠한 경우에도 공동하는 필승법이란 없다는 것도 됩니다. 모든 것은 적 나름이고 이쪽 나름이란 겁니다. 그것을 잘 검토해 보고 시작하느냐 안하느냐에 좌우된다는 겁니다.

적과 승부를 결판내려 할 때에, 상대편의 현상을 구석구석 손에 잡힐 듯 알고 나서, 게다가 이것과 비교검토를 해보고 어떠한 점에도 손색이 없을 만한 이쪽의 실력이 있다는 것을 확인한 후의 승부라면, 이것은 틀림없이 백전백승도 의심이 없습니다.

그러나 자기편의 진영의 일만은 곧잘 압니다. 먼저 이것으로 충분하다고 생각하지만, 이게 조금도 상대와 비교를 한 후의 검토는 아니니까, 이 판단이 맞는 점도 있을 것이고 전연 빗나간 것도 있었다가는, 만사는 전쟁을 해보지 않고는 진짜는 모른다는 결론이 나옵니다. 이쪽의 실력을 과대평가한 점이 있거나, 상대를 과소평가한 점이 있거나 해서, 막상 뚜껑을 떼어보면, 그 싸움은 일승일패. 기세좋게 이쪽이 우세한 부분이 많이 쓰여진 싸움이라면 이길 수도 있고, 그게 반대가 되면, 상대에게 얻어터지는 결과가 되고 맙니다.

제 4 편

군형(軍形)

1

〔原文〕 孫子曰 昔之善戰者 先爲不可勝 以
待敵之可勝.

〔역주〕 曰 : 말하다. 昔 : 옛날. 先爲不可勝 : 먼저 승리를 빼았기
지 않을 차림을 하고.

〔해석〕 손자가 말하기를 옛날의 전투를 잘 하는 사람은 먼
저 승리를 빼앗기지 않을 차림을 하고 나서 적에게
이길 수 있는 기회를 엿본다.

● 대의

이 장에서는 군의 태세(態勢)에 대해서 얘기하고 있습니다.

옛날부터 '전쟁에 익숙한 분'이라 말을 듣는 분들의 전법을 본다
면, 적에게 승리를 빼앗기지 않을 만한 이쪽의 태세를 갖추는 게
선결문제로서, 이게 충분히 정비가 되고 정비가 된 후에 이제 점
차로 상대방의 태세에 이길 만한 틈이나 결점이 생기는 것을 기다
린다는 방법을 채용하고 있는 것 같습니다.

● 풀이

전쟁이란 것은 도검(刀劍)이나 포화를 맞대고 치기도 하고 맞기
도 하는 거라 생각하기 쉽지만 그것은 최하의 얘기로서, 가장 중
요한 요건(要件)은 태세라는 것입니다. 상대에게 지지않을 만한 태
세를 종횡(從橫)으로 검토해 보고, 어디서 어떻게 밀어도 한푼의
틈도 발견할 수 없는 완전무결한 태세가 돼 있어야 비로소 전쟁이

지, 그러한 용의가 없는 싸움은 생각할 수 없다.

물론 이 태세도 무기나 방비, 병원(兵員)의 배치만이 아니라, 식량, 무장 탄약의 보급로, 기구의 정비, 목적의 철저와 일치, 의지의 소통등, 지금까지 열거해 온 모든 조건을 포함시킨 태세가 아니면 안됩니다.

이러한 태세에 관해서 먼저 첫째로 이쪽 태세가 정비될 것, 다음에 상대의 태세를 충분히 조사해 보고 손에 잡힐 듯 알 것, 이게 소중한데 이 두가지가 완료돼도 그것으로 별안간 싸움을 시작하느냐 할 것 같으면 결코 그런 건 아니고, 그러한 쌍방의 태세에 불균형이 생길 때까지 천천히 기다려야 한다는 것입니다.

이러한 것은 근대전에도 그대로 통용이 되고, 사업경영에 맞춰봐도 함축이 있는 내용입니다. 싸움은 태세전으로 시작하고, 거기어느 정도의 승패의 열쇠가 숨어있다는 것입니다. 더구나 피아(彼我)의 태세의 균형이 무너져서 이쪽에 유리하게 보였을 때가, 즉싸움을 시작할 시기라는 것입니다.

이 순간에 소중한 것은 우리집 뜰의 감이 크게 보이거나, 그 반대로 남의 밥의 콩이 크게 보이는 잘못된 판단일 것입니다. 냉정한 과학자의 눈으로 한 판단에 의하지 않으면 안된다는 것입니다.

〔原文〕 不可勝在己　可勝在敵. 故善戰者 能爲
　　　　不可勝　不能使敵必可勝.

〔역주〕 **不可勝在己** : 이겨가지 못할 것은 내게 있고. **可勝在敵** : 이
　　길 수 있음은 적에게 있다.

〔해석〕 이겨 나가지 못할 것은 내게 있고, 이길 수 있음은

적에게 있다. 그런고로 잘 싸우는 자는 잘 이겨가
지 못하게는 할 수가 있어도, 적을 공격해서 반드
시 이길 수 있도록 적을 만들기는 어렵다.

● 대의

상대가 이쪽에서 이기지 못할 것이라 함은 모든 점에서 이쪽의
태세가 완전하기 때문이며, 동시에 이쪽이 상대를 이길 수 있는 가
능성을 갖게 되는 것도 상대의 태세에 틈이 생기고, 결함이 생기
기 때문이다.

그러니 아무리 싸움을 잘한다 해도 이쪽의 태세를 적이 이겨가
지 못하게 정비한다는 만전(萬全)의 책은 가능하지만, 상대를 공
격해서 반드시 이긴다는 요구대로의 태세로 상대방을 움직이게하
기는 어려울 것입니다.

● 풀이

이 조항은 싸움을 이기는 것도 지는 것도 모두가 상대에 달렸으
니, 그 받는 태세의 선악이 첫째라는 얘깁니다.

이쪽은 세심한 주의로 얼마든지 만전의 태세를 갖출 수도 있지
만, 상대의 차림을 입맛대로 불완전하게 시키는 재주는 없을 게 아
닌가 하는 얘깁니다. 수세(守勢)만을 얘기한다면, 자기가 하는 거
니까 자기힘으로 보강도 되지만, 상대의 수세는 그가 있는 그대로
를 그때마다의 대상을 냉정침착하게 잘 관찰해서, 그 강도(強度)
를 측정하는 게 승패의 근본이라는 게, 손자의 생각입니다.

〔原文〕 故曰 勝可知 而不可爲. 不可勝者守
也. 可勝者攻也. 守則不足 攻則有餘.

〔역주〕**故曰** : 그런고로 말하기를.

〔해석〕 그런고로 말하기를 이길 것인가는 알 수 있지만 만
들지는 못한다. 이기지 못할 때는 지키는 것이다.
이길 수 있을 때에 공격하는 것이다. 지키는 것은
부족하기 때문이고, 공격하는 것은 즉 여유가 있.
기 때문이다.

●대의

관찰 측정(測定)이 근본이라 한다면, 이길 것을 판단은 할 수 있
지만, 이길 수 있도록 상대방을 만들지는 못합니다. 판단의 목표는
있는 그대로의 현실을 바로보고, 그것을 입각점으로 하는 겁니다.
만일 상대의 태세가 충분하고, 공격하는 힘과 지키는 힘의 균형
이 이쪽에 불리하다고 보면, 공격하는 건 일단 보류하고, 먼저 수비
에 전념해야 될 것이며, 절대로 이쪽이 우세하다고 보면 비로소
공세에 나가는 것입니다. 수세를 취한다는 것은 힘의 균형에 있
어서 이쪽에 부족이 있기 때문이며, 공세에 나가는 것은 이쪽이
우세하기 때문입니다.

●풀이

수세냐 공세냐, 이것은 피아(彼我)의 힘의 균형에 의하는 것으
로, 열세 같으면 서툰 술책으로 공격할 것을 생각하지 말고 깨끗이
수세를 취하라는 것입니다. 수비력도 없으며 무슨 공격할 힘이 나
겠냐는 겁니다.
새로운 발전력은 과거의 업적으로 충분히 완비되고, 다져놓는 터
위에 세워진다고 생각한 겁니다. 먼저 발판을 굳히라는 겁니다.
새로운 발전에 필요한 역량을 세밀하게 계산해서 되풀이 검토해

보고, 목적을 수행하고 그대로 역력이 충분히 있다고 판단하기 전에는 무리를 해선 안된다는 얘기죠.

〔原文〕 善守者　藏於九地之下　善攻者　動於九天之上. 故能自保而全勝也.

〔역주〕 **九地之下** : 지극히 깊은 땅밑. 옛날에는 '九'를 수의 극한으로 생각함. **九天之上** : 하늘의 가장 높은 곳.

〔해석〕 잘 지키는 자는 구지(九地)의 밑에 숨고, 잘 공격하는 자는 구천(九天) 위에 움직인다. 그런고로 잘 스스로를 지켜야 곧잘 이기는 것이다.

●대의

구지(九地)의 구(九)는 중국에선 수의 극치(極致)라 봅니다. 다음의 구천(九天)과 대칭(對稱)으로 쓰여지고 있는데, 구지(九地)는 땅속 가장 깊이라는 의미이고, 구천(九天)은 '太陰天, 辰星天, 太白天, 太陽天, 熒惑天, 歲星天, 鎭星天, 恒星天, 宗動天'의 구천(九天)인데, 여기서는 가장 높은 곳이란 의미로 해석해도 무방할 것입니다.

땅속에 파고든다는 말은 현재도 곧잘 써먹지만, 이상적인 수세·수비태세라 하는 것은, 마치 지하에 파고드는 것 같이 일체를 잘 음(陰)에 숨겨버리고, 무엇 하나 분명하지 않게 하는 것이며, 이상적인 공세는, 구천 높이 움직이는 것 같이 상대가 막기가 어렵도록, 어디서 쳐들어오는가 분간을 못하는 공격방법을 써야 된다는 것입니다.

상대가 막아내는데 허둥지둥하는 공격이라면 확실하게 이깁니다.

공수(攻守)에 최선을 다할 일입니다.

● 풀이

이 대목은 근대야구의 전술을 듣고 있는 듯한 기분이 든다고 생각이 되는데, 확실히 일맥상통하는 데가 있는 것 같습니다. 다만 손자가 말하는 수비는 분명히 수비태세가 아니고, 수세를 말한 겁니다. 공세와 수세를 치는 힘과 이것을 받고 서는 힘이라 해석하지 말고, 후자는 반적극적인 소극전술이라 보는 게 타당할 것 같습니다.

태세의 균형이란 것을 저울로 해서, 그 기울어짐으로 분명히 공격적, 소극반격적이라 나누는 것입니다. 기본적인 태세, 적에 대비하는 태세는 공격에도 반드시 필요하지만, 그 외에도 공세와 수세의 두가지 태세가 있다고 주장하고 있는 것 같습니다.

이건 사업내용의 충실이 무엇보다도 소중하며, 그 충실도를 기준으로 해서 상대 부문의 확장도 좋고, 시장의 쟁탈전도 좋고, 싸움을 할 대상을 재는 거라 해석해도 좋을 것입니다.

계량(計量)의 결과, 여기서는 수비로 해야한다고 판단을 하면, 그 수세를 하는데는 물샐틈 없는 만전을 기하라는 것입니다.

한번 상대를 공격해도 된다고 상대의 형편을 살펴보면, 구천(九天) 위에서 떨어져 내리는 우세함을 갖고, 단숨에 상대를 공격해서 베어버리라는 것입니다.

2

〔原文〕 見勝不過衆人之所知　非善之善者也.
　　　　戰勝天下曰善　非善之善者也. 故擧秋毫

不爲多力 見日月不爲明目 聞雷霆不
爲聽耳. 古之所謂善戰者 勝於易勝者
也.

〔역주〕 善之善者 : 최선의 것. 秋毫 : 새나 짐승의 가을에 새로 나
는 털. 聞雷霆 : 우뢰소리를 듣다. 聽耳 : 귀가 밝다.

〔해석〕 승리를 보기를 중인(衆人)과 같을 때는 가장 잘한
자가 아니다. 싸움을 해서 이겨서 천하가 다 잘한
다 할 때 가장 잘하는 게 아니다. 그런고로 터럭 하
나 들었다고 힘이 센게 아니고, 일월을 본다고 눈
이 밝은 게 아니며, 우뢰소리를 들었다고 귀가 밝
은 게 아니다. 옛날 잘 싸우는 자는 이길 만할 때
이기는 게 이기는 자이다.

● 대의
추호(秋豪)라 하는 건 첫가을에 새나 짐승 몸에 나는 털이다. 지
극히 가벼운 의미로 쓰인다. 뇌정(雷霆)은 격렬한 우뢰소리. 총이
(聽耳)는 예민한 청력을 의미한다.
이런 식으로 서로 구지(九地) 아래 감춰둔 수비태세를 알아내고,
쌍방의 실력을 비교 검토해서 전투에 들어간다는 사전의 복잡한 작
전이 있어서 비로소 얻어지는 승리라, 승리의 예견이 누구의 눈에
도 빤히 보이는 것 같은 표면적인 것이라면, 그건 결코 양손을 치
고 칭찬할 만큼한 승리는 아니고 별로 큰 공적이라 못할 것입니다.
또 악전고투 끝에 간신히 이겼다고 모두가 말하는 승전은 참 훌
륭한 승리가 아닙니다.

이것은 터럭 한오라기를 들었다고 힘이 대단한 게 아니고, 해나 달을 봤다고 눈이 밝다는것도 우스운 얘기고, 우뢰소리를 들었다고 귀가 밝은 건 아닙니다.

참다운 선전(善戰)이란 것은 이길 만해서 이긴 것입니다. 이기는 데는 이길 만한 마련과 이유가 있어서 쉽게 이기는 것만이 참 승리인 것입니다.

● 풀이

참 병법의 진리(眞理)도 지극히 평범한 사실에 기초를 갖고 있는 것 같습니다.

세상의 뜬소문이 믿을 게 못된다는 사실에도 언급이 되어 있습니다.

세상의 얘기꺼리란건 거기 뭔가 괴이한 게 있어야 하는 거니까, 영웅이란 소문이 나고, 지장(知將)이라 칭찬을 듣는 사람들의 전기가, 그 유명해진 전적(戰績)같은 게, 사실은 최고의 것이 아닌지도 모릅니다.

이것을 근대적인 표현을 빌린다면 '병법은 현실주의의 것이다.' 라고 말할 수 있을 것 같습니다.

'최선의 싸움은 이기기 쉬운데 이기는 것' 이라는 주목할 만한 생각인 것입니다.

〔原文〕 故善戰者之勝也　無智名　無勇功.

〔역주〕 **善戰者** : 전적(戰績). **智名** : 특별한 이름.

〔해석〕 그런고로 잘 싸우는 사람이 이길 때는 지명(智名) 도 없고 용공(勇功)도 없다.

● 대의

따라서 참의미의 최선의 싸움으로 이겼다고 해서, 별달리 특별한 지장(知將)·명장 칭호를 듣는 것도 아니고 특별히 용명을 떨치거나 공로를 표창받거나 하는 일도 없습니다.

● 풀이

이상적인 싸움을 했을 때는 특별히 평이 나는 것도 아니고, 그 이름이 떨치는 것도 아니고, 지극히 당연한 인상밖에는 남지 않습니다.

사업같은데서도 잠자코 자기 직무에만 열중하고 있습니다. 전연 남의 눈에 뜨이질 않습니다. 그러나 다시 잘 알고 보면—— 완전무결, 전연 틈이 없습니다. 이런 게 참 일인 것입니다.

소리가 요란한 것은 얕은 여울물입니다. 깊은 배려가 구석구석 다 가있는 일에는, 문제가 안생겨서 눈에는 뜨이지 않지만, 반대로 특히 두드러지게 활동이 남의 눈에 오를 때에는, 오히려 거기 무슨 결함이 있는 것인지도 모릅니다.

〔原文〕 故其戰勝不忒. 不忒者　其所措必勝. 勝已敗者也.

〔역주〕 忒 : 틀림, 어그러짐, 그르침. 所措 : 하는 바, 조치하는 것.

〔해석〕 그런고로 그 싸움은 어김없이 이긴다. 어김없는 것은 그 조치하는 바 반드시 이긴다. 이미 패배한 데 이기는 자인 것이다.

● 대의

전조까지의 이유로 이러한 방법의 싸움이라면 이기는 게 당연합니다. 그 조치가 어긋나든가 눈 짐작이 빗나가는 일이 없고 반드시 이길 터인 것입니다. 왜냐면 사실상 이미 지고 있는 상대에게 이기는 거니까 당연한 것입니다.

● 풀이

싸움 구경을 하는 자가 손에다 땀을 쥐는 것 같은 승부란 것은 결국 쇼같은 스포츠 정도이고, 참 싸움은 결코 그렇게 돼서는 안된다는 것입니다. 첫째, 빗나간다는 게 없을 터이며, 어디서 보더라도 지는 게 뻔한 상대라면, 절대로 전쟁을 안한다는 거니까, 이것만큼 틀림이 없는 얘기는 없습니다.

어떤 의미에선 이건 약한놈 '골탕먹이기'라 할 것 같지만, 골탕 먹일 필요가 없는 놈을 필요없는 전쟁을 하는 게 되니까, 이러한 싸움이야말로 허명을 떨치는 일도 되겠지만, 참 용기가 있어야 하는 전쟁이라 말할 수 있을 것입니다.

〔原文〕 故善戰者　立於不敗之地　而不失敵之
　　　　敗也. 是故勝兵先勝而後求戰　敗兵先
　　　　戰而後求勝.

〔역주〕 **不敗** : 진적이 없다. **不失敵之敗** : 적의 패를 놓치지 않다. **求勝** : 승리를 구함.

〔해석〕 그런고로 잘 싸우는 자는 불패(不敗)의 자리에 서서, 적의 패(敗)를 놓치지 않는 것이다. 그런고로 승병(勝兵)은 먼저 이기고 그리고 싸움을 청하고,

패병(敗兵)은 먼저 싸우고 그리고 난 후에 승리를 구한다.

●대의

그러니까 이상적인 싸움을 하는 자는 자기편은 완전무결한 태세로 조금도 염려가 없으니까, 전혀 상대만 살피고 있습니다. 따라서 적의 약점이 생기는 것을 놓치는 일이 없는 것입니다.

이길 싸움은 충분히 이길 만한 태세, 요인(要因) 위에 서서 싸움을 시작하고 있는 것이며, 지는 싸움이란 것은 하여튼 싸워보고, 그 싸움 가운데서 이기는 기회를 구할려고 하는 위험한 다리를 건너는 것 같은 전쟁이라는 것입니다.

●풀이

여기서 쓰고 있는 불패의 자리란 것은 반드시 지형(地形)이란 한정된 의미가 아니고, 크게 입장이라든지 형세란 의미라 생각이 됩니다.

곧잘 의외로 기승(奇勝)을 얻었다고들 말하지만, 이건 대부분 우연히 호박이 굴러서 된 것이지만, 혹 어쩔 수 없이 한 싸움에서 안간힘을 써서 한 싸움에 나도 모르게 적의 약점을 찔렀다든지, 또는 손자가 말하는 것 같이, 이길 만해서 이긴 것이 숨은 준비는 전연 남의 눈에 안뜨이니까, 기승(奇勝)으로 결과만이 눈에 올랐다든지 하는 케이스라 생각이 됩니다.

역사상 그러한 케이스도 몇갠가 있었던 것은 사실입니다. 우리들의 주위에도, 때로는 그러한 사상을 들을 때가 있습니다. 그러나 이것은 정도(正道)의 성공은 아닙니다. 그러나 이런 것일수록 얘기꺼리가 되기를 원하는 것입니다.

소가 뒷걸음치다가 쥐를 잡았다는건 이건 꼭 그 다음에도 그렇게 되리라고 기대하기가 어렵습니다.

'승병(勝兵)은 이기고 와서 그 후에 싸움을 구하고, 패병(敗兵)은 먼저 싸우고 그런 후에 승리를 구한다'고 하는 말은 참으로 경청할 만한 말입니다.

〔原文〕 善用兵者 修道而保法. 故能爲勝敗之政.

〔역주〕 **修道而保法** : 道와 法은 「시계편」의 첫머리에서 말한 것.

〔해석〕 병(兵)을 잘 쓰는 자는 도(道)를 닦고 법(法)을 지닌다. 그런고로 능히 승패(勝敗)의 정(政)을 한다.

●대의

이 조항의 도(道), 법(法)이란 것은 본서(本書) 시계제일(始計第一)의 도(道, 天, 地, 將, 法)의 도입니다. 정(政)은 정리한다든지, 이(理)를 바르게 한다든가 하는 것이며, '정사'란 의미의 정치의 어원(語源)이 된 그 내용편의 의미인 것입니다.

여기서 설명이 또 한번 오사칠계(五事七計)의 근본이념에 되돌아온 것입니다. 이상적인 전쟁을 하는 자는 도의에 있어서도 험이 없나 반성하고, 곡제(曲制), 관도(官道), 주용(主用)에 잘못이 없느냐를 잘 다시 검토합니다. 그러니만큼 승패란 문제에 대해서 잘못보지는 않는 것입니다.

●풀이

군형(軍形) 태세의 선악은 요컨대 싸움의 근본이념에 맞춰보고, 재검토를 해 보고 빠뜨린 것 없이 만사가 다 잘돼 있으면 적합하고, 소홀한 점이 있으면 부(否)가 되는 것입니다. 싸우지 않아도, 승패는 내 수중에 있다는 거로 균형의 문제도 요컨대 근본이념이 충분히 뱃속에 들어 있어서, 그게 실지로 잘 행해지고 있는가 어떤가에 귀결된다는 뜻입니다.

3

〔原文〕 兵法　一日度　二日量　三日數　四日　　　　　稱　五日勝. 地生度　度生量　量生數　　　　　數生稱　稱生勝.

〔역주〕 兵法 : 옛날부터 전해 오는 병서, 혹은 용병하는 법으로 해석하기도 한다. 度 : 길이를 재는 것.

〔해석〕 병법에 一에 말하기를 도(度), 二에 말하기를 양(量), 三에 말하길 수(數), 四에 말하기를 칭(稱), 五에 말하기를 승(勝)이라고 지(地)는 도를 낳고, 도(度)는 양(量)을 낳고, 수(數)는 칭(稱)을 낳는다. 칭(稱)은 승(勝)을 낳는 것이다.

● 대의

칭(稱)이란 글자는 경중(輕重)을 알아본다. 비교 검토한다는 의미의 글자입니다.

병법에 이렇게 말하고 있습니다. 먼저 첫째로 원근을 재는 척도(尺度). 제2에 물량(物量)을 달아보는 계량(計量). 제3에 다소를 재는 계수(計數). 제4에 비교 검토. 제5에 승패의 판단이란 것입니다.

지(地)란건 전쟁의 터를 말합니다. 전쟁의 터란 것은 그 원근광

협(遠近廣狹)을 재는 게 필요하게 되고, 원근을 재면 그 고저 지형의 추량이 뒤따릅니다. 이것을 알면 다음에 그 지형에 의한 병원이나 무기, 식량의 필요수가 산출되지 않으면 안되게 되고, 그 수가 상세하게 파악이 되면 이번엔 피아(彼我)의 비교 검토가 가능해집니다. 이게 되면 승패의 추정을 할 차례가 되는 것입니다.

●풀이

근본이념을 바르게 하면 뒤는 숫자입니다. 되도록이면 명확한 숫자가 모든 것의 기초가 되고, 거기서 승패가 귀속하는 바도 산출이 되는 것입니다. 2천 5백년전의 손자의 사물을 생각하는 법은 대단히 과학적이었던 것입니다.

여기에 대해서 우상적인 영웅이었던 나폴레옹은 '군의 병력은 기계학에 있어서 운동량과 같이, 질량(質量)과 속도의 상승(相乘)이다'라고 그 수기에 쓰고 있습니다. 이것을 요약해서 말한다면, '병은 계수(計數)이다.'라고 말할 수 있습니다.

사업이 계수인 것은 말할 것도 없습니다. 다만 그 계수는 벌어들일 때의 계수, 얼마가 들고 얼마가 벌리는가 하는 결과의 타산만이 아니고, 그 타산은 기초계수를 쌓아올리는데 따라서 결과적으로 나오는 거라는 사실을 잊어먹어선 안됩니다. 더구나 그 근저(根底)에는 오사(五事)의 근본원리가 똑똑하게 파악돼 있다는 것이 중요한 것입니다.

〔原文〕 故勝兵若以鎰稱銖　敗兵若以銖稱鎰
　　　　勝者之戰　若決積水於千仞之谿者形也.

〔역주〕 勝：승리. 鎰：스물 네냥중. 銖：저울 눈.

〔해석〕 그런고로 승병(勝兵)은 일(鎰)을 가지고 수(銖)를
재는 것 같고, 패병(敗兵)은 수(銖)를 갖고 일(鎰)
을 재는 것과 같다. 이기는 자가 싸우는 건, 적수
(積水)를 천인(仞)의 골짝이에 쏟는 것과 같은 형
이 된다.

● 대의

일(鎰)·수(銖)한 것은 당시의 중량의 단위로서, 314수(銖)를 양
(兩)이라고 말하고, 20량을 일(鎰)이라 말한다. 이 상호의 신율
(信率)은 시대에 따라서 다소 달라진 것 같습니다. 천인(千仞)의
골짝이란 것도 길이의 단위(單位)로서, 일인(一仞)은 8척(尺)이
되니까, 천인(千仞)이라면 2천미터가 넘는 깊이가 되는 것입니다.

그런데 여기 이 대강의 뜻은 승리가 약속이 된 군의 조직과 패전
이 약속이 된 군조직과의 사이에는 일원짜리와 백원짜리의 무게의
차이라 할까, 1g과 500g 정도의 큰 차가 있어서, 전쟁을 터
뜨리면 땜을 끊어 물을 쏟아내는 것 같은 거로서, 단숨에 요절을 내
어버리는 게 참 의미의 승전이란 것입니다. 이게 참 의미의 군형
태세입니다 라고 말하는 것입니다.

● 풀이

별로 해설의 필요가 없는 결론입니다. 엄청나게 큰 태세의 차가
있어서, 어린 아기의 손을 비트는 실력의 차가 있어야 한다는 거겠
죠. 인상을 크게 하기 위해서 중국식으로 표현을 좀 과장했지만 참
뜻은 이해가 가실 줄 믿읍니다.

제 5 편

병세(兵勢)

1

〔原文〕 孫子曰　凡治衆如治寡　分數是也. 鬪
衆如鬪寡　形名是也.

〔역주〕 치(治) : 통솔, 관리. 分數 : 소수로 나누는 것, 군대의 편제.

〔해석〕 손자가 말하기를 대체 중(衆)을 다스리기를 과(寡)
를 다스리는 것 같은 건 분수(分數), 이것이다. 중
(衆)을 싸우게 하기를 과(寡)를 싸우게 하듯 하기
는 형명(形名), 이것이다.

● 대의

분수란 것은 수(數)를 나누게 하는 것으로서, 이 때에는 편대의
방법, 그 부대의 분할(分割)이나 편성(編成)의 원수(員數) 등에 해
당이 됩니다. 또 형명(形名)이라는 것은 형(形)은 부대 표식, 연대
기(連隊旗), 당시니까 깃대등속으로서, 이름(名)이란 것은 호령(號
令)이란 의미로서 봉화불이나 북, 지금으로 말하면 나팔소리라든
지 예광탄 등이 여기 해당이 되겠습니다.

아무리 숫자가 많은 대병단(大兵團)이라도, 마치 소인수(小人數)
의 소대를 만지는 것 같이 지휘행동을 시킬 수 있는 것은, 모두가
부대의 편성이 잘 법에 합당할 때입니다. 또 대부대도 소대처럼
전투행위를 시킬 수 있는 것은 전투표식(戰鬪標識)이나 명령전달
의 조직이 완전하기 때문입니다.

● 풀이

여기서는 조직과 통제의 중요성을 추리하고 있습니다. 대조직이기 때문에 만사가 좀처럼 철저하게 안된다는 것은, 이 편성 방법에 결함이 있다는 것을 의미하고 있습니다.

곧잘 많은 사람을 자기의 수족과 같이 움직인다고 말하지만, 자기의 수족도 이것을 뜻대로 움직이기 위해서는 복잡정연한 척추신경계통이나 대뇌피질(大腦皮質), 망양체(網樣體) 등의 뇌조직이 있기 때문이란 것을 잊어선 안됩니다. 사업체의 조직의 참고에 뇌의 생리학을 참고할 수 있다고 말한다면, 천만의 말씀이라고 생각할는지 모르나, 반드시 배울 게 있다는 걸 단언합니다

〔原文〕 三軍之衆 可使必受敵而無敗者 奇正是也.

〔역주〕三軍: 全軍.奇正 : 奇計에 의한 전술이나 기습작전을 하는것.

〔해석〕 삼군(三軍)의 중, 반드시 적을 알아 싸워 지지 않게 할 수 있는 것은 기정(奇正), 이것이다.

●대의

삼군(三軍)은 3 만 7 천 5 백명에 해당되는 대군(大軍) 입니다. 기정(奇正)이란 것은 기도(奇道), 정도(正道)의 양면작전이란 의미입니다.

삼군이나 되는 대군을 갖고 이것과 적이 맞부딪쳤을 때 절대로 지지 않는다. 불패의 전법이란 것은 기도(奇道), 정도(正道)를 교묘하게 활용하는 수 밖에는 없다는 얘깁니다.

●풀이

싸움은 정면에서 직통으로 부딪쳐오는 정도(正道)의 싸움이 기본이지만, 이것만 갖고는 절대로 이길 수가 없습니다. 기도(奇道)라 말을 듣는다 해도, 때에 따라서는 응변(應變)의 조치도 필요합니다.

응변만 갖고 안된다는 것은 귀에 못이 박힐 정도로 설명을 했으니까. 기병(奇兵)도 써먹을 줄을 알아야 됩니다. 묘한 심리포착 같은 것도 역시 기병(奇兵)이 되는 것입니다.

사업경영의 선전전 같은데도 특히 그 경향을 말하자면, 필요도가 강한 것 같습니다. 물론 그때 그때의 착상만의 행동이 모두가 돼서는 안됩니다. 정, 기(奇)를 병용하는 게 아니면 안됩니다.

〔原文〕 兵之所加　如以碬投卵者　虛實是也.

〔역주〕 虛實 : 준비가 없는 것과 있는 것, 여기에서는 아군의 實로써 적의 虛를 친다는 뜻.

〔해석〕 병(兵)을 쓰는 포에 하(碬)를 가지고 계란을 때리는 것 같은 건 허실(虛實), 이것이다.

●대의

하(碬), 숫돌(砥)의 고자(古字)입니다. 허실(虛實)은 실(實)쪽을 먼저 말씀 드리는 게 알기가 쉽겠습니다만, 실은 내용 충실이란 의미로서 허(虛)는 공허, 그 반대의 현상입니다.

병력을 가지고 상대를 칠 때에 숫돌로 계란을 때리면 어떻게 되겠는가? 뻔한 얘기지만 병세(兵勢)란 것도 그런 겁니다. 그 내용이 충실해서 빈틈도 없는 게 엉성한 군대를 치면 어떻게 될 것인가는 뻔합니다. 이것을 실(實)로 허를 친다는 것입니다.

● 풀이

허실(虛實)에도 여러가지가 있습니다. 잔뜩 몰려 있는 것과 허름하게 있는 것의 병정의 수의 다소를 말하는 것도 되고, 장비의 완전하고 강력한 병이 조직돼 있는 것과 그 반대로 별로 장비도 없는 것이란 의미도 되고, 또 충분한 훈련이 돼있는 경험이 많은 강력부대와 오합지졸의 병대란 전력의 강약도 있습니다.

요컨대 그 실력의 관찰입니다. 그 약점을 치면 숫돌이 계란이 된다는 얘깁니다.

2

〔原文〕 凡戰者 以正合 以奇勝. 故善出奇者 無窮如天地 不竭如江河.

〔역주〕 以正合 : 合은 對와 같다. 적과 맞서는 것.

　　　 江河 : 양자강.

〔해석〕 대체로 전투는 정으로 부딪치고 기(奇)를 가지고 이긴다. 그런고로 기(奇)를 잘짜내는 자(者)는 무궁(無窮)하기를 천지(天地)와 같고 마르지 않기를 강하(江河)와 같다.

● 대의

강하(江河)라 말한 것은 양자강(楊子江)과 황하(黃河)로, 이것은 중국에서 제일 큰 강이며 수량(水量)도 많고 거의 마르는 일이 없습니다.

모든 싸움이란 것은 먼저 정병(正兵)을 내어보내서, 정통으로 부

딪쳐서 그 응전 교전 중에 요소(要所)를 발견하고는, 기도(奇道)로
상대의 약점을 찔러서, 그 혼란을 틈타고 대국적인 승리를 거두는
게 상식입니다.

그러니까 이러한 때의 기책(奇策)·기병(奇兵)이란 것은 가없는
천지(天地)라든지 다할 수 없는 황하(黃河)·양자강(楊子江)의 흐
름과 같이 무진장하고, 그 때의 정세를 따라서 거기 응하는 적절
한 방법을 안출해 내는 게 아니어서는 안됩니다.

● 풀이

뭐니뭐니해도 싸움의 기본(基本)이 되는 것은 정도(正道)입니다.
정도가 있고 난 후의 기도지, 기도(奇道)는 정도의 병(兵)으로 부딪
쳐서 그 경위 안에서 필요에 따라서 쓰는 게 아니면 안됩니다. 곧
잘 '자는 놈 목을 벤다'는 말을 하지만, 최초부터 자는놈 목을 베
는 게 목적이 돼선 안되는 거겠죠?

그리고 기책(奇策)이란 것은 임기응변의 것인만큼, 이것은 일정
한 게 아닌 터여서 부딪치는 경우 정세에 따라서 수시에 어느 곳이
든 응수로서 짜내는 게 아니어서는 안됩니다. 그런데는 병법의 근
본원리가 몸에 베어 있지 않으면 안된다는 게 됩니다.

〔原文〕 終而復始　日月是也. 死而復生　四時
是也.　聲不過五　五聲之變.　不可勝聽
也.　色不過五　五色之變　不可勝觀也.
味不過五　五味之變　不可勝嘗也. 戰
勢不過奇正　奇正之變　不可勝窮也.

〔역주〕 五声 : 소리의 기본이 되는 소리. 궁, 상, 각, 치, 우.

[해석] 끝나고 또 시작하는 건 일월(日月), 이것이다. 죽어
　　　서 다 생겨나는 게 사시(四時), 이것이다. 목소리는
　　　5에 불과하지만, 오성의 변(變)은 다 들어볼 수가
　　　없다. 색은 5에 불과하지만, 오색(五色)의 변은
　　　다 알아 볼 수가 없다. 맛은 5에 불과하지만, 오
　　　미(五味)의 변은 다 맛을 볼 수가 없다. 전세(戰勢)
　　　는 기정(奇正)에 불과하지만, 기정(奇究)의 변은
　　　다 알아낼 수가 없다.

● 대의

　목화토금수(木火土金水)의 천지만상(天地萬象)의 소인(素因)이
라 하는 오행설(五行說)의 철학사상(哲學思想)에 단(端)을 갖는 건
아닐테지만 중국에서는 체계를 세우는 건 무엇이든지 다섯개로 정
리하는 것 같아, 여기 나오는 오성(五聲), 오색(五色), 오미(五味)
등 모두가 그렇습니다.

　오성(五聲)이라 함은 궁상각치우(宮商角徵羽)의 5종류의 음계
(音階)로서, 궁이 기음이고 여기서 삼분손익(損益)이란 나누는 법
으로 음계율을 정한 것입니다. 서양음악의 팔계음(八階音)보다 삼
계음(三階音)이 적은 게 오성으로서, 우리나라의 아악(雅樂)도 이것
을 기초로 한 것입니다.

　오색(五色)은 적청황백흑(赤靑黃白黑)의 오원색으로써, 오미(五
味)는 산고감신함(酸苦甘辛鹹)의 다섯가지의 맛입니다. 변은 변화
란 뜻입니다.

　싸움은 기정(奇正)이라고 간단하게 두개로 나눴지만, 사실은 그
기정이란 게 외골수나 두골수의 것이 아닙니다. 해가 뜨면 달이 지
고 해가 지면 달이 뜹니다. 이 반복은 무한합니다. 또 사시의 계

절, 춘하추동도 그렇습니다. 반복해서 한정이 없습니다.

음계도 다만 다섯가지로 분류가 돼 있지만 자연이 갖고 있는 소리의 세계란 것은 그 변화가 무수해서 좀처럼 다 들을 수 없을만큼 종류가 있을 터입니다. 색체도 그렇습니다. 원색은 다섯이지만 자연계의 색체는 천차만별이라 눈으로 보고 지적해 낼 수 있을만큼 단순하지가 않습니다. 음식의 맛도 그렇습니다. 기본은 다섯가지지만, 그 변화복합에 따라서 생기는 맛의 종류는 도무지 다 헤아리지를 못합니다.

이것과 마찬가지 이치로써, 싸움하는 태세란 것은 기정(奇正)의 두가지로 분류는 되지만, 이 기나 정의 복합변화해서 현실에 나타날 모양은 도저히 이러이러하다고 말을 할 수가 없습니다. 이러한 의미인 것 같습니다.

● 풀이

개념적(概念的)인 분류와 현실의 실상(實相)이 다른 것을 설명한 것입니다. 실지 전쟁에서 정병인 줄 알면 기병, 기병이라 보면 정병, 혹은 정병에 기병이 가미(加味)되고, 기병(奇兵)안에 정병이 가해져서 복합의 변화가 있는데다, 기병, 궤도(詭道)란 것이 본시부터 '전할 수가 없을 만큼' 여러가지가 되는 거니까 어떤 모양이 될는지 모르는 것입니다.

〔原文〕 奇正相生　如循環之無端. 孰能窮之哉.

〔역주〕 奇正 : 기이함과 바름. 循環 : 부단히 주기적으로 반복하여 돎.
無端 : 끝이 없음. 孰 : 누구.

〔해석〕 기정(奇正)이 상생(相生)하는 건 순환(循環)이 끝
         이 없음과 같다. 어느 누가 잘 이것을 다 알아낼
         것인가?"

●대의
순환(循環)의 순(循)은 돌아다닌다는 뜻이고 순환(循環)이 되어
쉬지 않고 돈다는 의미가 됩니다.

●풀이
지금까지의 결어(結語)가 되는 것 같습니다. 가능한 한도내의 예
측(豫測)은 되겠지만, 예측도 못할 것 같은, 의표외(意表外)의 형
태로 상대가 나타나는 때도 있습니다. 게다가 어떤 형태인가 그
점은 전연 모른다고 봐야만 될 것입니다.
막상 부딪쳐서 허둥대서는 안됩니다. 일에 당면해서 한때의 속
임수가 아니고, 척척 급소를 쏘아맞치는 것 같은 응급(應急)의 대
책을 세울 만큼한 마련이 없어선 안됩니다. 현재까지의 경제상태로
미뤄서 아마 십중팔구는 이렇게 되면 하고 추측하던 게 뜻하지 않
은 돌발적인 사태가 나타나지 않는다 할 수가 없고, 천재(天災),
인재(人災), 무슨 일이 안 일어난다 할 수가 없습니다.
그러나 어떤 사태에도 들어맞는 게 원칙이란 것입니다. 그래도
들어맞지 않아도, 응용자재(應用自在)·유통무애(流通無碍), 활용
이 자유자재로 될 때에 원칙이라 하겠고, 원리 진수라 하겠습니다.
상혼(商魂)·사업혼(事業魂), 그러한 것에 철저해져야 되는 것입
니다.

3

〔原文〕 激水之疾　至於漂石者勢也. 鷙鳥之疾
至於毁折者節也. 是故善戰者　其勢險
其節短.

〔역주〕 **激水**：激流. 물의 흐름이 막히고 부딪쳐서 급하고　사납게
흐르는 것. **漂石**：돌을뜨게 함. **勢**：氣勢.

〔해석〕 격수(激水)가 빠를 때에 돌을 굴리게 되는 것은 세
(勢)이다. 지조(鷙鳥)의 빠름이　훼절(毁切)에 이
르는 것은 절(節)이다. 그런고로 잘　싸우는 자는
그 세가 험하고 그 절이 짧다.

●대의

지조(鷙鳥)란 것은 독수리, 매종류의 육식맹조를 말합니다.　훼
절(毁切)은　덮치는 상대의 새목의 뼈를 깨고 날개를 꺾는다
는 것으로서, 맹조류(猛鳥数)가 딴 새나 짐승을 덮칠 때에　가지
위에나 지상에 정지하고 있을 형태로는 습격을 안한다는 것인데,
날아 오르려 할 때 또는 전력질주할 때 찰나에 잘 호흡을 맞춰서
덤벼드는 거라 합니다. 절(節)은 그 호흡을 말합니다.

무서운 세로 쏟아져버리는 격류의 물은 큰 돌도 떠오르게 하고,
이것을 떠밀어 내릴 만한 힘이 있습니다. 이것은 오로지 수세(水
勢)가 굽힘없고 망설임이 없는, 지속하는 힘의 연속집중의 까닭입
니다.

또 맹조가 먹이를 덮쳐서　상대의 날개가 부러지고 목뼈가 깨어

지는 것은, 그 덤벼드는 호흡 기압의 방법입니다.

　이렇게 이상적인 공격방법은 일단 공격에 나서면 격류가 멈추는 일 없음같이 험하고 날카롭게 맹렬한 세와 숨을 돌릴 틈도　없는 단숨의 습격입니다.

●풀이

　전제(前提)가 되는 준비 고찰이 충분이 다 된 결과 드디어 전쟁을 터뜨려 놓으면, 이제 한순간의 망설임도 없이 최선을　다해서 상대를 때려잡아야만 된다는 것입니다.

　이 단계가 되면 벌써 일체의 반성도 고려할 필요가　없습니다. 그저 줄기차게 쳐서, 어디까지든지 짝 밀어버리는 것입니다. 상대에게 숨쉴 틈을 줘서는 안됩니다.

〔原文〕勢如彍弩　節如發機. 紛紛紜紜鬪亂
　　　　而不可亂也. 渾渾沌沌形圓而不可敗也.

〔역주〕機 : 쇠뇌 위에 있는 살을 발사하는 장치. 鬪亂 : 전투　태세가 혼란한 것. 기치가 정연하지 않아서 혼란하게 보임.

〔해석〕세(勢)는 노(弩)로 쏘는 것 같고, 절(節)은 그 방아쇠를 당기는 것 같다. 분분운운(紛紛紜紜)하게 싸워서 헝클어져도 어지러지지 않는다. 혼혼돈돈(渾渾沌沌)해서 형상이 둥글어져도 패할 수는 없다.

●대의

　노(弩)는 큰 쇠활. 고대의 박격포로, 현재와 같이 포가 발명되기 이전의 유일한 원거리공격의 무기. 기(機)는 그 방아쇠와　같은 것.

분분운운(紛紛紜紜)이란 것은 눈이나 낙화가 서로 엇갈리는 형용사로서, 혼혼돈돈(渾渾沌沌)은 물 흘러가는 모양이다.

전조(前條)의 계속으로서 문자에 어려운 게 많아서 두개로 잘랐습니다. 대체로 격류(激流)와 맹조(猛鳥)의 형용과 같은 내용입니다. 이번에는 큰 쇠활에 비교한 것으로서, 공격의 세는 쇠활을 잔뜩 당겼을 때와 긴장도가 최고도의 강력을 지니고, 그것을 쏠 때의 호흡은 쇠활의 활시위를 놓을 때와 같이 목표물의 움직임을 겨누어서, 비뚤어지지 않게 최적의 일순(一瞬)을 겨냥해야만 됩니다.

난전이 돼버리면 통제가 안될 염려가 있지만, 여기가 중요한 대목으로, 여기서 군사들이 제멋대로 움직이면 안됩니다. 혼전난전 가운데서도 뚜렷한 법칙 질서가 지켜져야만 됩니다.

평소의 행군 같으면 꼭 네모난 대행의 것이, 난전이 되면 적도 이쪽에 들어와서 섞여서 둥글게 둥어리가 돼 보일는지 모르지만, 이 혼돈 사이에도 뚜렷하게 한가닥의 상호연락이 있어서 엄하게 지켜지지 않으면 안되는 것입니다.

● 풀이

힘껏 여기라 생각되는 상대의 급소에 가장 좋은 기회를 봐서 육탄전을 벌리는 터이지만, 이 무지무지한 육탄이란 게, 자칫하면 맹목적이기 쉽지만 전투에 참가한 군인들의 체험담을 들어본 일도 있는데, 혼전이 되었을 때는 뭐가 뭔지 몰랐다고 대부분의 사람이 말합니다.

속담에 '노루를 쫓는 포수가 산은 안본다'고 하지만, 집단행동에선 그래선 안됩니다. 꼭 봐야할 산은 보고있을 만큼한 무너지지 않는 체제, 제도는 자연 지켜보고 있어야만 되는 것입니다.

여기는 각부서, 부서의 담당 지휘자가 모두가 함께 흥분이 되어
버려선 안되겠죠. 맹렬한 육탄공격과 냉정한 판단력이란 게 좀처
럼 양립하기 어렵습니다. 통일을 바닥에 감춘 혼돈이라고나 할까,
그러한 게 아니어서는 안되는 것입니다.

〔原文〕 亂生於治　怯生於勇　弱生於強. 治亂
數也. 勇怯勢也. 強弱形也.

〔역주〕 亂生於治 : 기치가 정제하지 않은 것이 혼란한 것 같고 진
형이 원형으로 된 것이 질서 정연하지 못한 것 같지만.

〔해석〕 난(亂)은 치(治)에서 생기고, 겁(怯)은 용(勇)에서
생기고, 약(弱)은 강(強)에서 생긴다. 치란(治亂)
은 수(數)이다. 용겁(勇怯)은 세(勢)이다. 강약(強
弱)은 형이다.

● 대의

정연한 통제가 있는 상태에도 금시 혼란상태가 되기도 하고, 용
감한 군사도 겁을 내기도 하고, 이것을 합하면 모처럼의 강력한
병력도 약화될 염려가 있습니다.

통제가 무너진다는 사태는 주로 조직의 실력, 병력수, 병력의 전
부, 상대와 비교해서 필요한 게 갖추어져 있나 없나에 좌우되고,
군병의 기세가 꺾이는 것은 병세가 날카로운가 어떤가, 곧잘 기
세를 타고 무작정 덤비는가 어떤가에 달렸다고 생각됩니다. 군전
체가 강한가 약한가는 이 두 점을 종합한, 군형(軍形), 태세(態
勢)의 정(整)·부정에 의한다는 게 됩니다.

● 풀이

태세를 감조름 치는 것의 중요성, 그 실전에 당면했을 때의 나타
남을 설명한 것입니다. 실동력(實働力)의 크기와 일에 직면해서의
통제가 무너지지 않는 결속, 그러한 것은 모두가 태세, 조직의 형
태에서 꼬리를 물고 있고, 조직력 즉 능력이란 것입니다.

태세의 정비가 완전하지 못하면 언제 어디서 파탄이 생길지 모
르고, 별안간 능률이 올랐다 내렸다 합니다. 실동력(實働力)의 질
의 좋고 나쁨 같은 것은 대국에 영향은 별로 없으니까, 근본은 조
직태세의 선안이 모든 것을 결정하는 것입니다.

사업체가 활발하게 움직이고 있을 때에 지극히 작은 일이 원인
이 되어서 뜻하지 않든 혼란이 발생하는 것입니다. 작은, 한 국부
의 파탄은 뜻밖에도 큰 파급력을 갖는 것으로써, 최악의 경우엔 전
체의 사업이 위기에 봉착한다든가, 점차 능력을 잃어버리게 되는
수도 있으니까, 무서운 것입니다.

이것을 방지할 수 있는 길은 완전한 태세, 정돈된 팀웍의 힘뿐이
겠죠? 모든 적극은 소극이라 보이는 기초적인 다짐에서 생긴다는
사실입니다.

〔原文〕 故善動敵者　形之敵必從之　予之敵必
　　　　取之. 以利動之　以卒待之. 故善戰者
　　　　求之於勢　不責之於人.

〔역주〕 **予之** : 予는 與와 같으니 주는 것. **卒** : 猝과 같다. 急猝, 즉
　　　　갑자기 돌격하는 것.

〔해석〕 그런고로 잘 적을 움직이는 사람은 이것을 형(形)

으로 하면 적은 반드시 이것을 쫓고, 여기다 주면
적은 반드시 이것을 취한다. 이익으로 이것을 움
직이고, 졸을 갖고 이것을 기다린다. 그런고로 잘
싸우는 자는 이것을 세(勢)에 구하고, 이것을 사람
에게 책임을 지우지 않는다.

● 대의

졸(卒)이란 글자에는 속(速)과 같은 빨리, 급속이란 의미에서
만들어진, 뜻하지 않는 것이란 해석과, 졸오(卒五)란 때의 편성의
미로 보는 것 등 여러가지가 있는 듯합니다. 여기서는 전자를 취
하기로 합니다.

이상적인 적을 움직이는 방법에 대해 생각해 보십시다. 먼저 여
기서 보이는 양상에 따라서 반드시 적은 거기 따라서 따라 올 것이
라는 것, 잠시 틈을 보이면 곧장 거길 타고 들어 올려는 것, 이러
한 유혹을 한다는 수단을 쓰는 것으로, 즉 먹이로 이를 보여주고
그 이면을 이용하는 차림을 해두는 것입니다.

그러니까, 잘 싸우는 방법은 오히려 병세(兵勢)를 움직이는 것
을 첫째로 하고, 싸우는 인간의 역량이나 그 기능 등에 기대를 갖
지않는 게 진짜일 것입니다.

● 풀이

이러한 유혹의 틈을 보여서 적의 움직임을 감지해 낸다든지 하는
깜찍한 수는 이쪽의 통제연락이 신통하게 잘 돼있질 않으면 안됩
니다.

방파제에 무너져 내리는 듯한 무서운 큰 파도의 힘, 그 속에 또
렷한 일정한 힘의 방향이 있어서, 여기 계획된 훌륭한 상호 유도가

있어, 조직이 있게 되면 이것은 자연현상, 단순한 물리적인 박력이 아니고 인위의 것입니다. 대파(大波)를 구성하고 있는 개개의 물방울은 결국 물방울입니다. 그것을 하나의 큰 힘으로서 움직이는 것은, 이것을 집단으로써 움직이는 힘의 정리인 것입니다. 그리고 그게 올바로 방향을 갖고 있는 것입니다.

이 세를 구하고 이것을 사람에 책임지우지 않습니다. 이러한 데가 가장 소중한 사업의 근본정신입니다. 개입 집단에 대해서 얘기는 다시 다음 조항으로 계속이 됩니다.

〔原文〕 故擇人而任勢. 任勢者 其戰人也
如轉木石. 木石之性 安則靜 危則動
方則止 圓則行. 故善戰人之勢 如轉
圓石於千仞之山者勢也.

〔역주〕 擇: 선택하다. 구별하다. 고르다. 性: 성품. 사람이 타고난 성질 또는 만물이 지니고 있는 본바탕. 千仞: 바다나 산이 몹시 깊거나 높은 것은 이름.
勢: 세력.

〔해석〕 그런고로 사람을 택해서 세를 임(任)한다. 세를 임한 자는 그 사람을 싸우게 하면 목석을 굴리는 것 같다. 목석의 성질은 편하면 즉 조용하게, 위태하면 즉 움직이고, 반듯하면 즉 멈추고, 둥글면 즉 간다. 그런고로 사람을 잘 싸우게 하는 세(勢), 원석(圓石)을 천인(千仞)의 산에서 굴림 같은 자는 세이다.

●대의

택한다는(擇) 글자의 의미를 수(數) 안에서 1을 선택한다고 해석하면 이해가 어려워집니다. 개체의 특성(特性)을 끌어내는 거로 취하는 게 좋다고 생각합니다. 임한다는 것은 적용하는 것입니다.

병세(兵勢)란 것은 집단을 만들고 있는 개인, 또는 적은 단위의 부분적인 집단이 갖고 있는 습성에 순응해서, 혹은 약한데서 찌부러지고 강한데는 튀어나온다든지, 약한 부분은 굳힘을 강하게 하고, 강한 부분은 어느 정도 산개(散開) 한다든지 해서 순응을 하는 것입니다.

병세가 잘 가는 바를 타고 거기 거역하지 않게 하면, 산 인간을 싸움을 시켜도 마치 나무나 돌을 굴리는 것 같은 상태가 되는 것입니다.

본래 목석(木石)이란 것은 있는 그대로 놓아두면 가만 있는 것이며, 안정이 잃어지는 대로 구르는 것. 또 그 모양이 네모진 것은 안정이 잘 되고, 둥글면 구르기가 쉽습니다. 이러한 개체와 집단, 전체와 그 구성분자의 상호관계를 잘 분간해가지고 이것을 활용하자는 것입니다.

그러니 이상적으로 산 인간을 싸우게 할려고 하면, 그 병세란 것이 주동력이 되고, 안정이 없는 원형의 돌을 높은 산에서 어떤 목적을 향해서 방향을 주어서 굴리는 것도, 또 병세란 것의 힘입니다.

●풀이

여기서는 산 인간의 집단과 집단이 부딪친 경우의 인간의 움직임에 역학적인 관찰을 가한 것입니다. 여러가지로 해석을 할 수가 있어서 재미가 있습니다.

집단과 그 집단을 구성하고 있는 개개의 단계, 거기 작용하는 군중심리나 상대와의 접촉에 의해서 생겨나는 여러가지 집단안의 찌부러짐이란 것을 꼬집어내고 있습니다.

집단의 힘을 그 구성분자인 개체에 나눠버리면, 이것은 너무나 돌과 같이 전연 자기의 의지를 갖지 않는 물질과 같은 움직임 밖에 안한다는 관찰같은 것도 꽤 재미가 있는 각도일 것입니다.

개인이란 것은 혼자 내버려두면 결코 움직이기를 즐겨 않는 것, 되도록이면 조용하게 그대로 있을려는 것, 이게 움직이기 시작하는 건 전체에 함께 있는 여러사람과의 사이의 균제(均齊), 균형이 무엇인가의 힘으로 깨어짐으로 거기 움직인다는 하나의 역학적인 게 발생한다는 것입니다.

인간이란 것은 혼자서는 조용하게 움직이지 않고 그게 둘이 되고, 다섯이 되고, 열이 되면 거기 어떤 움직임이란 게 발생한다. 이게 더욱 많아지면 거기 하나의 전체의 힘이란 일정의 방향을 갖은 움직임의 흐름이 생기는 것.

그리고 개인이 만일 각자 움직인다면 여기는 개인자라 할까, 각자의 성벽이랄까, 저마다 움직이는데 다른데가 있고, 또 움직이는 동기를 분석해 보면, 좀처럼 움직이려 하지 않는 게 있는가 하면 어줍잖은 일에도 곧 움직이려는 성질의 사람도 있을 거라는 것입니다. 또, 평소는 움직이기를 싫어한다. 어느편인가 하면 침착하게 보이는 사람이면서도, 큰 힘의 집단같은데 부딪치면 별안간 격발된다는 타입도 있는 것입니다.

이것을 집단으로서 움직일려하는 관점에서 볼 때에, 안정성이 적고 뇌동성을 갖춘 자의 편이 통일된 집단행동에 몰아넣기가 쉽다고 하는 것, 이러한 것을 잘 분간하고 있지 않으면 많은 사람을 함께 써먹기는 어렵습니다.

이 불안정이야말로 나라의 힘이 되는 기본적인 것이라는 생각은 금후에도 이따금씩 나타납니다.

제 6 편

허실(虛實)

1

〔原文〕 孫子曰　凡先處戰地　而待敵者佚　後
處戰地　而趨戰者勞.　故善戰者致人
而不致於人.

〔역주〕 **戰地**: 싸움터. **佚**: 편안함, 여유가 있음. **趨戰**: 급히　달려
가 싸움. **勞**: 피로함. **致人而不致於人**: 남을 조종하고 남
에게 조종되지 아니함.

〔해석〕 손자는 말하기를 대체로 먼저 전지(戰地)에　있으
며 적을 대하는 자는 일(佚)하고, 늦게 전지에 가
서 싸움에 나가는 자는 노(勞)한다.　그런고로　잘
싸우는 자는　사람을 끌(致)지 사람에게　끌리지
않는다.

● 대의

일(佚)은 편안하다는 뜻. 여기서는 수월하다는 의미로　쓰이고
있습니다. 사람을 치(致)한다는 것은 이쪽에 끈다든지 끌어온다고
하는 의미입니다.

대체로 한발자국 먼저 싸움을 할 전장에 와가지고 천천히　상대
가 나타나는 것을 기다리고 있는 건 수월하지만, 이것과 반대로 뒤
에 전장에 나와서 그대로 공격을 시작하는 것은 대단한 무리를 하
게 됩니다.

그러니까, 잘하는 싸움으로선 이 이치대로 이쪽에서 공격을 가
한다든지 하지 말고, 되도록이면 상대방을 끌어당겨서 맞싸우는 전

법을 채택하도록 합니다. 공격전법보다도 맞서 싸우는 편이 훨씬
유리하다고 할 수 있습니다.

● 풀이

같은 물건이라도 팔려고 할 때에 이쪽에서 적극적으로 팔려고
하는 것과 상대가 사러 오는 것과는 대단히 많이 틀립니다. 이것
은 새삼스레 말할 필요조차 없습니다. 이것도 결국 가서 내가 사람
을 끄는가 끌리는 것과의 차이점입니다.

움직이는 데는 거기 따르는 힘의 소모가 따르기 마련입니다.

그러나 실제 일에 당면해 보면, 암만해도 이 힘이 더 드는 사람
에게 끌리는 편이 쉬운 것 같은 착각에 사로잡히기 쉽습니다. 그것
은 사람을 끌려고 할려면 끌만한 게 없어선 안됩니다. 이쪽에서 움
직여가는 편의 끌리는 방법은, 이쪽의 노력 여하로 어떻게든 될
것같이 생각하기가 쉽습니다.

그러나 현실사회에선 좀처럼 사람을 끄는 상대편에서 이쪽으
로 움직여오는 것 같은 것이나 일은 적고, 금시 이쪽에서 움직이
려 합니다. 거기 무리가 생기는 것입니다.

〔原文〕 能使敵人自至者　利之也. 能使敵人不
得至者　害之也.

〔역주〕 **利之**：利를 끼친 듯이 보이는 것. **害之**：피해를 줌. 여기
서는 피해가 있을 것이라고 두려워하게 만드는 것.

〔해석〕 능히 적인(敵人)을 스스로 이르게 하는 것은 이것
이 이가 되기 때문이다. 능히 적인이 이르지를 못
하게 하는 것은 이것을 해치기 때문이다.

● 대의

상대가 자발적으로 이쪽에 접근하도록 하는 것은 그게 상대의 이익이 된다고 생각될 만한 게 없고는 안됩니다. 그 반대로 저쪽에서 움직여서 올려고 하는 생각이 안나게 하는 것은 거기 상대에게 손해가 날 것 같이 예측이 될 만한 게 있기 때문입니다.

● 풀이

팔짱을 끼고 저쪽에서 걸어오는 걸 기다리고 있는 거니까 상대가 접근해올 만한 게 거기 없으면 안됩니다. 그게 상대의 이익이라고 생각이 되지 않으면, 상대는 움직이면 거기 반드시 손실이 생기니까 그것을 각오하고 함부로는 접근해 올 턱이 없습니다.

제품·상품으로 말한다면 본질적으로 전연 새로운 구상에서 생긴 것, 그리고 지금까지 그런 게 없어서 불편을 느끼는 것, 또는 과거의 것과는 비교도 안될 만큼 사용법이 간편하고 질긴 것, 혹은 값은 싸고 품질은 월등하게 좋은 것. 그러한 상대에 있어서 충분히 단맛이 없다면 저쪽에서 덤벼들 까닭이 없는 것입니다.

하물며 그 물건이 상대에게 있어서 있어도 그만 없어도 그만이라면, 그러한 생각이나 의심이 생기기만 해도 절대로 덤벼들지는 않습니다. 이건 인생이나 사업이나, 또 전쟁에도 모든 사물에 통하는 철칙일 것입니다.

〔原文〕 故敵佚能勞之 飽能飢之 安能動之.

〔역주〕 飽能飢之 : 포식할 때 이것을 굶주리게 하다.

〔해석〕 그런고로 적이 일(佚)할 때도 능히 이것을 괴롭히고, 포(飽)식할 때도 이것을 굶주리게 하면 안정

돼 있는 것도 곧잘 이것을 움직인다.

●대의

포(飽)는 굶주리는 것의 반대로서, 식량이 넉넉하다는 것.

수동과 능동에는 이만한 차이가 있는 거니까, 상대는 되도록 이면 움직여서 작용을 할려들지 않는 게 본연의 모습입니다. 그러나 그렇다고 해서 체념하고 있다보면 전투가 안됩니다.

그래서 만일 적이 편한 상태에 있는 거라면 어떻게해서든지 수고를 시키도록 하는 겁니다. 식량 같은 것도 넉넉하다고 보이면 방법을 강구해서 어떠하든지 무슨 수를 쓰더라도 모자라게 합니다. 요컨대 상대의 안정을 어떠하든지 무너뜨리게 하는 것입니다. 그런데 이건 영 불가능한 건 아닙니다.

●풀이

무직하게 자리잡고 안정된 상태에 있는 적만큼 만만찮은 건 없습니다. 이러한 상대를 대접하게 됐을 때는, 아무래도 이쪽에서 '발 벗고 나서야' 되니까, 불리한 입장에 놓이게 됩니다.

대체로 침착한 상대는 틈이나 결함이 없는 게 보통입니다. 상대의 동요(動搖), 그건 어떤 형태라도 좋습니다. 이상한 상태가 되기만 하면 거기 편승할 틈이 생기는 것입니다.

판로(販路)나 원료를 사드리는 길목을 교란시키는 수단도 있고, 자금망(資金網)을 혼란시켜 놓는 방법도 있습니다. 목적은 그 자체에 있는 게 아니고, 상대의 불안, 동요, 이쪽이 틈타고 들어갈 발판을 얻는데 있는 것입니다. 저쪽이 자발적으로 움직일려고 않는다면, 안 움직였다간 야단이 나도록 할 수 밖에 없습니다.

〔原文〕 出其所必趨 趨其所不意. 行千里而不勞
者 行於無人之地也. 攻而必取者 攻其
所不守也. 守而必固者 守其所不攻也.

〔역주〕 趨 : 갈 곳. 不勞者 : 피곤하지 않음. 固 : 굳은.

〔해석〕 그 반드시 갈 곳에 나가서 그가 생각지 않는 곳에
간다. 천리를 가도 피곤하지 않는 것은 무인지경
을 가기 때문이다. 공격해서 반드시 취하는 것은
그 지키지 않는 곳을 치기 때문이다. 지키면 틀림
없이 굳은 것은 그 치지 않은 곳을 지키기 때문이
다.

● 대의

그가 반드시 가는 곳이란 것은 적이 언제나 관심을 갖고 있는
급소, 쑤시기만 하면 가만 있을 수 없는 곳이란 의미입니다.

상대가 잘 정돈된 태세로 있을 때는 이것을 칠려고 해도, 이쪽
이 손을 쓰면 반드시 상대가 반응을 일으킬 곳을 알아내 가지고
거기다가 수작을 하는 겁니다. 그럼, 거기 적의 반응이 나타납니다.
상대가 움직이는 것입니다.

상대가 움직여 주기만 하면 그 움직임에 따라서 그 곳에 관심이
쏠리니까, 암만해도 주의가 소홀해지는 곳이 나타나니까 거기를
얼른 찌르는 것입니다.

주의가 딴데 가 있는 곳은 암만해도 방어력도 약하니까, 비록 강
행군으로 먼데서 왔다고 해도 저항이 없는데 같으면 수월하게 갈
수가 있는 것과 같습니다. 수월하게 공략(攻略)이 됩니다.

이것을 반대로 생각하면 방비하는 편에서 말한다면, 절대 불패의 방비란 것은 상대가 칠려고 안하는 곳을 굳게 지키고 있는 것입니다. 상대가 속임수를 써서 표면상은 공격을 하지 않는 것 같아 보여도, 허(虛)를 찌를 생각으로 공격을 해올 것 같은 곳을 오히려 굳건히 굳히고 있는 수비야말로 중요하다는 것이 됩니다

● 풀이

소위 역수전법(逆手戰法)이란 것입니다. 물론 정이 있고 난 후에 역(逆)이 있는 건 말할 것도 없지만 시계(始計) 제 1 에서 시작해서 병세 제 5 에 이르기까지의 태세의 지식이 기초가 돼있어야 살아나는 역수니까, 그것을 잊지 않도록 않으면 작은 전술이 되고마는 위험도 있습니다. 그것만 잘 염두에 두고 있으면 배울 바가 많은 대목입니다.

상대의 A를 치고져 할 때에는 먼저 상대가 응전하지 않을 수 없는 B에다 손을 댑니다. A에 대한 관심을 B에 집중시킬려고 하는 거니까, 그러나 참 목적은 A니까, B에 대한 공격을 절대로 깊이 들어가서는 안됩니다.

그러나 병정이란 인간이니까, 여간 조심을 안하면 자기 힘에 넘어지는 수가 생깁니다. 이러한 요령은 꽤 어려운 것입니다.

물론 수비하는 편도, 한번은 그만 정도의 것은 알고 있을테니까, 그렇게 간단하게 이쪽의 꾀에 빠져들 거라고는 생각이 안됩니다. 최악의 경우에는 그것을 역이용 당하지 않는다고 말할 수가 없습니다.

이것을 구체적인 예에다 맞춰보면, 예를 들면 다소간 딸리는 경향이 있는 원료를, 다른 집과 경쟁으로 사드릴려고 합니다. 물론 이러한 물건엔 누구든지 착안을 하는 주산지(主産地)란 게 있는

것입니다. 그러나 다른 곳에도 이쪽의 요구를 채워줄 것 같은 생산지가 있다고 합시다.

이러한 때에 타사(他社)의 활약을 봉쇄하고져 한다면 먼저 주산지에 화려한 소문전술을 펴는 것입니다. 그러나, 진짜로 노리고 있는 쪽의 구입처에는 되도록이면 살그머니 준비를 마련해서, 주산지와의 응전에 상대의 주의를 집중시켜놓고, 구입의 실동대(實動隊)는 제2의 목표지를 단숨에 둘러빼고마는 등의 전법입니다. '이 뜻하지 않는 곳'에 가는 데는 한번 누구든지 생각할 만한 곳에 가지 않으면 안된다는 것입니다. 물론 공격을 거는 측만이 아니라, 지키는 쪽 공격을 받는 편에도 이 요령은 필요합니다.

〔原文〕 故善攻者 敵不知其所守 善守者 敵不知其所攻. 微乎微乎 至於無形. 神乎神乎 至於無聲. 故能爲敵之司命. 進而不可禦者 衝其虛也 退而不可追者 速而不可及也

〔역주〕 **神乎神乎**: 매우 신기함. **司命**: 별의 이름, 사람의 목숨을 맡은 별. 즉 남의 생사를 맡았다는 뜻.

〔해석〕 그런고로 잘 치는 자는 적, 그 지킬 곳을 모르고, 잘 지키는 자는 적이 그 칠 곳을 알지 못한다. 미(微)함이여 미(微)함이여, 형태가 없는데 이른다. 신같음이여 신같음이여, 소리가 없는데 이른다. 그런고로 능히 적의 사명(司命)이다. 진격해서 지키지 못함은 그 허를 찌르기 때문이다. 물러설 때 추

격할 수 없음은 빨라서 따라가지를 못한다.

●대의

신(神)은 실체를 잡을 수 없다는 의미입니다. 역경(易經)에 '음양(陰陽)을 잴 수 없는 것, 이것을 신(神)이라 한다' 또 맹자(孟子)에 '거룩(聖)해서 알 수 없는 것, 이것을 신(神)이라 말한다'고 말했습니다. 사명(司命)은 생사를 주관한다는 별의 명칭에서 나온 것으로, 그 거동에 의해서 이게 생사에 관계를 갖는다는 의미.

그러니까, 참 이상적인 공격에 대해서는 상대가 어디를 지키면 완전할는지 판단을 하지 못하게 되고, 또 이상적인 수비를 하게 되면 상대편은 어디를 어떻게 쳐야 할지를, 진실로 미묘해서 거의 착상을 하기조차 어렵게 되는 것입니다.

전연 형태가 없는 것을 상대로 하거나, 목소리가 없는 것을 잡으려고 하는 것과 비슷합니다. 이러니까 상대를 마음대로 쥐고 흔들 수가 있는 것입니다.

적이 진격해 온다고 깨달아도 상대의 대비가 없는 곳을 느닷없이 찌르니까, 별안간 방어가 안됩니다. 상대가 물러갈 때도 엄청나게 빨라서, 팔굽을 끼고 전송할 수 밖에 없습니다.

여기 나타났다 생각하고 그 쪽에 병력이 몰리면, 엉뚱한 곳에서 왁하고 덤벼듭니다. 그런데 이 쪽에 그 수를 쓸려고 하면 상대편에선 벌써 거길 잘 지키고 있습니다. 이렇게 되면 귀신을 상대하는 것 같이 되어 사기가 푹 죽어버립니다.

●풀이

신출귀몰(神出鬼没)이란 말이 이러한 용병(用兵)에 합당될 것입니다.

상대의 허를 찌르는 공격이든지, 물러가야 할 때를 안 경우에 병의 철수든간에, 상대의 의표(意表)에 나가는 행동은 모두가 신속해야 된다는 것도 여기서 가르쳐 줍니다. 상대가 응수를 할 시간을 주어서는 상대의 허가 안됩니다. 체세를 고치는 여유가 생기기 때문입니다. 그 까닭은 병을 움직이는 속도도 의표(意表)에 나갈 만큼 빨라야 한다는 얘기가 됩니다.

〔原文〕 故我欲戰 敵雖高壘課溝 不得不與我戰者 攻其所必救也. 我不欲戰雖畵地而守之 敵不得與我戰者 乖其所之也.

〔역주〕 必救 : 반드시 구출해야 할 것.
　　　 畵地而守之 : 다만 地面에 선을 그어놓고 지킴.

〔해석〕 그런고로 내가 싸우고져 할 때는 적이 류(壘)를 높이 쌓고 구(溝)를 깊이 판다고 하고, 나와 싸우지 않을 수 없는 것은 꼭 구해낼려는 곳을 치기 때문이다. 내가 싸움을 원치 않을 때는 땅에도 줄을굿고 지킨다고 해도, 적이 나와 싸우지를 못하는 것은 그 목적하는 바가 너무도 다르기 때문이다.

● 대의
　구(救) 한다는 것은 수호한다는 글자입니다. 괴(乖)는 어긋난다는 의미.
　적이 아무리 류(壘)를 높이 쌓고, 구(溝)를 깊이 파고 엄중한 수비를 하고 있어도, 이쪽이 아무래도 싸움을 걸려고 할 때는 상대가 싫어도 응전을 하지 않을 수 없는 방법이 있습니다. 그것은 상

대에 있어서 첫째의 급소, 예를 들면 성주(城主) 의 집이라든지, 성
주의 처자가 있는 본전이라든지, 중요한 무기고(武器庫), 교통도로
요지라든지, 양식창고라든지 하여튼 거기를 잃으면 야단이 나는 곳
을 치는 것입니다.

또 이 반대로 이쪽에선 이젠 전쟁을 하는건 불리하다고 생각하
면, 비록 금성탕지(金城湯池) 의 수비가 없어도, 다만 지면에 선이
나 하나 그어놓는 정도의 간단한 방비라도 너끈히 상대의 수족을
묶어놓을 수도 있습니다. 그것은 상대의 목적과 대단히 어긋나기
때문입니다.

이 어긋남은 방비진을 친데다 뜻밖의 곳이라든가, 그 방비의 방
법이 엄벙덤벙 손을 댔다간 큰일날 태세가 될 것 같다든지 하는,
하여튼 생각 외의 짐작이 안가는 방비를 하는 것입니다.

● 풀이

이 조항은 전혀 다음에 나오는 문장의 전제라 봐야 하며, 여기만
단독으로 잘라놓고 무슨 의미를 찾을려고 했다간 잘못이 생길 것
같습니다.

'대비가 있으면 근심이 없다.' 고 말합니다만, 이 말은 반드시 금
과옥조(金科玉條) 가 안된다는 것을 말하고 있습니다. 아무리 견고
한 수비를 하고 있다 해도 급소를 얻어맞고 보면 이외로 쉽게 무너
집니다.

또 특별한 방비태세가 없어도, 상대의 날카로운 공격을 묘하게
피하는 수단을 쓰면 이외로 강한 육탄전을 갖지 않고도 넘어갑니
다. 걸어온 싸움은 언제나 정통으로 맞아싸우지 않으면 안되는 것
도 아니니까, 일상생활에도 노련한 사람은 가볍게 받아넘기는 수
를 씁니다. 이 요령은 전쟁에서도 크게 활용을 합니다.

2

〔原文〕 故形人而我無形 則我專而敵分. 我專爲
一 敵分爲十 是以十攻其一也. 則我衆
而敵寡. 能而衆擊寡者 則吾之所與戰者
約矣.

〔역주〕 **形人**：남의 형태를 드러나게 함. 즉 적의 허실을 다 알수
있게 만듬. **專**：오로지. 집중의 뜻. **攻**：對 또는 當의 뜻.
約：간략함. 쉽다.

〔해석〕 그런고로 남은 형을 갖게 하고 나는 형이 없으면,
즉 나는 전(專)이 되고 적은 분산된다. 나는 전(專)
이 되어 하나가 되고, 적은 분산이 되어 十이 된다.
이건 十을 가지고 하나를 친다. 즉 나는 수가 많
고, 적은 소수가 된다. 능히 중(衆)을 가지고 과
(寡)를 치는 자는 즉 내가 더불어 싸우는 상대는
약(約)이다.

●대의

상대는 되도록이면 정돈된 진형을 갖게 하고, 이쪽은 되도록이
면 뭐가 뭔지 모르는 대형이나 포형이 돼 있으면, 이쪽의 활동은
집중적으로 할 수 있지만, 적편에선 목표가 확실치 않으니까 자연
분산이 됩니다.

이것은 바꾸어 말하면 이쪽의 힘은 집중된 하나이고 상대의 실

력은 분산이 되어 10으로 나눠져 있게 되어 일개단의 힘은 십분의
일이 된다고 봐도 됩니다. 십분의 일대 일의 공격력, 수비력(守備
力)과의 대결입니다. 십배의 힘, 대세력과 소수의 세력과의 대결이
됩니다.

● 풀이

이쪽은 실수 이상 상대는 실수 이하의 활동을 시키면, 크게 전
력의 경제가 생각된다고 강조하는 것입니다.

근대기업에서는 그 생산고, 판매고를 완전히 숨겨버리기는 좀처
럼 어렵지만, 활동하고 있는 부분의 당면의 숫자만은 정확하게 추정
(推定)을 못하게 하는건 소중한 일이 될 것입니다. 적어도 그 주력
적인 일의 동향 정도는 파악하기가 어렵게 해두는 게 좋습니다.

상대에게는 나타나게 하는 게 좋은데, 피아(彼我)의 균형이란건,
실수의 위에서만 차가 생기고 있는 것으로는 불충분합니다. 이러
한 방법에 의한 실질적인 능력의 차이가 없어선 경쟁에 이기지를
못한다는 것입니다. 대외적으로는 어디까지나 허실(虛實) 상반이
된 싸움을 하지 않으면 안됩니다. 이 구체적인 방법이나 그 효과
에 관해서 손자의 강의는 계속이 됩니다.

〔原文〕 吾所與戰之地不可知. 不可知 則敵所備
者多. 敵所備者多 則吾所與戰者寡矣.

〔역주〕吾 : 나, 즉 〈손자〉의 저자가 자신을 지칭한 것.

〔해석〕내가 더불어 싸우는 땅은 알리지 않는다. 알 수 없
으니까, 즉 적이 대비하는 자가 많다. 적의 대비가
많으니까, 즉 나와 더불어 싸우는 자는 적다.

● 대의

알 수 없다는 알아낼 수 없다로 해석해야만 됩니다.

적과 회전할 것 같은 결전지는 함부로 상대에게 눈치채게 해서는 안됩니다. 이것만 상대가 눈치를 알아차리지 못하면 암만해도 적은 병력을 여기저기 배치해서 대비하지 않을 수 없게 됩니다. 바꾸어 말하자면 이쪽의 주력에 부딪치는 상대의 병력이 대부분 분산되어, 소수와 싸우게 되어, 적은 희생으로 되고 승리를 확실하게 굳힐 수도 있습니다.

● 풀이

전황(戰況)의 추이(推移), 적의 공격을 위한 군병의 배치나 그 행진의 방향 등 자세하게 관찰해 보면, 대강 여기쯤이 결전장이 되지 않을까 하는 지리적인 예측이 되는 것입니다.

그러나 여기가 요점입니다. 이것만은 되도록이면 예상이 안되도록, 상대를 전후좌우를 돌아보게 하고, 정체를 알아보기 힘드는 전황이 되도록 해야만 됩니다. 상대의 실력을 분산시키는 것은 그대로 실력을 축소시키게 된다는 추리(推理)는 지극히 초등수학인 것이지만, 상업경영 같은데서도 여러가지로 응용할 수 있는 전술일 것입니다.

특히 세력이 비슷비슷한 상대를 적대하고 나섰을 때는 상당히 효과적인 법이 될'것 같이 생각됩니다. 자 결전이다 할 때에 허둥지둥 상황을 속일려고 들어도, 그러한 손재주를 가지고는 금시 다 바닥이 들어나고마니까, 미리 그 만큼한 세밀한 배려가 있어야만 됩니다.

〔原文〕 故備前則後寡 備後則前寡. 備左則右寡

備右則左寡. 無所不備 則無所不寡
寡者備人者也. 衆者使人備己者也.

〔역주〕 **備右則左寡** : 사방 전부를 완전하게 방비함.

〔**해석**〕 그런고로 앞에다 돌리면 즉 뒤가 엷고, 뒤를 대비
하면 즉 앞이 적다. 좌에 대비하면 즉 우가 적고,
우에 대비하면 즉 좌가 허술하다. 대비하지 않는
곳이 없으니까, 즉 적지 않은 곳이 없은 자는 남을
대비하는 자이다. 많은 자는 사람을 나에게 대비
케하는 자이다.

● 대의

전후좌우(前後左右), 어디든지 방위에 힘을 쓰면 그만큼 그 반
대편의 힘이 약해지는 것은 어쩔 수 없는 일로서, 골고루 사방팔
방 남김없이 방비를 완전하게 하다 보면 전체의 방어력이 대체로
약해지고 맙니다.

막는 곳이 많을수록 각부서의 전력은 적어지고, 반대로 상대에게
도 방비를 시킬수록 이쪽의 전력은 강대해지는 결과가 됩니다. 이
쪽의 행동목적을 감추기에 따라서 그대로 이쪽의 전력(戰力)의 대
소(大小)에 통한다는 것입니다.

● 풀이

'방비가 있으면 근심이 없다'고 하지만 이렇게 되면 방비가 근심
이 되는 것입니다. 정체도 모르는 적을 상대로 덮어놓고 이쪽 저
쪽 방비를 한다는 건, 극단적으로 말한다면 방어력을 분산하고 만
다는 얘기가 됩니다. 상대에게 방비를 하게 되는 쪽과, 방비를 시

키는 쪽과의 우열(優劣)의 비교가 얼마만큼이나 큰 차가 생기는가, 그게 그대로 전력의 대소가 되고, 그대로 환산이 된다면, 이건 용의치 않는 문제가 됩니다.

여기서 모공(謀攻) 제3에서 '10이면 즉 포위하고, 5일 때는 이것을 치고, 배가 되면 즉 이것을 나눈다'고 하는, 전쟁은 물량(物量)의 작전에 불과하다는 인상이 사실은 반드시 그런 것만도 아니란 것을 해명하고 있는 것입니다.

작전을 쓰는 법에 따라서 병력은 오배도 되고 십배로 써먹는 수도 있다는 사실입니다. 그렇게 되면 '십여년 포위하고'도, 반드시 저 병력의 차가 되는 건 아니라는 생각도 듭니다.

〔原文〕 故知戰之地 知戰之日 則可千里而會戰
不知戰地 不知戰日 則左不能救右 右
不能救左. 前不能救後 後不能救前. 而
況遠者數十里 近者數里乎. 以吾度之
越人之兵雖多 亦奚益於勝敗哉.

〔역주〕 越 : 월나라, 오나라의 원수의 나라. 吳越同舟 : 오나라와 월나라가 함께 배를 탐.

〔해석〕 그런고로 싸우는 자리를 알고 싸우는 날짜를 알면, 즉 천리 밖이라도 회전할 수 있다. 싸우는 자리를 모르고 싸우는 날짜를 모른다면, 즉 좌우도 구하지 못하고, 우좌도 구하지 못한다. 앞뒤도 구하지 못하고 뒤앞도 구하지 못한다. 그런 것을 하물며 먼 자는 수 십리 가까운 것도 몇리일 때야. 내가 이

것을 헤아리건대, 월인(越人)의 병은 많다고 해도,
이게 무슨 승패에 도움이 되겠는가?

● 대의

월인(越人)이란 것은 현재도 오월동주(吳越同舟)라든지 하는 형
용이 남아있을 만큼, 손자시대의 오나라에 있어서는 남방(南方)에
접해있던 인국이며, 동시에 계속 전쟁을 한 적국이었던 것입니다.
오는 지금 강소성(江蘇省), 월이 점강성(漸江省)이 됩니다.

그래서 결전장의 확실한 예측이 되어서, 그 날짜의 출정이 가능
하다면, 그게 아무리 먼 곳이라도, 그러한 일에는 전혀 아무런 지
장없이 마음대로 회전(會戰)이 가능할 터입니다. 그러나, 전혀 알
수가 없는 거라면 참혹한 얘기가 됩니다.

이쪽편의 곧 좌에 바싹 포진하고 있다. 병력의 적의 주력과 부
딪치고 있는 우측의 군을 원조할 수 조차 없게 됩니다. 좌방의 병
이 우측우군을 도우지 못합니다. 전방에 위치한 우방이 후방을 못
도우고, 후방 또한 전방을 도우지 못합니다.

하물며 몇십리밖은 말할 것도 없습니다. 몇십리는 말할 것도 없
고 오리밖도 마찬가지가 됩니다.

손자가 보기엔 월(越)나라의 군대의 인원이 아무리 많아도 자
기 계산으론 그 군대의 수가 승패엔 하등의 도움이 되지 못한다고
생각된다는 얘깁니다.

● 풀이

거의 전조(前條)의 전항에 의한 결전장의 예견이 되는가, 안되
는가, 판단하는 능력의 차이고 어떻게 전력을 총화적으로 도움이
되게 쓸 수 있는가, 살지 못하는가 하는 사실의 설명입니다. 최후

의 손자가 숙적(宿敵) 월(越)에 대해서 좀 으시대고 있는건 재미가 있는데, 특히 해설할 필요는 없습니다.

〔原文〕 故曰 勝可爲也. 敵雖衆 可使無鬪. 故策之而知得失之計 作之而知動靜之理 形之而知死生之地 角之而知有餘不足之處.

〔역주〕 **策之** : 策은 者策임. 옛날 점칠 때에 사용하여 길흉을 판단하는 데 사용하던 산가지. 여기서는 헤아려 계산한다는 뜻. **候之** : 候는 척후이니 敵情을 정찰하는 것. **形之** : 적의 형태를 드러나게 함.

〔해석〕 그런고로 말하기를 승리는 만들어야 된다. 즉 많다고 하더라도 싸우지 못하게 해야 된다. 그런고로 이것을 책(策)해서 득실의 계(計)를 알고, 이것에 작(作)해서 동정(動靜)의 이(理)를 알고, 이것에 형(形)해서 사생의 자리를 알고, 이것에 각(角)해서 유여부족(有余不足)한 곳을 안다.

● 대의

작(作)은 작흥(作興)으로서 자극을 주어서 무슨 일인가를 시작하게 한다는 의미입니다.

그러니 승리란 것은 이쪽에서 갖고 가는데 따라서 얻어질 수 있는 것으로, 적병의 수만의 문제라면, 아무리 적이 많아도 그 대부분은 실제의 전투에는 참가 안하는 거나 같게 할 수도 있는 것입니다.

그것은 상대방을 충분히 관찰해서, 어떠한 상태니까, 이렇게 하면 이렇게 될 것이다. 저렇게 하면 저렇게 될 거라고 세밀하게 계산하고, 그것을 철저하게 분간하고, 조금씩 시운전을 해봄으로 어떻게 움직이는 태세에 있는가 하는 대체의 방향, 경향을 탐지해 내는 것입니다.

다음에 적에 대한 어느 정도의 진형을 보여주고 그 반응을 보면, 어디가 유리한 전쟁터인가 또는 불리한 자린가 대개의 포인트를 알 수 있습니다. 또 상대와 이쪽을 비교 검토하기 위해서는 소규모의 전투를 해보는 것입니다. 그렇게 하면 상대의 움직임에 따라서 어디를 보강해야 되는가, 어디는 병력을 빼내도 되겠다는 부분적인 과부족의 판단도 나오게 됩니다.

●풀이
예민한 관찰력과 그 활동의 여하에 따라서는 작은 병력도 크게 써먹을 수 있다는 사실을, 넷 정도 예를 들어 설명하고 있는 터입니다. 관찰을 위해서는 양군의 군세를 접촉시켜 보는 것도 필요한 것입니다.

상대를 잠시 자극해 보고 그 반응으로 상태를 확인하는게 좋다는 것입니다. 물론 이것을 실행하는데 있어서는 만전(萬全)의 주의가 필요하며, 수고를 다해 병을 움직여서, 속는 것은 도리어 이쪽이었다든지 하는 결과가 되면 십년 공부 나무아미타불이 됩니다.

단서를 잡기만 하면 나머지는 계산입니다. 사방팔방 모든 면에서 검토해 보고 괜한 곳에는 병을 보내지 않고, 급소라 생각되는 그것도 되도록이면 허술한 곳을 노려서 맹공(猛攻)을 가하는 것입니다.

3

[原文] 故形兵之極 至於無形. 無形則深間不能
窺. 知者不能謀. 因形而錯勝於衆衆不能
知. 人皆知我所以勝之形 而莫知吾所以
制勝之形. 故其戰勝不復. 而應形於無窮.

[역주] 形兵 : 군대의 행동을 지휘 통솔하는 것.

[해석] 병을 형(形)하는 극(極)은 무형(無形)에 이른다.
무형이면 즉 심간(深間)도 엿볼 수가 없다. 지자
(知者)도 꾀를 낼 수 없다. 형에 의해서 승리를 중
에다 두면, 중은 알지 못한다. 사람들은 모두 내
가 이기는 까닭의 형은 알지만 내가 승리를 제하
는 바 원인의 형은 아는 이가 없다. 그런고로 그 승
전은 재차 하지 않는다. 그리고 형(形)의 무궁한데
응(應)한다.

● 대의

심간(深間)이란 것은 깊숙히, 지극히 남몰래 숨어서 살핀다는
뜻. 둔(措)다는 건 조치(措直)한다. 처분한다는 의미입니다.

이렇게 되니까, 암만해도 진형(陣形)이라 할만한 건 분명하게
형성하지 않도록 하는 게 좋습니다. 변전자재(變轉自在) 언제 어
떻게 변할는지 모른다는, 뭐가뭔지 모르게 하는 모습이야말로 진
형의 극치(極致)일 것입니다.

이렇게 되면 아무리 탐색해도 도저히 실체(實體)를 파악할 수는 없는 거고, 일체가 일정하지 않으니까, 아무리 지모가 뛰어난 명장이라도 그 정체를 알아낼 수가 없다는 게 됩니다.

적이 이러한 전형을 취한다면 이쪽은 이렇게 움직여서 이렇게 된다는 사실이나, 이렇게 하면 이길 수 있다는 것만은 모두 철저하게 알려야 하지만, 왜 그러한 결과가 생기는가는 아마 알지 못할 것입니다.

적이 부딪쳐서 승리를 얻는 진형, 전형은 모두 경험을 하는 거지만, 과연 이러한 형이 상대를 때려잡았는가, 요점은 아무도 모를 것입니다. 그러니 이러한 변화자재, 유통무애(流通無碍)의 전승 의전형이란 것은 같은 형이 두번 반복될 턱이 없고, 일정한 게 없는만큼 때에 따라 형에 응해서 무한하게 그때마다 생기는 게 아니어서는 안될 것입니다.

● 풀이

무형의 형이라 하면 선(禪)의 공안(公案)의 '척수(隻手)의 소리' 같은 류의 것 같이 들리지만, 여기서는 그러한 추상적인 게 아니고, 현실적이고 구체적인 것으로 취급이 돼 있습니다.

싸우는 태세 가장 좋은 형은 궁극에 가서는 전연 형이 없는데 도달하고 맙니다. 조직의 본질은 살리면서 자유자재로 변화할 수 있어야 한다는 게 됩니다.

상대에게 모르게 한다는 건 부차적인 문제고, 그러한 형이야말로 참으로 싸울 수 있는 형일 것이라는 것입니다. 일의 내용이 변경된다든지, 방법이 새로와진다거나 해서, 암만해도 조직을 변경할 필요가 생길 때가 있습니다. 그 변경 때문에 일시적이긴 하나 연락이나 인계에 사고가 생기고 기동력이 둔화될 때도 있습니다.

형의 무궁한데 응하는 게 최상이 되겠지요. 이 조항의 문장은 그렇게 이해하면 될 것 같습니다.

〔原文〕 夫兵形象水 水之形. 避高而趨下 兵之形 避實而擊虛. 水因地而制勝 兵因敵而制勝. 故兵無常勢 水無常形. 能因敵變化而取勝者 謂之神. 故五行無常勝 四時無常位 日有長短 月有死生.

〔역주〕 **吾行無常勝** : 오행은 水·火·金·木·土를 말한 것. 常勝은 항상 이기는 것. **四時** : 네 계절. 春夏秋冬.

〔해석〕 대체 병의 형은 물(水)로 상징한다. 물의 형은 높은 데를 피해서 아래로 내려가고, 병의 형은 실를 피해서 허를 친다. 물은 지(地)에 의해서 흐름을 제(制)하고, 병은 적을 따라서 승(勝)을 제한다. 그런고로 병에는 상(常)의 세가 없고, 물에는 상(常)의 형(形)이 없다. 능히 적에 의해서 변화해서 승을 취하는 자, 이것을 신(神)이라 한다. 그런고로 오행(五行)에는 상(常)의 승(勝)이 없고, 사시(四時)에는 상의 위(位) 없고, 낮(日)에는 장단이 있고, 월(月)에는 사생이 있다.

● 대의

신(神)이란 것은 역경(易經)에 '음양불측지위신(陰陽不測之謂神)이라 나와 있어서, 측정할 수 없는 영력(靈力)이란 뜻입니다. 오

행(五行)은 화목토금수(火木土金水), 천지만상(天地萬象)을 이 오
행(五行)으로 맞추어서 본 중국 고대의 철학, 과학사상에서 나온
것으로, 화(火)는 목(木)에 이기고, 목(木)은 토(土)에 생기고…
물은 불에 이기고 하는 게 있습니다.

전쟁 때의 태세를 물에다 비교하면 알기가 쉽겠습니다. 물이란
것은 높은 데서 낮은 곳으로만 가는 것입니다. 전쟁도 그런데 상대
는 충실한 곳은 되도록이면 피하고, 엷은 곳만 공격하는 게 자연
스러우며, 또 온당합니다. 또 물이란 것은 지세를 따라 흐르는 모
양이 결정되는 것이지만, 한가지로 병도 적의 형을 따라 승리하는
수단이 결정됩니다.

그러니 병의 태세에는 일정한 상태(常態)란 게 없을 터이며, 이것
은 물이 일정한 형이 없는 것과 같으며, 그래서 이러한 식으로 상
대본위도 자유로 변화하고, 자재로 승리를 얻는 게 참달인(達人)
의 재주라 할 것입니다.

일년의 계절도 때에 따라 변화하는 것으로써, 이게 상태란건 아
니고, 하루에도 여름에 있고 겨울이 있는 그 계절에 따라서 장단
이 있는 터이고, 달도 차면 다시 조각달로 되돌아가서 날이면 날
마다 그 모습은 달라집니다. 이게 싸움의 참모습입니다.

● 풀이

결전장의 병의 대형배치를 물에다 비교해서, 여기서 깨달아야
할 건 병의 움직임도 자연현상과 같아서 당연하게 가야 할 곳에 가
고, 향해야 할 곳을 향한다는 법칙을 강조하고 있는 것입니다.

이것을 무시하고 무리로 억제하는 건 좋지 않다는 것입니다. 병정
도 산 인간이고, 자연의 법칙, 사회의 법칙, 생활의 욕구, 그러한
것을 충분히 존중해야만 되며, 각자의 판단이나 행동을 있는 그대

로 살려서, 그리고도 목적의 방향으로 끌고가야 한다는 얘기를 하
고 있는 것입니다.

군쟁(軍爭

1

〔原文〕 孫子曰 凡用兵之法 將受命於君 合軍
聚衆 交和而舍 莫難於軍爭.

〔역주〕 **交和而舍** : 和는 軍門, 交는 마주 대함, 舍는 병사라는 뜻.
軍陣의 운을 마주 대하고 있다는 뜻.

〔해석〕 손자가 얘기하기를 대체 병을 쓰는 법은, 장군은
명(命)을 군주에게 받아 군(軍)을 합하고 중(衆)
을 모아 화(和)를 교(交)하여 사(舍)한다. 군쟁보
다 어려운 건 없다.

● 대의

화(和)를 교(交)한다는 것은 화문(和門=兵營門)을 섞어서 각종
의 병종(兵種)을 갖춘다는 뜻입니다. 군쟁(軍爭)은 이 제 7편의
주제가 되어 있는 말입니다만, 실전에 들어갔을 때의 전쟁의 경합
이란 의미와 같으며, 무공을 겨룬다는 의미도 있는 듯합니다.

개전(開戰)이 되면 주장이 임명이 되고, 각종의 군대, 병과를
모아서 편성하고, 되도록이면 꼭 필요한 인원만 징용합니다. 그리
고 쭉 한군데 군문에다 모아서 숙사에다 수용하는 것입니다. 여기
까지의 일도 여간이 아니지만, 바야흐로 병을 움직이고 직접 교전
을 시작했을 때, 모든 경쟁만큼 어려운 건 없을 것 같이 생각이 됩
니다.

● 풀이

군쟁(軍爭)이란 낱말의 해석은 여러가지 설이 있는 것 같지만, 동일진영내에선 공명겨룸, 선진(先陣)겨룸, 노획품의 쟁탈전 모든 경쟁에 해당되고, 적에 대해서는 장과 장과의 작전의 경쟁, 그 간파경쟁(看破競爭), 용병만단(用兵萬端)의 경쟁 그 밖에 여러가지 경쟁이란 경합을 말하는 것 같습니다.

시계제일(始計第一)에서 시작해 가지고, 작전(作戰) 제2, 모공(謀攻) 제3, 군형(軍形) 제4, 병세(兵勢) 제5, 허실(虛實)제6을 거쳐서 기본적인 것에서 차츰 각론에 들어온 셈인데, 드디어 백병전(白兵戰)의 차례가 된 셈입니다. 그런만큼 지금까지 설명한 병법 중에서 재차 등장하는 말이 자꾸만 나타납니다. 잘 염두에 두시기 바랍니다.

이 조항은 군쟁(軍爭)편의 수언(首言)이니까 특히 해설은 필요가 없을 것 같습니다만, 손자 자신이 말한 것 같이, 이 군쟁만큼 어려운 것은 없다는 것이며, 손자의 병법으로서는 참 전쟁에 참여하는 병술가에게 있어서는 제일 중요한 부분이라 보는 것 같지만, 우리들로서는 얼마만큼 도움이 될 것을 찾아낼 것인가는 여러분의 읽기에 달렸다고 생각이 됩니다.

〔原文〕 軍爭之難者 以迂爲直 以患爲利. 故迂其塗 而誘之以利 後人發 先人至 此知迂直之計者也.

〔역주〕 軍爭 : 군대를 사용하여 적과 전투를 결행하여 승리를 쟁취하는 일. 迂 : 迂廻, 멀리 돌아서 가는 일.

〔해석〕 군쟁의 어려움은 우(迂)를 가지고 직(直)이라 하고,

환(患)을 가지고 이(利)라 보는 것이다. 그런고로 이 도(塗)를 우(迂)로 하고, 이것을 꾀이는데 이를 갖게 하고, 남보다 뒤에 출발해 가지고 남을 앞서 도착하는 것은 이 우직(迂直)의 계를 아는 자이다.

● 대의

글 가운데의 우(迂)란 것은 멀리 돌아간다는 것, 직은 직선거리로서, 지름길이라 해석해도 될 것입니다. 도(塗)는 도(途)와 같이 길이란 의미로 쓰여지고 있습니다.

군쟁이란 것은 어려운 것으로서 그 하는 방법으로는 돌아가는 길을 반대로 지름길로 할 수도 있고, 손실 재난을 이익이 되게 이용할 수도 있습니다.

상대의 눈을 감겨놓으면 상대의 계획은 반드시 어긋납니다. 속담에 '바쁘면 돌아가라'는 말이 오히려 그게 목적지에 빨리 가게도 됩니다. 상대가 차지했다 생각하게 하고, 사실은 그 이면을 이용해서 사잇길로 간다든지, 올 기색이 없다고 안심하고 있는 시간을 이용한다든지, 수단방법은 많겠지만 늦은 것 같이 보이다가도 전쟁터에 먼저 가 있는 마술(魔術)은, 이 '바쁘면 돌아가라'의 계략을 알고 있는 덕입니다.

● 풀이

여기서 말하는 꾀이는데 이(利)를 가지고 한다는 문귀에, 우회작전을 비밀리에 하는데는 다른 방향이 엉뚱한 곳에다 상대의 주의를 끌만한 소리(小利)의 낚시밥을 주는 거라고 해석도 있는것 같습니다. 이렇게 해석하다 보면 더욱 복잡한 작전의 뉘앙스가 나올 것 같지만, 요는 상대의 작전을 역이용한다는 것이 됩니다.

목적은 미련하게 상대의 포위를 돌파할려는 것 보다도 그것을
이쪽에서 사양하고, 다소 멀지만 돌아가는 게 손해가 작게 나고,
적도 당연하게 예정하고 대비하고 있던 그 배면(背面)이나 측면을
찌르는게 되니까, 거기 생기는 상대의 혼란도 기대할 수 있다는데
에 있는 터입니다.

그 때문에 다소간의 손실도 각오한 뒤에 하는 게 당연하다는 게
됩니다.

'손해를 보고 이득을 차지하다'란 것은 이러한 곡절을 말하는 것
이 됩니다. 그 때문에 이는 낭비가 있고 나서 의미가 안통할지 모
르지만, 저울에 달아보면, 맞을만한 희생은 아낌없이 치루고 볼
마음가짐이 있어야 됩니다.

〔原文〕 故軍爭爲利 軍爭爲危. 故擧軍而爭利 則不及. 委軍而爭利則輜重捐.

〔역주〕 **擧軍** : 군대 전원. **不及** : 어느 필요한 한계에 도달하지 못
함.

〔해석〕 그런고로 군쟁(軍爭)은 이(利)가 되고, 군쟁은 위
(危)가 된다. 그런고로 군(軍)이 송두리째 이를 다
투면 즉 미치지 못하고, 군을 버리고 이(利)를 다
루면 즉 병참(兵站)선이 손해를 입는다.

●대의

그러니 모든 경우에 군쟁이란 것은, 눈앞의 어른거리는 이해는
그대로 안위(安危)와 그대로 직결이 돼 있습니다.

전쟁엔 이해를 무시할 수가 없습니다. 그렇다고 해서 이게 최대

목적이 되어서 목전의 이익만을 추구하다 보면, 요긴한 전승이란 대목적에 도달이 안된다는 결과가 빚어집니다. 문제는 소국부가 아니고 전체입니다.

전국의 연락 병참선이란 것을 무시하고 적을 추격하면, 너무 뻗어나간 발목은 잡히기가 쉽다는 결과로 나타납니다.

● 풀이

유혹에 빠진다든지 끌려간다든지는 인정이고 자연지세입니다. 그러나 주책없이 깊이 빠져들면 대국으로 봐서 어처구니 없는 결과가 생깁니다. 특히 이기는 대목이 위험합니다. 이러한 때야말로 누군가가 높은 곳에서 전전국면을 샅샅이 눈을 번득이고 있지 않으면 난데없는 곳에서 뜻하지 않는 파탄이 생깁니다. 그게 원인이 되어 싸움에 이기고도 전쟁에 지는 결과가 됩니다.

깊이 빠져들면 병참 보급선이 늘어납니다. 이것만으로도 무서운 것입니다. 하물며 그 약점에 적이 틈타고 덤벼들게 되면 비참한 결과가 생깁니다.

〔原文〕 是故卷甲而趨. 日夜不處. 倍道兼行. 百里而爭利. 則擒三將軍. 勁者 先. 罷者後. 其法十一而至. 五十里而爭利. 則蹶上將軍. 其法半至. 三十里而爭利. 則三分之二至. 是高軍無輜重則亡. 無糧食則亡. 無委積則亡.

〔역주〕 輜重 : 육군이 운반하는 온갖 군수품. 甲 : 갑옷. 趨 : 급히 달려감. 倍道 : 행군의 하루 일정을 상례의 배로 늘림.

〔해석〕 이러하니까 갑옷을 입고 뛰어 밤낮 주야 겸행(兼行)으로 길을 곱으로 걸어, 백리를 가서 이를 겨루면 즉 삼장군이 포로가 되고, 강한 자는 앞서고 피곤한 자는 뒤에 처지고, 그 할(割) 十의 一이 이른다. 五十리를 가서 이를 겨루면 즉 상장군을 잃고 그 할 반이 간다. 삼십리에서 이를 겨루면   즉 3분의 2가 이른다. 이런고로 군에 치중(輜重)이 없으면 즉 망한다. 양식이 없으면 즉 망한다. 위적(委積) 없으면 즉 망한다.

● 대의

삼장군(三將軍)이라 하는 건 당시의 병제(兵制)의 상군, 중군, 하군의 장을 말함이고, 이 법은 비율(比率), 할(割)을 말함이고, 위적(委積)은 저축입니다. 주예(周禮)에 '적은 것을 위(委)라 하고 많은 것을 적(積)이라 말한다. 모두 모으는 것이다.'라고 있습니다. 다음에 리(里)라 하는 것은, 말할 것도 없이 거리의 단위(單位)이지만, 최근까지의 우리의 개념(槪念)이 되어있던 36정의 1리(약 四粁弱)는, 시대에 따라서 변천이 있는 것 같지만, 중국에서도 마찬가지로, 손자의 시대의 단위는 훨씬 가까운 것 같습니다. 약 9분의 1 정도의 것이 아닌가 생각해서 무방한 게 아닌가 생각이 됩니다.

당시의 군의 이동은 하루에 삼십리 정도를 한계로 본 것 같지만, 이것은 현재의 12키로 정도에 해당될 것입니다. 여러가지 숫자가 나오지만 모두 그렇게 봐서 읽으시기 바랍니다.

그래서 무거운 갑옷, 투구같은 건 벗고 경장(輕裝)이 되어 주야 겸행(晝夜兼行) 쉬지않고, 이 틈에 가는 길을 하루에 가는 것 같은 강행군을 하고, 4, 50키로나 떨어진 곳에서 승부의 판가름을 할려고 할 때는 별안간 삼장군(三將軍)이 모조리 생포가 돼버리는 참패를 맞게 됩니다.

(이것은 좌전(左傳)이란 당시의 역사에 실려있는 사실을 예로 든 것 같습니다.)

이러한 무리한 강행군이라면 완강한 자만이 먼저 가고, 지쳐버린 자는 자꾸만 낙오해 버려서 도착지에 갔을 때는 1할이 될까말까, 나머지는 모두가 낙오하니까, 뒤떨어져서 분산되어 전장에 도착하는 형편이 됩니다.

만일 2, 30키로라 해도, 삼장군 전위부대(前衛部隊)의 장이 전사해 버리거나 하면, 만족하게 도착하는 병력의 수는 절반 정도가 될까말까가 될 것입니다.

정석적(定石的)인 12, 3키로라 하더라도, 그 한계선까지 움직였다가는 역시 3분의 2의 병력이 돼버려서, 3분의 1은 괜히 감소하게 된다고 생각하지 않으면 안됩니다.

첫째로 이러한 강행군에선, 첫째가는 보급이 안될 것입니다. 화살이 없는 병력같은 건, 맨손으로 나서는 것 같으며 보잘 것 없습니다. 양식도 그렇습니다. 배가 고파서는 전쟁을 못한다는 것이 동서고금의 원칙입니다. 그런데 현지에서 쓰지 않으면 안되는 군자금(軍資金)도 그러한 형편에선 불만족일 것입니다. 좀처럼 이길 가능성은 없는 거로 봐서 틀림이 없습니다.

● 풀이

전쟁이란 건 상대적인 것이니까, 시대가 변해서 모두가 기계화가 되어오면, 여기서 설명한 숫자적인 할(割) 같은 건 대강만 들어주면 된다는 게 되지만 이론만은 같습니다. 병참선이 늘어지는 건 급물(禁物), 그 늘어난 병참선엔 상관없이 강행군 후의 원정은 모든 게 파괴되어 버리고, 꿩도 알도 다 도망간다는 얘기가 됩니다.

사업의 경우엔 지리적인 거리보다도 어떤 경우엔 수송시간이나 경비의 손실도 수반되지만, 이것은 오히려 재산의 횟수에 요하는 시간의 장단, 이게 따르는 데의 무리한 생각이라 해도 좋을 것입니다.

모든 기구가 발맞추어 가는 게 아니면 사업이란 건 잘 안되는 거라고 말합니다. 무리한 강행군, 그것도 한도를 넘은 오랜 시일이나 년월(年月)의 인내란 것은 반드시 큰 파탄이 생기는 것입니다. 한계선에 꽉 찬 것도 고작해서 3분 2의 실효로 본다는 건 경청할 만한 것이 됩니다.

〔原文〕 故不知諸候之謀者　不能豫交.　不知山林險阻沮澤之形者　不能行軍.　不用鄕道者　不能得地利.

〔역주〕 **不能豫交** : 미리 앞서 교제할 수 없다.

〔해석〕 그런고로 제후(諸候)의 모(謀)를 모르는 자는 앞서 교제를 할 수 없다. 삼림험조저택(山林險阻沮澤)의 형을 모르는 사람은 행군을 할 수 없다. 향도(鄕道)를 가지 않는 자는 지(地)의 이(利)를 얻지 못한다.

●대의

저(沮)는 축축한 곳, 택(澤)은 골짝같은 데로 물이 흐르지 않는 곳입니다. 향도(鄕道)는 그 지방 사람의 길잡이를 말합니다.

이러한 미묘한 관계가 있으니까, 인국(隣國) 등의 왕후(王候)가 응원을 하겠다고 나서도, 그러한 병정을 부려먹는 법을 모르겠다고 생각이 되면 함부로 구원을 받았다가는 큰일이 납니다.

사소한 부주의도 민감하게 울립니다. 비록 삼림지대에 병을 몰고 갈려고 할 때에, 어디가 험해서 가기가 어려운가, 어디가 습지대인가 자세한 지세를 모른다면 좀처럼 틀림없이 예정한 병단의 이동 같은 건 못하는 거로서 그러한 때에는 그 토지, 그 지방의 사람을 길잡이로 부탁하지 못한다면 좀처럼 유리한 행동은 하지 못할 것입니다.

● 풀이

인국 등의 원병을 타사의 응원이라 해석하면, 단순히 군대만 보내주는 것은 진실로 고마운 일이지만, 여기 신통찮은 지휘자가 따라오기라도 하면 재미없이 되기가 쉽습니다.

이쪽과 동등의 전술지식이라도 있다면 또 좋지만, 그렇지도 못하면 도리어 장해물이 됩니다. 그 때문에 반대로 패전이라는 쓰라린 꼴을 보는 경우도 있을 수 있습니다. 이 이론을 존중하면 어쩔 수 없이 응원을 바라는 경우에는 되도록이면 단순한 노동력만을 말하기도 하고, 간부급 유능한 사람은 죄스럽지만 사양하겠다는 게 좋을것 같습니다.

2

〔原文〕 故兵以詐立. 以利動. 以分合爲變者也. 故其疾如風. 其徐如林. 侵掠如火. 不動如山. 難知如陰. 動如雷霆.

〔역주〕 詐 : 속임수, 立 : 立定, 爲變 : 임기응변.

〔해석〕 그런고로 병(兵)은 사(詐)로써 서고, 이(利)를 갖
고 움직이며, 분합(分合)으로 변을 하는 자이다.
그런고로 그 빠르기가 바람과 같고, 그 조용하기
가 숲(林)과 같고, 침략(侵略)하기가 불과 같고,
움직이지 않기가 산과 같고, 알기 어렵기가 음(陰)
과 같고, 움직이는 건 뇌진(雷震)과 같다.

● 대의

사(詐)는 속임수, 정체를 알기 어렵게 하는 것. 음(陰)은 옥편
에 '유(幽)하기는 형이 없는 것 같고, 길기가 한량이 없음을, 이것
을 음(陰)이라 한다'고 돼있습니다. 그림자의 어두운 곳을 의미합
니다.

여기서 손자의 병법 중에서도 유명한 말이 되어 있습니다. 풍림
산화(風林山火)라면 병법의 대명사와 같이 통용이 되고 있습니다.

그러니, 전쟁이란 것은 먼저 상대의 눈을 멀게 하고, 정체를 되
도록이면 파악하지 못하고 행동하고, 다음에 가장 유리한 조건을
행해서 움직이고, 그 조건대로 상대의 나오는데 따라서 자유자재
로 변화하고, 분산집합할 수 있게 병을 움직여야 됩니다.

이러한 용법을 구체적으로 말한다면, 움직이는 기회를 붙들면
그야말로 황야를 불어때리는 질풍과 같지 않으면 안되고, 조용해
야 될 때에는 잠잠한 숲속과 같은 조용함이 아니면 안됩니다. 적
지에 침입하면 마른들에 붙은 불과 같은 맹열한 세가 있어야 합니
다. 또 자중이 필요할 때에는 큰 산같이 무게가 있어 태연한 태도
를 보여서, 그리고도 또 그늘에 숨어버린 것 같이 조금도 상대에

게 눈에 오르지 않는 은밀한 행동이 가능해서, 자 상대를 쳐야한다
고 할 때는 번개가 치는 듯한 맹렬함으로 하지 않으면 안됩니다. 이
게 용병의 부대장의 주의사항입니다.

● 풀이

문귀(文句)로선 실로 유명한 곳이지만, 그 내용은 지금까지 말
씀드린 것을 요약해서 잘 배열하면, 자연현상에다 비교했을 뿐이
니까, 새삼스레 해설을 가할 것도 없겠습니다.

다만 말의 표현이 대단히 좋고 중요하기도 한 대목이니까, 여기
는 원문으로 암송해 두면 일을 당했을 때에 도움이 될 때가 많을
것입니다.

〔原文〕 掠鄕分衆. 廓地分利. 懸權而動. 先知
迂直之計. 此軍爭之法也.

〔역주〕掠鄕分衆 : 적의 고을을 침략하여 戰利品이 있으면 여러
군사들에게 나누어 준다. 權 : 저울.

〔해석〕향(鄕)을 털어서 여럿이 나누고, 땅(地)을 곽(廓)
해서 이를 나누고, 권(權)을 헌(懸)해서 움직인다.
먼저 우직(迂直)의 계를 아는 자는 이긴다. 이게
군쟁(軍爭)이다.

●대의

곽(廓)은 확대(擴大)한다는 의미. 권(權)을 걸어서라는 것은 저
울(天秤)에 달아보고란 뜻으로서, 경중을 단다는 것입니다.

적지에 침입하면 거기서 얻어지는 물자는 뭇사람에게 나눠주고

되도록이면 그 지방사람의 인심을 얻어가지고, 먼저 얘기한 향도 (鄕道) 같은 것으로도 써먹고, 현지인의 협력을 얻도록 하는 것이 좋습니다.

이렇게 해석하다 보면 다음 문리는, 이러한 지역을 되도록이면 넓혀가서 이쪽에 형편이 좋은 곳을 분산적으로 설치합니다. 그렇게 하면 모르는 지방이라도 여러가지 정보가 모여서, 이것과 비교해 보고, 검토를 해서 경중을 정해가지고 행동에 움직일 수가 있습니다. 이렇게 우직(迂直)의 계, 바쁘면 돌아가라는 계략을 활용할 수 있어야 승리를 얻을 수 있는 길이 되고, 군쟁의 법이 되는 것입니다.

●풀이

비록 적지(敵地)라 해도 거기의 주민(主民)은 제3자가 되며, 자기 좋은대로 따라오는 것입니다. 줄 것을 주면 이쪽에서 멋대로 이용할 수가 있습니다. 그걸 잘 써먹는 게 사정을 모르는 적지에 가서 바쁘면 돌아가라는 방법이라고 말합니다. 이 손자의 생각은 참으로 실천 경험이 많은 사람의 귀신같은 관찰입니다.

중점을 찾아내는 것, 이게 중요한데 필요한 때는 '먼저 준다'는 것입니다. 이 준다는 것 자체가 이미 '우직(迂直)의 계'인지도 모릅니다만, 단병(短兵)급으로 외골수로 목적을 지향하는 것은 언제 어떤 경우라도 잘하는 건 아닙니다.

지름길을 가기 위해선 돌아서 가라. 이러한 반어적인 말솜씨는 하마터면 잘 알 것 같으면서 모르는 것이지만, 그 진의를 파악하면 활용은 자연 될 것입니다.

3

〔原文〕軍政曰　言不相聞. 故爲金鼓. 視不相
見. 故爲旌旗. 夫金鼓旌旗者　所以一
人之耳目也. 人旣專一　則勇者不得獨
進　怯者不得獨退. 此用衆之法. 故夜
戰多火鼓　晝戰多旌旗　所以變人之耳
目也. 故三軍可奪氣. 將軍可奪心.

〔역주〕 **軍政**: 전국 시대 이전에 있었던 병서의 일종. **金鼓**: 커다란 종을 일컫는다. **用衆之法**: 다수의 군인을 지휘하는 방법. **火鼓**: 횃불과 金鼓의 소리. **奪氣**: 사기를 잃게 함

〔해석〕 군정(軍政)에 말하기를 말해도 서로 안들린다. 그런고로 금고(金鼓)를 만든다. 봐도 안보인다. 그런고로 정기(旌旗)를 만든다. 대체로 금고정기(金鼓旌旗)는 사람의 이목(耳目)을 하나로 하는 것이다. 사람이 이미 전일(轉一)하면 즉 용자도 혼자 나가지도 못하고, 겁자(怯者)도 혼자 물러나지를 못한다. 이게 중(衆)을 써먹는 법이다. 그러므로 야전(夜戰)에는 화고(火鼓)를 많이 하고, 주전(晝戰)에는 정기(旌旗)를 많이 하는 것은 사람의 이목을 변하게 하는 까닭이다. 그러니 삼군(三軍)은 기를 꺾어야 하고, 장군(將軍)은 마음을 빼앗아야 된다.

● 대의

군정(軍政)은 고전병서(古典兵書)의 의미. 금고(金鼓)는 종(鍾). 북은 그 시대의 진중의 신호기. 정기(旌旗)는 어느 거나 깃대표식으로서 정(旌)은 깃대의 대의 머리에 날개나 털을 단 기입니다.

군서(軍書)에도 대군단에 대해서는 소리에 의한 호령으로는 철저하지 않으니까 종이나 북을 쓴다. 손짓 같은 거로 도저히 여러 사람에게 보이지 않으니까 기의 색이나 모양을 달리 해서 이것으로 신호를 하는 거라고 쓰여져 있습니다만, 이러한 기, 북, 종 같은 것은 신호표식으로서 기능도 그렇지만, 오히려 사람들의 이목(耳目), 관심 등을 통일하는 것이란 사실을 주목해야만 됩니다.

군중이 하나로 통일돼 있는 이상, 특별히 무용이 뛰어난다 해서, 혼자만 뛰어난 활동도 안되고, 겁자라 해서 도주도 못하는 것으로써 한 개의 단체로써 움직이는 것입니다. 이렇게 하는 게 대중을 써먹는 원칙인 것입니다.

매스(群)란 것은 매스 특유의 강력한 힘이 생겨나는 것입니다. 개체의 힘을 숫자로만 배율로 크게 한 게 아니고, 더욱 다른 큰 힘이 되는 거지만, 이것은 강한자가 단독으로 돌진을 안하는 대신에 약자도 함께 끌려가서, 모두 동등의 활동을 하기 때문이며, 이게 집계되면 큰 다른 힘이 될 터인 것입니다.

집단으로 결속된 힘을 줍니다. 그래서 야천에는 횃불을 많이 들려서 불을 올리고, 주간의 싸움에는 깃대를 잔뜩 들리는 건, 이 집단의 힘의 크기를 상대에게 시위(示威)하는 일종의 데몬스트레이션입니다. 이것으로 압도적인 기세를 보여서 상대의 삼군(三軍三萬七千五百)의 기를 꺾고 상대의 장수의 마음에 동요를 주자는 것입니다. 일종의 심리전입니다.

● 풀이

얘기는 지휘신호란 것에 언급이 돼 있습니다만, 손자의 의도는 서두에 일부러 소개를 한 것같이 그것은 옛부터 어떤 군의 교과서에까지 나와 있는 것으로서, 그러한 신호 그 자체의 얘기는 아니고 오히려 군중이란 것, 그 집단의 위력, 거기 따르는 군중심리나 상대방에서 줄 대집단이 갖는 위압이란 것의, 이것 역시 심리적인 면에 대해서 말하고 있는 것이라 봐야만 될것입니다.

통제된 집단의 힘, 그것은 개인의 힘의 누적(累積)이 아니고, 전연 다른 것이 됩니다. 그 통제에는 정기(旌旗), 불종 집단에 향하는 치령의 방법이 취해진다는 것도, 무엇인가를 암시하는 게 있는 것 같습니다.

예를 들면 공장내의 기계소리지만, 이것도 단순히 소음으로 귀찮게만 듣지 말고, 그 반복성을 이용해서, 리듬적으로 조정해서 이것을 공장내에 일하는 사람을 통일적인 기분에 이바지하도록 하는 연구같은 것도, 더욱 연구해 볼 문제가 아닐까요? 작업내용이 복잡하면 할수록 발생하는 소리도 여러가지가 될테니까, 이것을 음악적으로 조정한다는 것 등은 간단하게는 안되겠지만 해서 안될 턱도 없다는 생각이 듭니다.

이렇게 되면 오케스트라의 편곡자 같이 공장음조율과 같은 직업이 생겨날는지도 모릅니다. 사업장에 음악을 보내주는 것은 차츰 실시되고 있는 것도 있다고 듣습니다만, 더욱 한걸음 나가서 공장내 소음 자체를 음악화한다는 것도 생각해 볼 필요가 있을 것 같습니다.

좀 얘기가 옆길로 탈선을 한 것 같습니다만, 이 군중을 매스화한다는 것은 상대를 고객층으로 한다는 문제에 있어서도 뭔가 암시가 있을 것 같습니다. 최후의 삼군은 기를 꺾어야 하고, 장군은 마음을 뺏아야한다는 데에 뭔가 양분이 있을 것 같습니다.

그러므로 이러한 기본적인 원리를 파악하고 그 근원적인 기초에 입각하여 매사를 처리하지 않으면 안된다는 것을 손자는 우리들에게 가르쳐 주고 있다고 생각되어집니다.

〔原文〕 是故朝氣銳. 晝氣惰. 暮氣歸. 故善用
        兵者. 避其銳氣. 擊其惰氣. 此治氣者
        也.

〔역주〕 晝氣惰 : 낮의 사기는 권태하다.

〔해석〕 그런고로 아침의 기는 날카롭고, 낮의 기는 노곤하고, 저녁때의 기는 귀(歸)하다. 그러니 병을 잘 써먹는 자는 이 예기를 피하고 그 타기(惰氣)를 친다. 이게 기(氣)를 다스리는 자이다.

●대의

타(惰)는 게으름이고, 귀(歸)는 치운다, 끝난다, 다 했다는 의미. 치(治)는 잘 양해했다든지 마스터했다는 것.

이렇게 심리적인 움직임이란 것은 무시하기 어려운 것입니다. 아침동안에는 보통 병사들의 기분은 충실하고 팔팔한 게 보통이고, 낮이 되면 노곤해지는 것이지만, 저녁때가 되면 전혀 하루의 일도 끝나고 말았다는 기분이 되는 것입니다.

따라서 용병을 잘하는 수로는 이러한 병사의 기분이란 것을 잘 알아서, 아침의 예기는 되도록이면 피하도록 하고, 낮이나 저녁때의 맥이 쭉 빠졌을 때를 노려서 습격하는 것입니다. 이거야말로 기분의 움직임이란 것을 잘 알고 내 것으로 한 것이라 볼 수 있겠습니다.

● 풀이

이러한 관찰에 따르면, 제일 능률이 오를 아침 출근 직후가 러시아워의 혼잡으로 지쳐가지고 온다고 하는 건 대단한 국가적 손실이 됩니다. 경영자에게 있어서도 자위상(自衛上)이 교통문제, 주택문제를 좀더 진지하게 탐구할 필요가 있고, 또 각자의 타력본원(他力本願)으로 당국만 믿을 게 아니라 어떻게든지 자력으로 대책을 세워나가야 될 것입니다.

이 조모(朝暮)란 것은 일주간(一週間)을 한묶음으로 생각하면, 휴일의 익일(翌日)과 주말(週末)로서는 기의 예성(銳性)이 상당한 차이가 생깁니다. 소중한 기획회의(企劃會議)같은 것을 토요일의 오후에 한다는 건 어리석습니다.

모든 일의 매듭이나 배치도 이러한 점을 잘 생각해서 거기 그게 잘 합치가 되도록 연구할 필요가 있습니다. 최근에는 능률과 피로(疲勞)의 연구가 하나의 독립된 학문이 되었다고 하지만, 이천 수백년전의 손자조차 이 점에 관심이 있었으니 놀랄만한 일입니다.

〔原文〕 以治待亂　以靜待譁.　此治心者也.

〔역주〕 治心 : 마음을 다스림, 정신을 다스림.

〔해석〕 치(治)를 갖고 난(亂)을 기다리고, 정(靜)으로 화(譁)를 기다린다. 이것은 마음을 잘 다스린 자이다.

● 대의

화(譁)는 찌그려서 시끄러운 것.

이쪽은 딱 잘 통제가 되어서 상대편에 뭐가 이상이 생기는 것을 기다리고, 여기는 뭐든지 잘 조용하게 잘 돼 있으면서 상대편엔 승갱이가 붙어서 떠들썩한 것을 기다린다는 것도, 역시 인간심리를 잘 들여다본 방법입니다.

●풀이

상대의 기업체에 노동쟁의나 파업이 생긴다든지 하면 공격으로는 가장 좋은 시기가 됩니다. 그런데 남의 직장에 들어가서 인위적으로 파업선동을 직업적으로 해먹는 인간이 다 있고, 그게 꽤 수지가 맞는다는 거니까 못된놈의 세상이 되어가나 봅니다.

〔原文〕 以近待遠. 以佚待勞. 以飽待饑. 此治 力者也.

〔해석〕 근(近)을 가지고 원(遠)을 기다리고, 일(佚)을 가지고 노(勞)를 기다리고, 포(飽)를 가지고 기(饑)를 기다린다. 이게 힘을 다스리는 자인 것이다.

●대의

전국의 마음을 다스리는 자에 비교해서, 전전번에 말씀드린 바인 이쪽은 근거리의 이동으로 끝내어 상대가 먼데서 수고해서 오는 것을 기다린다든지, 이쪽은 편안하게 기분좋은 상태에서 상대가 지쳐서 축 늘어진 상태를 기다린다든지, 또 이쪽은 식량공급이 잘되어 충분히 배부른 상태에서 상대가 그 부족으로 고민하게 되는 것을 가만히 기다린다든지 하는 힘의 싸움, 전력이란 것을 잘 알고 있는 자라 할 수 있을 것입니다.

● 풀이

심리적인 것과 전력적인 것을 대비한 것으로서, 여기 인용한 것은 모두가 전부터 빈번하게 등장했던 거니까 특히 해설의 필요는 없을 것입니다.

이 두개의 것이 작전의 주인(主因)이 되어, 차조(次條) 이하에 설명하는 것 같은 구체적인 작전이 되어 나타나는 것입니다.

〔原文〕 無邀正正之旗. 勿擊堂堂之陳. 此治變
者也.

〔역주〕 正正 : 整然하다. 바르고 질서가 있다. 堂堂 : 의연하고 번듯하다. 治變 : 변화로써 다스린다. 적의 정세에 쫓아 전략·전술을 잘 변화시켜 대처한다는 뜻이다.

〔해석〕 정정(正正)의 기(旗)를 맞아서는 안된다. 당당(堂堂)의 진을 쳐서는 안된다. 이것이 변(變)을 다스리는 자이다.

● 대의

정연한 대형을 갖추고 당당하게 깃대를 들고 밀고오는 적에 정통으로 부딪치는 건 손해입니다. 한가지로 당당하게 조금도 틈이 없이 차리고 있는 적진을 습격하는 것도 역시 수지 안맞는 공격입니다. 이러한 호흡을 잘 알고 있는 게 변화의 콧마루를 치는 도(道)를 분간해 아는 거라 할 수가 있습니다.

● 풀이

육박전의 요령을 세개의 요소 심리적인 것, 전력적인 것, 그리고 여기서는 전략적인 것, 이 정도로 간추려서 이하 세개의 요소의 응용이란 형태로, 구체적인 전법에서는 응용되어 전개되는 것입니다.

이 조항에서 볼 만한 것은 정기(旌旗)의 이용법으로, 적의 진용에 목표를 두고 있는 것이 되겠지만, 이것도 전에 나온 기만작전 중에 있었던 거니까, 하마터면 속아넘어갈 정도지, 대의의 설명으로 아시는 범위 외에 특히 해설할 필요를 느끼지 않습니다.

〔原文〕 故用兵之法. 高陵勿向. 脊丘勿逆. 佯北勿從.

〔역주〕 **高陵勿向** : 고능(높은언덕)에는 향하지 말라(정면으로 쳐다보는 것). **逆** : 정면으로 맞서서 응전한다.

〔해석〕 그런고로 병을 써먹는 법은 고능(高陵)에는 향하지를 말라. 언덕(丘)을 징진 것에는 거역을 하지 말라. 거짓 도주하는 것은 추격하지 말라.

●대의

이러한 심리적(心理的), 전력적(戰力的), 전략적(戰略的)인 요소를 섞어 놓으면, 지금부터 말씀드릴 것은 일체 금물이란 사실을 아실 터입니다. 그 제 1 은 적은 산에 진치고 있는 적을 공격하는 것. 이것은 산을 오르는 노력이 드는 만큼, 산상에서 편하게 있는 적과의 사이에 전략적인 핸디캡이 생기는 것과, 산상에서 내려다보고 있으면 이쪽의 편대나 그 움직임이 눈에 보인다는 것, 또 이것들을 내려다보고 있다는 것도, 상대편에 심리적인 힘이 가해진다는 것 등이 일리가 될 것입니다.

또 언덕에서 쳐내려 오는 적을 막아싸우는것. 이것이 금물입니다. 이것도 이것과 전혀 같은 핸디캡이 있기 때문입니다. 동시에 뛰어내려오는 세에 대해서 저항을 받으면, 상대는 한사코 결단을 하게 되니까 보통 이상의 전투력이 나옵니다.

제5에는 위장퇴각(僞裝退却) 보이기 위한, 이쪽을 꾀어내는 퇴각에 엄벙덤벙 덤벼들어선 안된다는 것입니다. 이것을 깊이 쫓아가다 보면 적의 함정에 빠져 포위당합니다.

● 풀이

이것은 자본의 투하 같은데도 같은 얘기를 할 수 있는게 아닌가 생각합니다. 남김없이 기업화(企業化)가 되어, 삼중 사중으로 결합이 돼있는 영역에 새로 자본을 투자하는 것은 마치 높이 앉아 방비하고 내려다보고 있는 적을 향해서 가는 것과 같습니다.

격렬한 경쟁이 되어서 새로운 시장개척에 발벗고 나서는 상태에는, 언덕을 등지고 쳐내려 오는 것 같은 형세라, 이러한 기업에 손을 대는건 절대금물입니다. 그러나 같은 버드나무그늘에서 미꾸라지를 잡겠다고 덤비는것을 보면 이 척구(脊丘)전술론을 모르기 때문입니다.

이렇게 중복투자가 성행되는 기업에선 내리막이되어 어떻게든지 만회하겠다고 죽을힘을 다 써서 필사의 광고전술을 시도하기도 하며 겉으로 화려하게 보이는 수도 있는데 이런건 모두 거짓도구의 수단입니다. 여기 논해났지만 볼장 다봅니다.

〔原文〕 銳卒勿攻. 餌兵勿食. 歸師勿遏. 圍師必闕. 窮寇勿迫. 此用兵之法也.

〔역주〕 餌(이) : 먹이. 餌兵 : 낚시의 미끼처럼 유인하기 위한 군사.

〔해석〕 예졸(銳卒)은 치지를 말라. 이병(餌兵)은 먹지를 말라. 돌아가는 군사는 멈추지를 말라. 포위하는 군사는 반드시 틈을 낸다. 궁구(窮寇)에겐 덤비지 말라. 이게 용병의 법이다.

● 대의

이병(餌兵)이란 것은 낚시방법으로 낚아 낼려는 병. 궁구(窮寇)의 구(寇)는 적, 침입해서 해를 끼친 적병이란 뜻입니다.

상대방의 진영에서도 눈부시게 날카로운 부대라 본다면, 그 부분에 정통으로 공격하는 건 피하는 게 좋습니다.

그렇다고 해서 전면엔 약한 병졸을 세우고, 뒤에 강력한 병력을 대기시켜서 이쪽을 낚아낼려는 낚시밥을 물다가 걸려선 안됩니다.

특히 귀국명령이 나와서 돌아갈 차림을 하고 있는 부대는, 여기는 손을 대면 고국에 가겠다는 한마음으로 굳어 있어서, 이건 의외로 강력하니까 그 귀로를 막아선 안됩니다.

또 적을 포위했을 때에 완전히 독안에 든 쥐로 해버리는 건 좋은 수단이 안됩니다. 세 방면은 에워싸도 한쪽엔 반드시 도망갈 길을 열어줘야 됩니다.

최후에 또 하나, 영 몰려서 죽게 된 직전 상태에 있는 상대에게 서둘러 육박하는 건 안좋습니다. 이상 말씀드린 용병법은 심리, 전력, 전략을 교묘하게 잘 써먹은 실례라 할 수 있습니다.

● 풀이

상대편의 무서운 부분부터 먼저 손을 대지 말라는 것입니다. 약점이 반드시 있으니까 여기부터 처치해야 되는데, 그 약점이란 게 낚시밥일 경우도 있습니다. 이런데 걸리면 안됩니다.

다음에 집에 돌아가는 군사는 건들지말라든지, 토벌할 때도 한쪽은 비워서 도망갈 구멍을 남겨둔다든지, 몰아넣은 적에게 덤비지 말라든지, 세개의 주의같은 건, 잘못하다간 그 반대의 해석을 내리고 싶을 때가 많습니다. 전투는 언제나 그것으로 입는 이쪽의 손해의 최소한도를 지켜나가는 게 제 1 조건입니다. 그 배려가 없는한, 이겼지만 이긴 게 안된다는 것도 알아둘 필요가 있는 것입니다.

만일 이것을 상품에 해당시켜서 생각해 본다면, 구매력이 줄어든 것을 너무 달려들어 또한번 되살려 낼 수가 없는가 하는 노력이라든가, 하나의 것에 너무 치우쳐서 이게 완전히 시장에서 배척을 받는데도 이 외에 뻗쳐나갈 구멍을 마련하지 않는다든가 하는 것에 해당이 되겠지요?

이상 제 7 장의 군쟁편으로서의 현지전의 각론 하나만 끝난 셈인데, 그 각론은 아직 계속이 됩니다. 다음은 전력변화, 때와 경우에 따라서 분간해서 쓰지 않으면 안될 전술이란 것에 대해서 설명이 될 것입니다.

제 8 편

구변(九變)

1

〔原文〕孫子曰　凡用兵之法　將受命於君　合
軍聚衆. 圮地無舍. 衢地合交. 絶地無
留. 圍地則謀. 死地則戰.

〔역주〕絶地 : 격리된 지형. 지세가 위험한 곳. 圍地 : 사방이 포
위되어 있는 땅.

〔해석〕손자 말하기를 대체로 용병법(用兵法)은 장(將)이
명(命)을 군주에게 받고, 군을 합하고 중(衆)을 모
은다. 비지(圮地)에는 사(舍)하지 말라. 구지(衢
地)에는 교(交)를 잘하라. 절지(絶地)에는 유하지
말라. 위지(圍地)에는 즉 모(謀)하라. 사지(死地)
에서는 즉 싸우라.

●대의

비지(圮地)는 차도 다니지 못할 만한 거친 땅, 구지(衢地)는 사방
에 통하는 교통의 요충이 되는 땅, 절지(絶地)는 생물도 안사는
불모의 토지이고, 위지(圍地)는 사방이 산과 내로 에워싸여 있는
땅으로서, 사지(死地)는 이 이상 머물러 있을 수도 없고 진격할
수도 없는 꼭 죽게 된 자리를 말합니다.

그의 서두에서 손자 말하기를 중을 모은다는 곳까지는 전장인 군
쟁 제7과 꼭 같은 문장입니다.

차마도 다닐 수 없는 진퇴의 불편한 땅에서는 숙영(宿營)을 안 하는 게 좋습니다. 그 반대로 인국과의 교통의 요충(要衝)이 되고 있는 곳에서는 그 인국과의 접촉에 만사에 정신을 차리고 잘 어울려야 되며, 인적이 없는 불모지대에선 오래있는 건 금물이고, 나갈 구멍이 막혀 있는 사방이 산이나 내에 에워싸여 있는 지세의 장소엔 더욱 조심을 해서, 만일의 경우에 대비할 만한 준비가 필요합니다.

또 어쩔 수 없는 형편으로 진퇴유곡의 사지에 들어갔으면, 이건 죽기살기로 싸우는 도리밖에는 없을 것입니다.

● 풀이

이 장에선 입지조건(立地條件)이란 것을 중시하고, 거기 맞춰서 적당한 처치를 취하는 게 중요하다는 주장 같습니다.

하나하나의 구체적인 예는 그렇게 중요하다고 생각할 것도 없을 것 같고 직면하는 사태에 맞춰서 그 때 그곳에서 최선의 조치를 잊지 않으면 된다는 원칙을 느끼면 되는 거라 생각이 됩니다.

구태여 얘기를 한다면, 의심이 생기는 편이 좋지 않은 일이나, 어떤 실마리로 옴쭉달싹을 못하게 될 것 같은 위험이 있는 일에선 빨리 손을 뗄 것을 말하는 거로 해석해도 될 것 같습니다.

두번째는 동업타업과 접촉이 많은 일을 꼭 해야 될 때에는 썩 요령있게 민첩하게 처신을 해서 골치아픈 일을 싹 피해 버려야 하고, 오히려 뭐든지 유쾌하게 원조를 얻을 수 있도록 정세를 만들어놔야만 됩니다.

제 3 의 것은 고립무원의 상태의 일은 영속성이 없다든지, 일시적인 특수한 것은 단념할 때가 중요하다는 해석을 내릴 수도 있습니다.

넷째의 것은 경제사정같은 객관정세가 나쁘고, 팔방이 다 막혀 버린 상태에선 보통때와 같은 일보다는 뭔가 다른 방법을 쓰지 않으면 막혀 버린다는 식으로 해석할 수도 있을 것 같습니다.

최후에 만일 그 팔방이 막혀버린 상태가 극단에 몰려서 이제 죽는 길 밖에 없다는 게 되면 시시한 잔재주는 소용이 없으니까, 당면한 일을 밀고 나가면 오히려 그 가운데 기사회생(記死回生)으로 살길이 있지 않나 생각이 되는 것입니다.

직면하는 사태, 정세란 것은 천차만별, 일일이 예를 들어 얘기할 수는 없습니다. 따라서 변에 응하는 방법의 진수, 원칙이란 것을 이러한 영을 보고 깨달아주기를 바랄 뿐인 것입니다.

〔原文〕 塗有所不由. 軍有所不擊. 城有所不攻.
地有所不爭. 君命有所不受.

〔역주〕 不由 : 경유하지 아니함. 통과하지 아니함.

〔해석〕 도(塗)에도 가지 않는 곳이 있다. 군에는 치지 않는 곳이 있다. 성(城)에는 공격하지 않는 곳이 있다. 땅(地)에는 싸우지 않는 곳이 있다. 군명(君命)에도 받지 않는 게 있다

● 대의

도(塗)는 도로를 말합니다.

도로란 것은 인간이 통행하는 장소라 정의를 내려야 되지만, 전쟁이 되면 때와 경우에 따라서 절대로 통로로 선택해선 안될 도로도 있는 것입니다.

적을 만나면 반드시 쳐야 하지만 이것도 쳐서 안될 게 있습니다.

또 적의 성도 칠 필요가 없는 것과 치면 손해나는 게 있습니다. 땅도 한가지입니다.

비록 군주(君主)의 명령이라도 때와 경우에 따라서는 정반대의 행동을 취하지 않을 수가 없을 때가 있습니다.

필요한 융통(融通), 변화, 대응책(對應策)이란 건 순식간에 머리에 떠오르는 게 아니어서는 안됩니다.

● 풀이

이런데도 싸움엔 대강의 정적(定跡)이란 게 있습니다. 그러나 때와 경우에 따라서는 정적을 깨뜨리는 것도 모르면 안된다는 얘깁니다.

도로라는건 방법(方法)이라 생각할 수도 있습니다. 생산방법, 판매방법과 같은 것에 일정한 원칙이라는 있는 게 것도 당연합니다. 그러나 이것조차도 객관정세쪽이 보통이 아닌 경우는, 역시 거기 순응하지 않으면 안된다는 게 됩니다. 대단히 비근한 예를 들어서 죄송하지만, 예를 들면 사이다나 콜라가 여름한철의 거라 결정이 돼 있습니다. 그러나 근년에 난방장치가 잘된 탓인지 겨울에도 수요가 부쩍 늘어난 것 같습니다.

다음에 '군에는 치지 않는 데가 있다' 같은 건 그대로 적용될 경우가 많습니다. 예를 들면 상품에 대해서 매스콤을 통해서 비난이나 의심이 집중하는 경우가 있습니다. 여기 대해서 발칵 화를 내서 반론(反論)을 폅니다. 그 반론이 나온 것은 문제가 골치아파지고, 찬부양론 떠들썩해져서 그때까지 무관심했던 소비자의 관심까지 불러일으킵니다. 이러한 때는 오히려 침묵을 지키고 있으면 사람들의 뜬소문도 잠시라 넘겨버리는 것입니다.

그러나 이 방법도 절대로 그렇다는 건 아니고, 정세에 따라선 전격적으로 반론을 가하면 그것으로 대중의 관심이 새로워져서 수요가 증대하는 케이스도 있을 수 있습니다. 모두가 정세 여하에 달린 것입니다. 문제는 이 정세를 어떻게 기민하게 정확하게 파악하느냐 하는 문제에 걸려있는 것입니다.

그 다음의 성(城)이란 것은 한번 저항을 한다는 것을 최대 목적으로 해서, 충분하게 도사리고 있는 경쟁자라고 보고 해석한다면, 그 성의 입장에서 가상 적국이 둘 이상 있을 때에, 이쪽으로 봐서 그 존재가 별로 방해가 안된다고 할 때에는, 오히려 그것을 가만히 내버려두는 게 제2의 적에 대한 방비의 소임을 맡아서 해주는 게 됩니다.

예를 들면 자본력이 딸리는 소기업 제품의 분야에 대기업의 생산력이 크게 뻗쳐오고 있을 것 같은 형편에, 여기 대항해서 동일제품으로 경쟁을 할려는 건 헛일이 됩니다. 그것 보다도 암만해도 수공예적인, 정교한 기술을 필요로 하는 물품의 생산을 주로 하는 방향으로 역점을 돌리는 것이 여기 해당될 것입니다. 비록 눈에 거슬려도 경우에 따라서는 그쪽으로 방향을 돌리는 게 현명한 게 됩니다.

그 다음의 땅(地)이란 데도, 전연 같은 해석을 할 수 있습니다. 이것을 판로지역이라 보면 됩니다.

그렇게 그때 그곳을 따라 직면하는 정세에 응해서, 책을 세워서 지체없이 실행에 옮기지 않으면 안되는 터이니까, 때로는 군주에 명받은 방침에도 역행이 될 때도 생기는 것입니다.

그럴 때는 사의 기본방침과도 어긋날 수도 있습니다. 이것은 정확한 판단력, 결단력이란, 적에 대한 이상의 용기조차 필요하리라 생각이 됩니다. 물론 신통찮은 판단으로 제멋대로 놀아나서 대사를 그르쳐서는 곤란하지만, 이거야말로 장이 된 자의 기량(器

量)의 문제란 것이 됩니다.

〔原文〕 故將通於九變之利者　知用兵矣. 將不
通於九變之利者　雖知地形　不能得地
之利矣. 治兵不知九變之術者　雖知五
利　不能得人之用矣.

〔역주〕 **九變** : 아홉 가지 법.

〔해석〕 그러나 장(將)은 구변(變)의 이에 통하는자, 용병
을 아는 자이다. 장이 구변의 이에 통하지 않는 자
는 지형을 안다고 할지라도, 지의 이를 얻지 못한
다. 병을 다스리는데 구변의 술을 모르면   5 리
를 안다고 해도 사람의 씀을 얻지 못한다.

● 대의

　구변(九變)이란 것은 이 장의 제명에도 쓰이고 있는 거지만, 이상
설명해온 아홉개의 비지(圮地), 구지(衢地), 절지(絶地), 위지(圍
地), 사지(死地), 도(塗), 군(軍), 성(城), 부쟁지(不爭地)를 말한
것으로서, 최후의 군명(君命)이란 것은 부록같이 결문(結文)으로
서 예외로 취급이 된 것 같이 생각이 됩니다. 변은 응해야만 할 변
화란 의미입니다.

　최후에 나오는 오리(五利)란 글자는 암만해도 분명하지가 않습
니다. 구변(九變) 중에서 이쪽의 이해를 제하는 도(塗) 이하의 네
개의 것이란 설과, 최초의 비지(圮地) 이하 사지(死地)까지의 다
섯개의 것이라는 해석 등 여러가지 설이 행해졌지만, 앞서도 말한
일이 있는 화목토금수(火木土金水) 오행(五行)에서 오륜(五倫), 오

상(五常)… 이렇게 무엇이든지 기본적인 룰을 다섯개로 정리하고 싶어하는 당시의 중국의 사상에서 판단한다면, 이해를 규정하는 기본적인 것이라 막연하게 해석해도 좋을 것 같습니다.

그래서 대의는 따라서 이러한 구변의 이, 당면한 정세에 응해서 자재로 응수의 변동을 짜내는 지휘자야말로 정말로 용병을 할 수 있는 자로서, 만일 이 이론이나 방법이 몸에 배어있지 않은 지휘자라면, 비록 지리·지형에 관해서 아무리 상세한 지식이 있어도 그것을 활용할 수가 없을 것이고, 군의 운영에 관해서도, 이해에 관해서 기본적인 줄을 잘 알고 있으면서 사실은 아무짝에도 소용없는 방안의 수영연습이 될 것입니다.

● 풀이

이론과 실제가 어긋난다는 것은 모두 그때, 그 장소의 정세에 대응한 변화수라고나 할 게 있는가 없는가에 따라서 생기는 것입니다. 변화수가 없는 이론은 자칫하면 결국 탁상공론에 끝날 위험이 많다고 하는 것도 이러한 이유에서입니다.

그러나 이 변화수나 무수라 하는 게 기초이론을 잘 터득하고 있어야 생기는거로서, 여기다 더하기를, 당면한 정서에 응하는 변화수를 만들어내는 요령이라는 것도 몸에다 익혀둬야 되는 것입니다.

일부의 실지경험이란데다 중점을 두는 사람은 실전의 자리를 거듭하는 수가 그것을 가르쳐주는 거라 주장하기가 쉽지만, 이것은 반드시 그렇게만 되는 건 아닌지도 모릅니다. 확실히 실전경험이 쌓임으로서 이 요령이 감지되는 건 사실이지만, 나는 이상한 장면이란 것은, 어떤 극단적으로 특별한 것이 나타날는지 모르는 따위의 것입니다. 그것을 남김없이 실지로 경험한다는 것은 가능합니다.

따라서 상당히 폭이 있는 유추력(類推力)이란 것이 양성돼 있지 않으면 막상 뭘 할려할 때에 뒤떨어지고 말게 됩니다. 이 '구변' 편'에선 전혀 그러한 것의 중요성에 대해서 역설한 거라 생각됩니다.

2

〔原文〕 是故智者之慮 必雜於利害 雜於利而務 可信也. 雜於害而患可解也.

〔역주〕 雜 : 섞다. 함께하다. 짐작하다. 務 : 하는 일.
　　　 患 : 근심. 괴로움. 고통.

〔해석〕 이런고로 지자의 염려는 반드시 이해를 섞게 된다. 이에 섞여서 무(務)가 놓여날 것이다. 해(害)에 섞여야만 환(患)이 해(解)할 것이다.

●대의

무(務)란 것은 직분, 해야만 될일이란 의미이고, 신(信)은 자유롭게 된다는 뜻이다.

그러니 참으로 지모(智謀)가 있는 사람의 계획에는, 자기에게 있어서 유리한 조건만을 헤아리지 않고, 다소의 불리를 백번 알면서도 하는 것입니다. 어느 정도 불리한 조건도 가미돼 있어서 비로소 하고자 하는 일이 폭이 생기는 것입니다.

이것은 뒤집으면 불리한 조건만의 국면에 부딪쳐도, 여기 적당하고 유리한 조건을 가미하면 이외로 재난이 재난으로 끝나는 것

만이 아닌 경우도 있는 것입니다. 불리도 쓰는 경우에 따라서는
유리해집니다.

●풀이

심모원려(深謀遠慮)라 말을 듣는 책에는, 암만해도 다소 불이익
의 결점이 들어있는 것으로서 그래야만 작전에 폭이 생긴다는 손
자의 생각은, 다소간 정오심을 느낄 정도의 명찰(明察)이 있는 것
같습니다. 이렇게 말을 할 수 있는 건 불리한 조건에 대처하는 술
을 딱 알고 있으니까 그런데 결코 시책이 허술해도 좋다는 의미는
아닙니다.

곧잘 '청탁을 가리지 않는다'는 말은 주책없이 써먹는 말이지
만, 이 표현도 결코 그러한 표현의 무리는 아니라는 사실은, 지금
까지의 논리의 결과로 아실 거로 생각이 됩니다.

일에 당면해서 최선을 다한다는 것은 좋은 일로서, 꼭 그렇게
됐으면 좋은데, 최선의 조건만을 갖출려고 하면 암만해도 계획은
찌부러지고 말며 아무 신통한 일도 못하게 된다는 것도 사실입니
다. 너무나 험이 없는 미녀(美女)는 차가와 붙임성이 안좋고, 참
미녀라 할 수는 없습니다. 어딘가 결점이 있으면, 그 결점이 아름
다움을 돋보이게 해서 매력을 더 크게 하는 거라 말하지만, 이것
과 일맥이 상통하는 데가 있습니다.

〔原文〕 是故屈諸侯者以害　役諸侯者以業　趨
　　　　諸侯者以利.

〔역주〕 役 : 사역, 부리다. 業 : 일. 趨 : 빨리 달려감. 여기서는 달
　　　려와서 쫓음을 의미한다.

〔**해석**〕 이런고로 제후(諸侯)를 굴케하는 데는 해(害)를 갖
고 하고, 역(役)하는 데는 업(業)을 갖고 하고, 제
후를 추(趨)하게 하는 데는 이(利)를 갖고 한다.

● **대의**

이것과 같은 이론으로 언제 적이 되는가, 언제 이쪽에 붙는가
향배(向背)를 모르는 근린제후(近隣諸侯)를 주물러 놓는데는, 철
저하게 굴복시킬려면 상대의 불리한 점, 약점을 찔러서 이것을 눈
앞에 어른거리게 하는 게 제일이고, 만일 일을 도우게 하려면 쌍
방에 이익이 되는 일을 맡겨놓는 게 제일 좋다. 또 얼른 덤벼들게
할려면 특별히 유리한 조건을 주는 것입니다.

이해(利害)라든가, 유리(有利)·불리(不利)라 하는 것은 이러한
식으로 입지조건(立地條件)에 의해서, 쓰는데 따라서 달라지는 것
입니다.

● **풀이**

유리한 조건이나 불리한 조건이란 것은 그 쓰는 법에 있는 것입
니다. 자가에게 유리한 것만 골라 내어서, 자기만 그 은혜를 독차
지 할려는 것으로서는 좀처럼 큰 일은 못합니다.

경우에 따라서는 남에게 손해가 되는 셈이지만 뽑도록 꾸며놓고,
이쪽에 대해서 옴쭉달싹 못하게 할 수도 있지만, 그것은 최악의 경
우이고 양입이란 것은 전연 생각하지 않는 경우이며,   그 이외엔
이쪽의 조건이 다소의 부가 나쁜 정도는 참고, 대국의 큰 이익을 잡
도록 하는 것도 필요할 것입니다. 목적에 의해서 수단을 분간해서
쓰지 않으면 안됩니다.

〔原文〕 故用兵之法　無恃其不來　恃吾有以待
　　　　也. 無恃其不攻　恃吾有所不可攻也.

〔역주〕 恃 : 믿다, 의지하다.

　　　 吾 : 나, 우리. 所 : ～하는바, 경우, 까닭.

〔해석〕 그러니 용병하는 법은 그 오지 않는 것을 믿을(恃)
　　　　것이 아니라　이쪽이 대기하고 있는 것을 믿는다.
　　　　그 치지 않는 것을 믿을 것이 아니라, 나의 치지 못
　　　　할 만한 게 있는 것을 믿는 것이다.

● 대의

시(恃)는 믿는 거로서 의뢰한다는 뜻입니다.

여기서 전반(前半)은 손자 중에서도 많은 사람이 써먹는 유명한
문귀입니다.

적은 아마 안올거야라는 희망적인 관측같은 걸 믿지 말고, 언제와
도 좋다는 준비가 돼있는 것을 믿는 게 아니면 안된다는 것입니다.

이것을 일보 전진시켜서 말한다면, 아마 공격하지　않는거라고
생각하기 보다, 공격해도 까딱없다는 준비편을 안심의 재료로 하는
게 좋다는 게 됩니다.

● 풀이

전자를 돈키호테형, 후자를 햄릿형이라 한다는데, 인간 누구든
지 돈키호테적인 소질을 어느 정도씩은 갖고 있는 거라는데, 그런 탓
인지 하마터면 안올 것을 믿고저 합니다. 그런데도 이러한 무방비
에 예사인 사람일수록　한번 재난을 당하면　순간　피해망상광이
된다고 말합니다.

'어떻게든 되겠지'라 하는 것도, 이 안올 것을 믿는 부류입니다. 가능한 한의 마련을 다해놓고 그 위에 어떻게든 될거라는 거라면 좋지만, 아무 준비도 안하고 다만 우연이나 요행을 믿는 것은 아무런 변통이 안되는 게 당연합니다.

3

〔原文〕 故將有五危. 必死可殺也. 必生可虜也. 忿速可侮也. 廉潔可辱也. 愛民可煩也. 凡此五者將之過也. 用兵之災也. 覆軍殺將 必以五危. 不可不察也.

〔역주〕 忿速 : 성을 잘 내고 참을성이 없음. 侮 : 업신 여김, 모멸.

〔해석〕 그런데 장(將)에 오위(五危)가 있다. 필사(必死)는 죽음이 가하다. 필생(必生)은 포로로 하는 게 가하다. 분속(忿速)한건 모욕을 하는 게 가하다. 염결(廉潔)한 자는 욕을 보이면 가하다. 백성을 사랑함은 번거롭게 하면 가하다. 대체로 이 다섯가지 것은 장의 과(過)이다. 용병의 재(災)이다. 군을 뒤엎고, 장을 죽이는 것은 반드시 오위(五危)로한다. 살피지 않으면 불가하다.

● 대의

분속(忿速)은 화를 잘 내는, 곧 화를 내는 것을 말한다. 지휘자에는 다음 다섯가지 경계를 요하는 위험이 수반하는 것입니다. 먼저 최초부터 죽을 결심으로 전쟁을 시작했다든가 하는 경우에 소위 한사코 덤빈 것은 죽음을 당할 가능성이 많다. 그 반대로 절대로 살아서 돌아오겠다는 생각으로 시작하면 포로가 될 가능성이 많다. 곧 화를 내면 적에게 경멸을 당합니다.

또 청렴결백을 내세우는 외골수에겐 이것에 모욕을 가한다든지하는 수단을 쓰게 되고, 민중을 사랑하고 여기만 정신을 쓰고 있으면 그 민중을 괴롭힌다는 수에 걸립니다. 이것을 오위(五危)라 말합니다.

이 오위가 생기는 것은 지휘자에 하나의 편집(偏執)이 있기 때문입니다. 이게 사고 원인이 되는 것입니다. 그런데 이건 직접 전투에 영향을 가져오니까 무서운 것입니다.

군이 근본적으로 파멸되고, 지휘자가 전사당하는 비극은 이 지휘자의 결점에 원인을 둔 오위(五危)에서 생긴다고도 할 수가 있습니다.

● 풀이

여기서는 지휘자의 인간성과 이것을 잘 이용하는 전술이 있다는 얘기를 하고 있는 것입니다. 그 하나하나를 두고 바라보면, 어느 거나 인간다운 지극히 있음직한 성벽(性癖)이지만, 이러한 성벽이 전쟁중에 들어오면 진실로 지극히 위험한 게 된다는 것입니다.

필사라 하는건 일상생활에서 말하면 곧 확하고 성을 내는 성벽이겠죠? 필생(必生)은 도를 지난 합리주의라 생각해도 좋을 것 같습니다. 백성을 사랑함은 괴이한 인도주의일는지 모르겠습니다. 화를 잘 낸다든지 염결이란건 그런대로 곧 잘 보는 형입니다. 최후의 염결의 훈계는 '물이 맑으면 고기가 안산다'는 식의 것이겠죠?

이러한 것들이 성격으로서 지휘자에게 있는 것은 어쩔 수 없는 일일테지만, 그게 편집적으로 일에 묻어들면 곧 그게 원인이 되어 골탕을 먹게 되는 터이라 그때그때의 객관정세에 즉응(即應)해서 세워지는 구변(九變)의 이는, 이러한 지휘자의 성벽까지도 놓치지 않는다는 경고입니다.

전쟁이란 것은 어디까지나 엄한 것입니다. 그래서 결론의 말이, 살피지 않으면 안된다는 얘기가 된 것입니다.

제 9 편

행군(行軍)

1

〔原文〕 孫子曰, 凡處軍相敵　絶山依谷　視生處
高　戰隆無登. 此處山之軍也.

〔역주〕 **處軍** : 전투시의 행군·주군· 작전 등 군사상의 처리. **相
敵** : 적정을 정찰하는 것.

〔해석〕 손자가 말하기를 대체 군을 처(處)하고 적을 상(相)
하는 것, 산을 넘(絶)고 골짝에 의(依)하고, 풀덤
불을 보고 높은데 처(處)해야 하며, 높은(隆)데 싸
우려 오르지를 말라. 이것이 산에 처(處)한 군이
다.

● 대의
처(處)는 처치(處置), 절(絶)은 넘고, 의(依)는 의거(依據)한다.
생(生)을 보는 생(生)이란 것은 황폐한 곳의 반대로 풀이나 나무
등이 나있는 생물(生物)의 적지(適地)란 뜻이고, 시(視)는 확인한
다는 뜻입니다.

내쪽의 군을 배치할 때는 언제나 적과의 관계란 것을 염두에 두
지 않으면 안됩니다만, 그 가지가지 상을 여러가지로 생각해 보겠
습니다.

먼저 최초에 산에 있어서의 경우입니다. 이쪽으로 산허리를 넘
어서면 저지에 내려가서 골짝을 앞두고 여기 모두가 너무 떨어지
지 않도록 평행해서 진을 쳐야 됩니다. 배후엔 산을 요해(要害)로,
골짝을 자연의 구(溝)로 할 수도 있고, 물이나 풀같은 것도 자유

롭게 되기 때문입니다.

되도록이면 풀이 푸릇푸릇한 데를 골라잡아야 하지만, 그런데는
적보다 반드시 높은 위치가 될 것도 잊지 않도록. 그 까닭은 앞서
도 여러 차례 말씀드린 그대로입니다. 고지에 있는 적에게 이쪽에
서 기어올라가며 싸우는 건 절대금물이기 때문입니다. 이게 산지에
동병(動兵)할 때의 주의사항입니다.

● 풀이

이 장에선 종시(終始), 군의 이동에 관해서의 주의사항을 설명
하고 있습니다. 먼저 최초의 산지는 싸움입니다. 대단히 실전적인
구체론이니까, 여기서 뭔가를 배울려고 하면 억지로 끌어다 붙여
야 되는데 그렇게 할 건 없습니다. 이것은 괜한 일이 됩니다.

다만 이것만은 말씀드릴 수 있습니다. 이것은 언제나 자연환경
과 싸움하는 자들의 인간으로서의 조건, 생리적, 심리적인 것이
충분히 배려가 돼 있다는 것입니다.

〔原文〕絶水必遠水. 客絶水而來 勿迎之於水
　　　內. 令半濟而擊之利 欲戰者無附於水
　　　而迎客. 視生處高. 無迎水流. 此處水上
　　　之軍也.

〔역주〕絶 : 越과 같은 뜻의 지나간다, 통과하다. 視生處高 : 視는
　　　視界, 生은 地形의 트인 곳, 處는 위치, 高는 높은 곳.

〔해석〕물을 건너거든 반드시 물에서 멀리 떨어져 가라. 객
　　　(客), 물을 건너오면 이것을 물가운데서 맞이하지

말라. 반쯤 건너가게하고 이것을 치면 이가 있고,
싸우려 하는 자는 물에 부(附)해서 객(客)을 마지
하지를 말라. 생(生)을 보고 높은 곳에 처(處)하라.
수류(水流)를 맞아서는 안된다. 이게 수상(水上)에
처(處)한 군(軍)이다.

●대의

객(客)이란 맞는 사람들, 즉 적(敵)입니다. 수류(水流)를 맞는다
는 것은 물이 흐르는 방향에 향해있다는 것, 따라서 적이 상류(上
流)에 있다는 것을 의미합니다. 수상(水上)은 수류의 불입니다.

도하(渡河)를 끝내면 그 근처에 우물쭈물하고 있을 게 아니라 곧
멀리 떠나 버려야 합니다. 후속부대의 도하에 지장을 줄뿐만 아니
라, 척수(脊水)란 것은 결사의 싸움을 시도하는 최후의 수단으로
서 후퇴할 수 없는 곳은 오래 있을 곳은 못되기 때문입니다.

상대편이 냇물이나 강같은 것을 건너서 밀어왔을 때에 전원이
수중에 있을 때에 건드려서는 안됩니다. 오히려 한 부분이 건너
오고 한 부분은 수중에 남아 있다든지 하는 중도에 있는 상태, 상
륙한 패들은 도하를 끝내고 이제 됐다는 안심과 함께 기분의 치환
이 있고, 그러한 상태에선 정연한 전투대형이 있을 턱도 없고 후
속부대쪽에 관심이 빼앗겨 있고, 이런데를 치는 게 좋다는 것입니
다.

이 엉거주춤한 상태를 덮치면 후속부대는 물가운데 있으니까 구
원도 신속하게 뜻대로는 잘 안되고, 올라오는 적을 조금씩 무찔러
들어갈 수가 있는 것입니다. 하나로 뭉쳐있지 않은 병력은 약하다
는 원칙에서 이건 당연한 것입니다.

또 이러한 도하점에서 적과 교전할 생각이라면, 결코 물가에 버

티고 있어선 안됩니다. 왜냐면, 상대는 손해를 번연히 알면서 도 하를 할려들지 않습니다. 오히려 한 발자국 물러서서 방금 말씀 드린 것 같이, 반쯤 건너고 있을 때쯤 물가에 나타나서 급습을 하도 록 하지 않으면 안됩니다.

다음에 여기서도 산의 경우와 한가지로, 나무나 풀이 나있는 좀 높은 곳에서 상대의 도하의 동정을 자세하게 내려다 보면서, 기 회를 엿봐서 쳐내려가는 게 좋습니다.

또 하나 더, 적의 하류에 진을 치고 상류에서 밀고오는 적을 맞 이하는 것은 손해입니다. 물은 당연히 높은데서 낮은 방향으로 흐 르는 거니까, 이 공격행동의 고저(高低)의 문제는 앞서 말씀 드린 바와 같습니다. 그것은 수류(水流)가 흘러내리는 것을 적이 내려 오는 것과 함께 보고 있기 때문에 그 세가 더해가는 것 같이 알기 쉬운, 시각적인 심리작용이 거들게 된다는 것도 생각할 수 있을는 지 모릅니다.

이상이 물가에서 싸우는 군사의 주의사항입니다.

● 풀이

이번엔 냇물입니다. 이 행군의 장에선 앞의 산의 곳에서 말씀드 린 것 같이, 지리적인 자연의 조건에 의해서, 어떠한 군을 움직이 는데의 조심이 필요한가를 써놓은 것으로서, 주로 대강 의미를 아 는 것만으로 족한 거라 생각합니다. 따라서 해설은 특히 필요하 다고 생각하는 곳이 있으면 사족을 가하는 정도로 끝내기로 합니 다.

그러나 이 내용이 우리들에게 무의미하고 관계가 없다는 얘 기는 아닙니다.

가장 기본원리는 새로운 발견은 없다고 생각되지만, 머리의 연습과제로 지금까지 느끼고 이해한 바가 해석과 일치하는가 어떤가, 검산(檢算)의 역할을 하는 거라 생각이 됩니다.

객, 물을 건너서…는 이렇게 이해할 수도 있겠죠. 예를 들면 새로운 제품에 대해서 판매경쟁이 됐을 때에 그 준비를 전쟁중에 맹공을 가하면 상대는 이쪽의 태도를 확인하고, 기어코 이쪽 이상의 성적을 올릴려고 노력이나 연구를 악착같이 할 것입니다. 그러니까, 오히려 일부 판매 루트에 없느냐 안없느냐 하는, 이제 어쩔 수 없는 곳까지 상대가 온 것을 확인하고, 보다 이상의 품질, 판매방법을 안출하는 게 좋다는 것이 됩니다.

여기는 너무 빨라도 안되고 또 너무 늦어도 안됩니다. 기회에 딱 맞게 호흡을 맞춰야 됩니다. 그리고 암만해도 이쪽의 공격을 돌파하는 이외에 방법이 없다는 게 되면 상대는 죽기살기로 저항을 하는 게 당연하니까, 일이 이쯤 되면 어쩔 수가 없다. 한사코 결단을 하게되어 수월하게 이길 싸움을 이기지 못하게 만드는 염려도 생기는 것입니다.

반쯤 물에서 나왔을 무렵, 여기가 칠 기회라 말하는 것은 잘 알아둬야만 됩니다. 다음에 물가에 있다는 것도, 이것도 같은 사정중의 어떤 소식을 말합니다. 영격(迎擊)의 태세를 분명하게 상대에게 나타내고 있는데 대해서 감연하게 덤벼드는 적은 상당히 준비가 있는 게 보통입니다. 그런만큼 이쪽도 고전을 하게 됩니다.

수류(水流)를 맞아 싸우지 말라는 같은 예를 들면, 만일 상대편의 제품이 마침 매스콤같은데 잡혀서 상당하게 화제가 돼있다든지 할 상태는 상류에 있는 적이라 생각해서 무방하니까 화제가 돼있는 게 수류겠죠. 여기 거역하는 건 이쪽이 불리한 싸움이라 생각이 됩니다. 이게 반대의 관계이고, 이쪽이 세상의 문제가 된 경우가 높은데 있는 게 됩니다.

〔原文〕 絶斥澤 惟亟去無留. 若交軍於斥澤之中
必依水草而背衆樹. 此處斥澤之軍也.

〔역주〕 斥 : 염분을 포함한 토지. 澤 : 습지대.

〔해석〕 척택(斥澤)을 건너면 다만 급(亟)하게 떠나고 머
물지 말라. 만일 군을 척택에서 교전시키면 반드시
수초(水草)에 의해서 중수(衆樹)를 등지라. 이게
척택(斥澤)에 처(處)한 군(軍)이니라.

●대의

척택(斥澤)의 척(斥)은 염분(鹽分)을 포함한 토지, 택(澤)은 습
지대, 두개를 통해서 음습지(陰濕地)란 의미로 취하면 좋을 것입
니다.

음습지를 건너서 가야할 때에는 일찍 거기를 지나쳐 버리고, 그
러한 곳에 머물러 있지 않는 게 좋습니다. 만일 그러한 곳에서 맞서
싸우게 되면 어쩔 수가 없으니까, 되도록이면 수초가 있는 곳을
앞에다 두고 멀리가지 말고, 숲을 배후에 등지고 포진하는 게 현
명 합니다.

수초(水草)를 등진다는 건 전면의 전망이 있고, 삼림을 등지는
건 대소의 형을 안보이게 하는 의미도 있고, 일종의 요해로서 이
용할 수가 있기 때문입니다. 이게 음습지대에서의 주의사항입니
다.

●풀이

이번엔 음습지대(陰濕地帶)에서의 군의 움직이는 방법입니다.
이건 악조건을 갖고 사업을 할 때라 생각하면 될 것입니다. 이건

그 조건나름이지, 이쪽에서 요구한다고 엿장사 마음대로는 안되는 것입니다.

예를 들면 경제조건의 악화라든지, 극단적인 사회정세의 혼란이라든지, 여러가지가 있겠지만 이러한 조건하에서 그렇게 호락호락 이쪽에게 절절 기어들 턱이 없는 것입니다. 그러한 때는 소용없는 싸움은 되도록이면 피하는 것이 상책이 된다는 얘깁니다.

다만 국부적으로, 자기사만이라든지, 한 업종(業種)만의 악조건 같으면 이건 전력을 다해서라도 이탈을 도모하는 게 당연합니다. 무엇보다도 그러한 악한 사정의 영향에서 떠나는데 전념해야만 됩니다.

만일 어쩔 수 없이 전투에 말려들 때에는 전방의 전망을 좋게 합니다. 그 까닭은 신변을 정리하고, 몸을 가볍게 전환이 되도록 태세를 언제나 준비하고, 만사에 깊이 빠져들어가는 것을 삼가야 할 것이고, 또 악한 사정의 영향을 최소한도에 막아내도록 노력하는 게 중수(衆樹)를 등지는 게 됩니다.

〔原文〕 平陸處易　 而右背高　 前死後生. 此處 平陸之軍也. 凡此四軍之利 黃帝之所以 勝四帝也.

〔역주〕 陸 : 산 봉우리의 높은 곳.

〔해석〕 평륙(平陸)에는 이(易)에 처하고, 그리고 높은데 를 우(右)로 등(背)지고, 사(死)를 앞에 생(生)을 뒤로 하라. 이것은 평륙(平陸)에 처(處)하는 군(軍) 이다. 대체로 이 네(四)개의 군(軍)의 이(利)는 황

제(黃帝)가 사제(四帝)에 이긴 소이(所以)이다.

● 대의

평륙(平陸)이란 평평한 지역, 사(死)는 사지(死地), 생(生)은 생지(生地), 전자(前者)는 초목도 안나는 황폐지(荒廢地), 후자(後者)는 그 반대(反對)의 초목이 나는 곳. 황제(黃帝)는 중국 전설상(傳説上)의 개국의 군주로 알려져 있지만, 한사람의 실재의 인물이 아니고 몇대에 걸쳐서 몇사람의 걸출(傑出)한 지배자를 총합해서 한사람으로 취급한 것 같다는 설도 있습니다. 4 천수백년 이전의 인물로서, 당시 믿을 만한 사기(史記)도 없고, 잘 모르지만, '사기(史記)'란 책에는 성(姓)은 헌원씨(軒轅氏), 시우(蚩尤) 기타의 사린(四隣)의 나라들을 평정하고 천하를 통일했다고 합니다. 사제(四帝)라 하는 건ᆞ사린(四隣)의 나라의 제왕을 의미합니다.

평탄지에서는 되도록이면 발판이 좋은, 행동이 수월한 곳을 선택해서 포진하고, 한가지로 편편한 곳에서도, 되도록이면 높은 곳을 바른편에 등진 형태를 취합니다. 그리고 황폐지를 앞두고, 수목들이 우거진 곳을 뒤로 하는 게 좋습니다. 이게 평지의 군사의 배치법입니다.

● 풀이

이 조항도 해설로서는 특히 말씀드릴 만한 건덕지가 없습니다. 거의 전군(前軍)과 같은 것에 해당이 됩니다. 생략해 두기로 하겠습니다.

〔原文〕 凡軍喜高而惡下 貴陽而賤陰. 養生而處實軍 無百疾. 是謂必勝.

〔역주〕 陰 : 천하다. 음울한 것. 百疾 : 백가지 질병(나쁨).

〔해석〕 대채로 군은 높은 곳을 좋아하고 낮은 곳을 싫어
하며, 양(陽)을 귀하게 하고 음(陰)을 천하게 본다.
생(生)을 길러서 실(實)에 있으면, 군(軍)에 백질
(百疾)이 없다. 이게 필승(必勝)이라 말한다.

● 대의

생을 기른다는건 생활적인 욕구에 순응한다고 하는 것, 같은 의
미로 봐서 좋을 것입니다. 백질(百疾)은 여러가지 병.

군을 띄우는 장소는 전략적으로, 병의 생리적인 의미에서도 고
조지(高燥地)를 선택하는 게 좋고, 저습지는 피하도록 합니다. 양
(陽)의 동남에 면한, 양지 바른 좋은 곳이 호적(好適)하며 서북
(西北)의 양볕이 잘 안드는 추운 곳은 부적당. 무엇보다도 생활적
인 자연의 욕구에 맞도록 해서 만사가 충실한 게 중요합니다. 이
것만 조심하고 있으면 아마 군중의 병자가 나타나는 일은 없을
것입니다.

이러한 조심이 있어야만 반드시 이길 수가 있는 것입니다.

● 풀이

자연의 이에 역행하지 않는다는 배려가 없어선 안된다는 거겠지
요? 필승의 비결이라 해도 별로 특별한 게 있을 턱이 없고, 직무에
종사하는 사람들의 건강관리 보조시설이 그대로 필승에 통한다고
논단(論斷)하고 있는 터입니다.

논리의 비약이 너무 있어서 당돌한 느낌도 들지만, 이것은 확실
하게 일면의 진리(眞理)입니다. 하긴 근래엔 이건 지극히 당연한
경영상식이 돼 있는 것 같지만, 더 한걸음 나아가서 생을 기르고,

실제 처하는 편의 월급을 되도록 넉넉하게 준다는 생각도 직접 필
승의 길로 통하는 주장임에 경청할 만한 가치는 있습니다.

2

〔原文〕 丘陵隄防　必處其陽　而右背之.　此兵
之利　地之助也.　上雨水沫至　欲涉者
待其定也.

〔역주〕 **兵陵**：언덕. **上雨**：상류의 비.

〔해석〕 구릉제방(丘陵隄防)은 반드시 그 양(陽)에 처(處)
해서, 이것을 우(右)로 하고 등진다. 이게 병의 이
(利), 지의 조(助)가 된다. 상(上), 비가 와서 수
말(水沫)이 이르면, 건널(涉)려고 하는 사람도 그
정(定)하는 것을 대(待)하라.

● 대의

제방(提防)은 방천뚝을 말합니다. 상(上)은 상류(上流)입니다.
구릉(九陵)이나 제방의 근처에 진을 칠 경우에는 되도록이면 동남
을 향해서 양광(易光)이 쪼이는 방향을 선택하고, 그 높이 쪽에서
우(右)에서 뒤로 하는 게 좋은 것이며, 이것은 이렇게 하는 것이 승
리의 길에 통하기 위한 지형의 활동이기 때문입니다.

도하작전의 주의사항에 있어서는 상류쪽에 비가 오면 흐름에 거
품이 보이니까, 이러한 상태일 때에는, 때로는 와하고 많은 수량
(水量)이 흘러내려올 때가 있습니다. 그 때문에 병력을 잃을 염려
가 있으니까, 잠시는 형편을 보고난 후가 좋습니다. 그 까닭은 이

것은 중국의 대륙적인 하천(河川)의 상태에 관한 관찰이라, 우리나라의 실정엔 안맞는 경우도 있습니다.

● 해설

여기도 자세한 구차례에 대해서 주의이니까, 별로 해설의 필요가 없습니다. 일을 당해서 변에 응하는 하나의 예이지만 자연현상에 관해서도 언제나 조심을 하는 게 중요하며, 비록 직접 천후(天候)에 좌우되는 종업이 아니라도, 그때 그때의 기후변화에까지 주의를 게을리하지 않을 것을 조심해야만 된다는 암시라고 보면 될 것 같습니다.

〔原文〕 凡地有絶澗天井天牢天羅天陷天隙 必亟去之 勿近也. 吾遠之 敵近之. 吾迎之 敵背之.

〔역주〕 絶澗 : 높고 가파른 절벽에 둘러 싸인 깊은 계곡. 天井 : 밖고 높고 가운데는 낮고 깊어서 모든 물이 흘러 들어 가는 우물처럼 생긴 곳. 天羅 : 숲과 나무들이 빽빽히 가리워져 들어가면 빠져나오기 힘드는 곳. 迎之 : 향해가다.

〔해석〕 대체로 지(地)에 절간(絶澗), 천정(天井), 천로(天牢), 천라(天羅), 천함(天陷), 천격(天隙)이 있으면 반드시 급하게 이것을 떠나고, 접근하지 말라. 나는 이것을 멀리 떠나 적에게는 여기 접근케 하라. 나는 이것을 맞이하고 적에게는 이것을 등지게 하라.

● 대의

절간(絶澗)의 간(澗)은 산골짝물. 절(絶)은 절벽, 절벽중의 화살 같은 수류(水流)의 장소입니다. 이하 다섯개의 천(天)은 천연자연이란 뜻. 천정(天井)은 천연자연의 샘과 같이 길고 사방은 험한 산에 에워싸인 장소. 천로(天牢)는 천연의 감옥이란 뜻이며 출입이 곤란한 장소.

다음의 라(羅)는 그물로서 이것도 안에 들어가면 최후 나올 수가 없게 되는 곳. 함(陷)은 함정으로서 이것도 같은 의미. 격(隙)은 틈, 기둥과 벽과의 사이에 생기는 틈으로, 쉽게는 손가락도 안 들어갈 만하게 곤란한 장소 혹은 지격(地隙)을 말하는 것입니다.

이상 여섯개의 험한 지역을 육해(六害)의 지라고 말합니다만, 이러한 험한 장소는 되도록이면 접근 안하는 게 좋습니다. 만일 어쩔 수 없이 접근할 경우엔, 되도록이면 얼른 멀리 떠나는 게 좋습니다. 하긴 이쪽은 멀리 떠나지만, 적에 대해서는 반대로 여기 접근하도록 유도하는 게 좋은 것입니다.

그리고 막상 여기에 적과 맞부딪치면 이쪽은 그러한 지역은 전방이 되도록 위치를 차지하고 상대편에겐 그것을 배후가 되도록 만드는 게 좋습니다.

● 풀이

위험지역에 왔을 때의 조심할 것과 그 역용(逆用)법입니다. 사업경영에는 이러한 육해(六害)의 땅은 여러가지로 있을 터입니다. 군자는 위험한데 접근 안한다는데, 경계하는 것만이 장땡이는 아니니까, 위험한 일은 되도록이면 적에게 시키는 게 좋은데, 상대의 배후에 이러한 위험이 육박해서 진퇴가 부자유한 형편이 되는 것은 안성마춤인 것입니다.

육해(六害)도 무기란 것을 잊지 않도록 조심하는 게 필요합니다. 이용할 수 있는 건 무엇이든지 이용한다는 악착같음도 하나의 요령임에는 틀림이 없습니다.

〔原文〕 軍旁有險阻潢井蒹葭林木翳薈者 必謹覆索之. 此伏姦之所也.

〔역주〕潢井蒹葭 : 무더기로 함께 나 있는 갈대. 翳薈 : 무성하여 가리워지다. 伏姦 : 적의 복병이 숨어 있는 것.

〔해석〕 군 곁에 험조(險阻), 황정(潢井), 겸가(蒹葭), 임목(林木), 예의(翳薈) 있는 것은 반드시 조심해서 복색(覆索)하라. 이것은 복간(伏姦)이 있는 곳이다.

●대의

황정(潢井)의 황(潢)은 저수지, 정(井)은 깊은 굴로서, 움푹한 소택지역, 겸가(蒹葭)는 갈대, 임목(林木)은 삼림지대, 예의(翳薈)는 어느 거나 풀이 우묵한 곳, 복색(覆索)은 반복수색, 이 잡듯 찾으라는 것, 복간(伏姦)은 복병이나 척후를 말합니다.

군이 주둔하고 있는 부근에는 절벽이나 소택지, 움푹한 땅, 갈대가 우거진 곳, 숲이 우거진 곳, 풀덤불 등이 있을 때는 이러한 곳은 알뜰하게 반복 수색해볼 필요가 있습니다. 이러한 곳에는 반드시 복병이나 척후가 숨어 있어서 이쪽의 형편을 살펴보고 있는 것이기 때문입니다.

●풀이

이쪽이 상당히 상대편 회사의 시장에 손을 뻗치기 시작했다고 하
는데 태연하게 하고 있을 때는 꽤 유력한 배경인가 뭐가 있어 가
지고 상대편이 자신이 있는 거로 생각해도 무방합니다. 그게 상대
가 먼눈을 팔고 있다든지, 또는 약세라든지, 이상하게 깔보고 있
으면 엉뚱한 곳에서 골탕을 먹게 됩니다.

좀더 접근한 후가 아니면 때려잡는데 좋지가 않다고 생각될 경
우에, 이쪽도 신중하게 도사리고 있으면, 소규모로 헛바닥을 내
밀어 보는 터이라, 여기 엄벙덤벙 덤비면 골탕을 먹습니다.

또, '좋습니다. 동업자가 많은 것은 마음이 든든합니다. 활발하
게 하십시다. 힘은 없지만…'이라든지 꽤 뱃장이 두둑한 것 같은
상대편의 인사에, 덮어놓고 기분좋게 안심을 했다간 의외로 아주
혼이 납니다. 달콤한 말에 안심은 금물입니다.

3

〔原文〕 衆樹動者來也. 衆草多障疑也. 鳥起者
伏也. 獸駭者覆也. 塵高而銳者車來也.
卑而廣者徒來也. 散而條達者樵採也.
少而往來者營軍也.

〔역주〕 **衆草多障也**: 여러 곳에 풀로 가리워 덮어 놓은것. **伏**: 복
병. **鳥起者伏也**: 새가 날으면 복병이 숨어 있는 것이다.
覆: 복병. **塵**: 티끌. **徒**: 徒는 도보의 뜻이니 보병을 뜻
한다. **營軍**: 營造하는 군대. **卑**: 낮다. 하찮다. 비천하다.
여기서는 낮다는 뜻으로 쓰임. **散**: 흩어지다. 헤어지다의
뜻으로 여기서는 '흩어지다'로 쓰였다.

〔해석〕 중수(衆樹) 움직이면 온 것이다. 중초(衆草) 장(障) 많음은 의심을 내게 한다. 새가 날으면 복(伏)이 있다. 수(獸) 놀남은 복(覆)이다. 티끌(塵) 높고 날카로움은 차(車)가 온 것이다. 낮고 넓은 건 도(徒)가 온 것이다. 산(散)하고 조달(條達)함은 초채(樵採)함이다. 적고 왕래(往來)하는 건 군(軍)을 영(營)함이다.

●대의

중초(衆草) 장(障) 많음이란, 결초(結草)라고 하는 발을 거는 듯이 많이 놓여있다는 것, 복(伏), 복(覆), 어느거나 복병입니다. 숨어 있는 병정입니다. 초채(樵採) 나뭇군을 말합니다.

산림을 먼데서 바라볼 때에 넓은 범위로 수목이 이상하게 흔들거리는 건 적군의 내습을 보여주는 것입니다. 또 풀덤불에 많은 결초의 덫이 놓여있는 건 무엇인지 속셈이 있는 거라 생각해도 무방합니다.

낮에 날아온 새가 무리를 지어 높이 날아오르는 건 복병이 있는 거라 봐도 되고, 짐승들이 놀라서 뛰어가는 일이 있으면 이것도 어딘가 복병이 있는 거라 봐야만 될 것입니다.

날아오르는 사진(砂塵)이 높이 오르고 상부가 예각(銳角)이 지면 병차가 몰려오는 거라 봐야 되고, 이게 높이 올라가지 않고 낮고 폭넓게 보이면 보병(步兵)이 진군하는 겁니다.

이게 한군데 뭉치지 않고 여기 저기 가늘게 줄지어 오르는 건, 그것은 숙영(宿營)의 병사가 나무나 뭐를 잔뜩 하는 중이라 생각해야 됩니다. 그러나 이러한 티끌이 자꾸 엉성하게 오르거나 해서 수가 적을 때는 아직 지금부터 숙영(宿營)을 시작할려고 장소를 찾고 있는 단계(段階)라 봐야 됩니다.

● 풀이

상대의 움직임을 추찰(推察)하는 단서를, 숨길 수 없는 자연의
현상에서 구하는 것을 설명하고 있는 터인데, 이것은 사업경영에서
도 여러가지 용도품의 조달의 형편 같은 것을 관찰하는 거로, 어느
정도의 움직임을 판단할 수 있는 것과 같은 얘기가 되겠죠?

특히 출입하는 인쇄업자들에게 인쇄물의 양의 증감, 그 종류 등
을 물어서 알 수가 있다면 꽤 깊이 있는 지식을 얻을 수 있다든가,
직업안정소에 가서 임시·구인(臨時求人)의 상태를 알아본다든지,
더욱 손자식으로 자세하게 말한다면, 공원들의 복장의 때가 묻은
양상에 이상이 없는가라든지, 내어버린 쓰레기라든지, 유출(流出)
되는 폐액(廢液)이라든지, 매각되는 스크랩을 조사한다든지 방법
이 있을 것입니다. 숙련된 기술자가 관찰한다면 굴뚝의 연기빛깔
가지고도 생산물의 종류나 특징을 알 수 있다고 합니다. 상대를
알고져 한다면 이러한 곳에 빠짐없이 관찰의 눈을 번득여야만 되
는 것입니다.

[原文] 辭卑而益備者進也 辭詭而進驅者退也.
無約而請和者謀也.

[역주] 辭卑 : 말하는 태도가 스스로 낮추어 공손함.
備 : 갖추다. 마련하다. 謀 : 음모. 계략. 술책.

[해석] 사(辭)를 비(卑)케 하고 비(備)를 더(益)함은 진격
함이고, 사(辭)를 강하게 하고 진(進) 구(驅)함은
퇴(退)함이라. 약(約)없이 화(和)를 청(請)함은 모

(謀) 있음이라.

● 대의

약(約)이란 것은 궁약(窮約)이라 막혀버린 것.

외교사령(外交辭令)이란 말이 있을 정도라, 원래(元來) 외교접충 (外交接衝)은 듣기좋은 얘기를 하는 거지만 그게 필요 이상으로 이쪽의 뜻을 맞추려 하는 것 같은지, 달콤한 얘기를 할 때는 이면에선 이쪽에 대한 군비를 증강하는 기미가 있으면, 이것은 반드시 근간에 진격해 올 속셈이라 봐야 됩니다.

반대로 사신(使臣), 이 대단히 뻣뻣하게 나오고, 무섭게 큰 소리를 치고, 물러갈 때에는 이건, 사실은 퇴각하려는 게 틀림이 없읍니다.

막혀버려서 죽을 지경이 되어서라면 짐작이 가겠는데, 그렇지도 않으면서 별로 그럴만한 이유도 없이 화의(和議)를 청해왔을 때에는, 거기는 뭔가 숨은 계략이 있는 거로 봐도 무방합니다. 예를 들면 진용(陣容)을 만회하기 위해서 시간을 벌기 위한 따위입니다. 모두 그 이면을 살펴봐야 됩니다.

● 풀이

여기서는 말과 속이 다른 수가 많다는 것을 지적하고 있읍니다. 이러한 경우에 반드시 부자연한 과장이 수반 됩니다. 근본은 상대의 그러한 행동에 충분히 수긍이 갈만한 근거가 있는가 어떤가 하는 문제입니다. 그것을 이쪽에 유리하게 해석하기를 좋아하면, 어처구니가 없이 역이용을 당하고 맙니다.

당연하게 알아볼 만한 작전에 걸리거나 하면 그것은 아무리봐도 이쪽의 실수가 됩니다. 속고 나서, 비겁하다고 떠드는 것은 오히려 이쪽의 무지를 폭로하거나 하는 것입니다.

〔原文〕 輕車先出其側者陣也. 奔走而陣兵車者
　　　　 期也. 半進半退者誘也.

〔해석〕 경차(輕車)가 먼저 나가고 그 곁에 거(居)함은 진
　　　　 (陳)하는 것이다. 분주(奔走)하게 병차(兵車)를 진
　　　　 (陳)함은 기(期)하는 것이다. 반진(半進)하고 반퇴
　　　　 (半退)함은 유(誘)함이다.

● 대의

진(陳)은 진(陣)과 같은 의미의 글자. 기(期)함은 예정(豫定)된
기일(期日)이 있는 것을 의미합니다.

경전차(輕戰車)가 먼저 움직이고 양쪽에 대열(隊列)을 만든다면
그 중간에 진형을 만들려는 용의(用意)로서 진발 태세를 정리하
기 시작한 거라 봐서 틀림이 없습니다. 만일 이게 급히 서둘러 대
는 기미가 보이면 무엇인가 미리 예정된 시일이 도래했다고 판단
해야 됩니다. 예를 들면, 이쪽의 진중에 내통자가 있어서 미리 짜
났다든지, 밖에서 내원(來援)이 있어서 시간을 맞춰서 협격(狹擊)
할려는 거라든지, 하여튼 보통이 아닌 사태를 보여주는 거라 해석
해야 되는 것입니다.

또 일부분은 진발(進發)을 했는데도 그 일부분은 후퇴 형편을
보이고 있는 것 같은 서툰, 통일이 안된 꼴을 일부러 보이는 건 이
것은 바로 꾀임수라는 걸 알아봐야만 될 것입니다.

● 풀이

이번엔 직접 상대편의 징후(徵候)에 의해서 그 움직임, 목적,
이유 등을 간파할려는 것입니다. 어느 회사의 얘기지만 여기서는

새로 큰 일을 착수할려고 할 때에는 반드시다 해도 좋을 만큼, 전원에게 유급휴가(有給休暇)를 내보냅니다. 이것을 경쟁회사에선 허둥지둥 새계획이 뭔가를 탐색을 넣었습니다.

그러한 때에 꽤 대폭적인 배치전환(配置轉換)이 행해지는 게 보통이지만, 으례껏 손을 뻗쳐 타사에서 유능한 기술자를 빼어가는 게 새사업을 시작할 예정을 할 때의 특징을 가진 회사도 있습니다. 그중에는 고색이 창연한 얘기지만, 그러한 때는 반드시 사장이 두셋의 간부사원을 대동해 가지고 교회(敎會)에 가서 예배를 본다는 얘기도 있으니까, 이러한 사실에도 주의를 해야만 됩니다.

〔原文〕 倚杖而立者飢也. 汲而生飮者渴也. 見利而不進者勞也.

〔역주〕 **倚杖而立** : 병장기에 몸을 의지하고 서다.

〔해석〕 지팡이를 집고 선 것은 굶주린 것이고, 물을 마시는 건 갈증이 난 것이고, 이(別)를 보고도 전진하지 않는것은 피로한 까닭이다.

● 대의

적병의 자세한 동작(動作)의 관찰에 의한 추리(推理)입니다. 병기(兵器)를 지팡이같이 집고 서 있는 건, 상대편은 식량이 없어 굶주리고 있는 까닭이라 봐서 잘못이 없습니다.

물을 길으러온 병사가 먼저 그 물을 마실 때라면, 그 마시는 모습으로 다른 전원이 어느 정도 갈증이 나 있는가 판단이 됩니다.

만사 이러한 형편으로 절호의 기회인 데도 나가서 치지 않을 때에는 상대편이 꽤 지쳐있는 거라 봐서 잘못이 없습니다.

● 풀이

사원 종업원을 관찰함으로 상대의 상태를 알려는 것입니다. 전체를 평균해서 별안간 복장이 좋아졌다든지, 구두를 잘 닦았다든지, 갖고 있는 소지품에 값나가는 물건이 번쩍거리든지, 그러한 점에서도 월급의 호전된 단면이 노출됩니다.

이게 반대로 어딘지 모두의 복장이 낡아가든가, 떨어진 신발을 끌고다닌다든지 하면 그 회사의 재정상태가 신통찮다는 것을 알 수가 있습니다. 그건 그대로 회사의 경영상태가 좋지 않은 것을 의미합니다. 그게 그대로 회사의 표정이며, 인간의 얼굴에 해당됩니다. 사업체의 얼굴입니다. 공포된 사업손익계산서보다도 훨씬 확실한 업태보고서가 되는 것입니다.

〔原文〕 鳥集者虛也. 夜呼者恐也. 軍擾者將不重也. 旌旗動者亂也. 吏怒者倦也. 殺馬肉食者無糧也. 懸瓴不返其舍者窮冠也.

〔역주〕 懸瓴：瓴은 釜의 뜻으로 취사기구. 懸은 매달다. 즉 취사기구를 휴대하는 것을 이르는 말.

〔해석〕 새가 모이면 허(虛)한 것입니다. 밤에 부르는 건 무서워하는 것이다. 군(軍)이 요(擾)함은 장(將)이 무겁지 않은 것이다. 정기(旌旗) 움직임은 난(亂)함이다. 리(吏) 노함은 권(倦)함이다. 말을 잡아 육식(肉食)함은 군에 양식이 떨어짐이고, 부(瓴)를 걸(懸)고 그 집에 가지않는 것은 궁구(窮冠) 이

다.

● 대의

허(虛)는 빈 것. 부(瓿)는 흙솥단지로, 당시의 취사도구이다.

야조(野鳥)가 많이 모여서 떠들석한 한도내에서는, 거기는 이미 철수후라 텅비어 있다 봐도 좋습니다. 야조의 습성으로서 인간이 생활한 뒤에는 반드시 그들의 식량이 되는 부스러기가 있는 것을 알고 있어 그러한 곳에 모여드는 것이지만, 사람이 있으면 절대로 안옵니다.

어두운 밤에 사조들이 큰 목소리로 서로 부르고 야단할 때는, 그것은 그들 가운데 공포심이 생겨서 그것을 흐트러지게 할려고 큰 목소리를 내는 것입니다. 이러한 불안이 있을 때에는 반이나 들떠 있는 상태입니다.

적진이 뭔가 소란스럽고 질서를 잃어버린 상태가 보이는 건 지휘관의 위령이 행해지지 않고 있는 거라 봐야 됩니다. 군기(軍旗), 신호기(信號旗)의 유(類)가 어지럽게 움직일 때는 그 대오가 통솔이 안돼 있는 증거입니다.

하사관의 병정이 자꾸 부하에게 고함을 지르고 있을 때는 그 군대는 오랜 진중생활에 권태감이 생기고 있는 거라 생각하면 됩니다. 또 소중한 군마를 잡아서 그 고기를 먹고 있는 때는 식량이 다 된 것입니다.

만일 취사도구를 주위의 나뭇가지에 매달아 놓고, 숙영의 병사에 전연 돌아갈 기색이 없는 것은 이제 영 사생을 결단하는 결전을 할 배짱이란 것을 알 수 있습니다.

● 풀이

여기서도 전 조항에 계속해서 아무래도 숨길 수 없는 생물의 본능적 습성에서 상대의 동향을 알아보는 것을 가르키고 있습니다. 손자에 있어서는 관찰의 재료로서, 인간도 생물에 불과한 것입니다.

좀 다른 것은 인간에겐 감정의 움직임이란 것이 있습니다. 그 점도 잘 포착해서 진중의 경향이 어떻게 돌아가는가의 단서로 이용하고 있습니다.

이 경우에 모든 적진의 관찰이란 게 돼 있습니다만, 이것은 그대로 자기의 진영의 상태를 아는 방법입니다. 반복해서 말씀드리자면 숨길 수 없는 것, 자연 나타나는 현상에서 그 본질을 파악한다는 사실에 착안점을 둬야만 될 것 같습니다.

자기진영의 동정을 관찰하는 데는 표면적인 관찰 갖고는 진짜를 모릅니다. 자세한 아무것도 아니라 생각되는 곳을 잡아내어 그것을 분석하고, 그 본태를 확인하도록 해야 됩니다.

〔原文〕諄諄翕翕徐言與人者失衆也. 數賞者窘也. 數罰者困也. 先暴而後畏其衆者不精之至也.

〔역주〕**諄諄**: 간곡하고 자세한 모습. **翕翕**: 화합하고 다정한 모습. **徐言**: 안정하고 천천히 이야기하는 모습.

〔해석〕 순순흡흡(諄諄翕翕)하야 서서히 남을 타이름은 중(衆)을 잃는 것이다. 자주 상(賞) 줌은 군(窘)함이다. 자주 벌(罰)함은 곤(困)함이다. 먼저 폭(暴)하고 그 중을 두려함은 부정(不精)의 지극한 것이다.

●대의

순순(諄諄)은 하나의 일을 반복해서 얘기를 하는 형용사, 흡흡 (翕翕)은 합친다는 말로서, 사람과 어울린다든지, 영합(迎合)한 다든지 하는 형입니다. 군(窘)은 군색하다는 글자입니다.

부하와 얘기를 하면서 따분하게 눈치를 봐가며 중얼중얼 말을 하는 것은 사졸의 인심을 잃고 있는 증거입니다.

함부로 은상을 베풀어서 환심을 사려는 건 이것도 인심이 이탈해 서 막다른 곳에 와 있는 것입니다. 그 반대로 툭하면 처벌, 처벌을 난발하는 것도 군령이 제대로 지켜지지 않고 있다는 표적입니다.

또 최초엔 상당히 엄한 태도로 나오다가, 차츰 이반(離反)이 두 려워서 약세가 되는 등의 태도도, 용병을 모르는 정도가 형편없는 증거가 됩니다.

●풀이

여기 설명에 관해서 생각이 나서 귀가 아프지 않은 분이 있으면 다행입니다. 최초의 얘기같은 건 수완이 없는 과장용의 계급의 사 람들에게 곧잘 보이는 광경입니다. 내심은 대단히 냉혹한 주제 에, 계집같은 잔뜩 공손한 말로 잔소리 늘어놓고, 좀 눈치가 안좋 으면 상대의 눈치를 봐가며 얘기를 합니다. 이런 식이 돼서는 사 람은 안됩니다.

아무리 난폭한 말로 척척 명령을 해도 평소부터 진실로 부하 를 사랑하고 있는 지휘자라면 얻어터져도 부하는 기뻐하며 추종 합니다.

인사의 상벌(賞罰)도 같은 말을 할 수가 있습니다. 줄 것만 주면 그것으로 사람을 부려먹을 수 있다고 생각하는 건 근본적으로 잘못 된 생각입니다. 모두가 말을 안들어 먹게 되면 그만입니다.

최초는 고자세로 나와서 멋대로 사람을 부려먹으려 하다가, 그것

으로 안되니까 별안간 비위를 맞출려고 드는 것 같아서는 아마
사람을 써먹는데는 난제점이 됩니다. 2천 몇백년 옛날의 손자의
시대도, 오늘도 사람을 써먹는 길은 한가지인 것 같습니다.

〔原文〕 來委謝者欲休者也. 兵怒而相迎 久而
不合 又不相去 必謹察之.

〔역주〕 委謝 : 자세하게 사과하다. 정중하게 사과하다. 合 : 合戰,
결전.

〔해석〕 와서 위사(委謝)함은 휴식할려고 하는 것이다. 병
(兵)이 노해서 상영(相迎)하야 오래되어 합(合)
하지 않고, 또 상거(相去) 않음은 반드시 조심해서
그것을 살피라.

●대의

위사(委謝)는 인사에 인질(人質)을 보내온다는 것입니다.

인질(人質)을 보내서 정중한 인사를 보내와도 마음속 깊이 화
목을 원하고 있다는 건 아닙니다. 잠시 싸움하는 손을 멈추고 진용
(陣容)을 바로 세운다든지, 구원을 기다린다든지 시간을 번다는
경우도 있습니다.

상대가 상당히 노해 가지고 있을 터인데도 노려보는 모양으로
오랜 시각 부딪치지 않고, 그렇다고 해서 퇴진하는 것도 아닌 때는
절대라고 해도 좋을 만큼 무슨 음모가 있어서 시기를 기다리고 있
는거니까, 잘 관찰해서 그 이유가 뭣인가를 알아내지 않으면 안
될 것입니다.

●풀이

사물에는 무엇이든지 거기 상당한 이유란 것이 있습니다. 그게
뭣인가 하면 충분한 납득이 없는한 그대로 들으면 골탕을 먹게 될
위험이 있습니다. 세상은 그렇게 달콤한 데가 아닙니다.

'그 때 이상하다고는 생각했지만, 설마 이 정도의 음모가 있을
줄은 몰랐다.'라고 나중에 가서 곧잘 탄식을 하는 분이 있지만, 이
상하다고 생각했다든지 뭔가 느낀다면, 거기는 반드시 부자연,불
합리란 것이 틀림없이 있습니다. 그 의문을 그대로 내버려둔데
잘못의 근본이 있을터이라, 생각하지 않았다는건 변명이 아니라
원인 그 자체인 것입니다.

〔原文〕 兵非益多也. 惟無武進　足以併力料敵
　　　　取人而已　夫惟無慮而易敵者　必擒於人.

〔역주〕 **武進**：무용을 믿고 함부로 전진하는 것. **無慮**：생각함이
　　　　없음, 즉 계책이 없음. **易敵**：적을 가볍게 여김.

〔해석〕 병은 많은 것을 익(益)이라 할 것이 아니다. 다만
　　　　무진(武進)하지 않고 힘을 합(併)해서, 적(敵)을
　　　　료(料)해서 사람을 취하는 것으로 족할 뿐, 대체 다
　　　　만 여(慮) 없이 적을 이(易)하는 자는 반드시 사람
　　　　에게 금(擒)이 된다.

●대의

무진(武進)이란 것은 힘을 갖고 나가는 것. 이적(易敵)은 적을
경시한다는 의미입니다.

다다익익변(多多益益辯)이란 말이 있습니다만, 병이란 것은 무

턱대고 많은 것만이 만사를 해결하는 건 아닙니다. 너무 많아서 지장이 생길 때도 있는 것입니다. 오히려 적세를 잘 계산해 보고, 상대를 케는데 부족이 없을 만한 정도가 좋은 정도인 것입니다.

그렇다고 해서 경솔하게 적을 깔보면 인원 부족 때문에 모두가 생포가 될 경우도 없지 않습니다.

● 풀이

적재적소란 말을 합니다만, 적량적소(適量適所) 란 것도 중요합니다. 수량(數量) 만이 압도적으로 많다는 것으로 수로 밀어붙이려는 생각은 위험합니다.

지나친 것은 부족한 것과 같다고 하는데, 오히려 그게 마이너스가 되는 경우도 사실 있는 것입니다. 이익 재산이 맞는다고 해서 불필요한 인원을 안고 사업을 운영하다 보면, 그 때문에 넘어지는 수도 있는 것입니다.

작게 한 작업의 능률이란 점에서 말한대도, 과잉 인원은 오히려 능률을 내리게 한다고 할 수 있습니다. 최저의 인원, 일을 소화하는데 족할 만큼의 꼭 적당한 인원이, 제일 능률이 높은 것입니다.

그렇다고 해서 이것을 너무 절약하다 보면, 너무나 적은 인원으로 너무 큰 일을 꾸려나갈려고 하다 보면 일에 끌려다니다가 만족한 일을 못하게 됩니다. 근대에서 기계화라는 수단이 생겼지만 이건 기계의 능률과 인원의 작업량을 같은 단위로 계산하는 거니까, 관계는 같은 거겠죠?

4

〔原文〕 卒未親附 而罰之 則不服. 不服則難

> 用也. 卒已親附 而罰不行 則不可用
> 也.

〔역주〕 親附 : 친근하게 붙다. 服 : 心服함.

〔해석〕 졸 아직 친부(親附)하지 않고, 이것을 벌(罰)하면
즉 불복한다. 불복하면 즉 써먹기 힘들다. 졸(卒)
이미 친부(親附)하고, 벌(罰)을 주지 않으면 즉 써
먹을 수가 없다.

● 대의

친부(親附), 친하게 접근이 된다는 의미.

하사졸(下士卒)이 별로 친숙해지기도 전에 엄벌주의(嚴罰主義)
등으로 위압적으로 임할려고 하면 그들은 절대로 심복을 안하는
것입니다. 일단 적대시하게 되면 이것만큼 취급하기 어려운 건 없
습니다.

그렇다고 해서 이제 친숙해지다가 너무 친숙해져서, 친숙함이
도를 지나쳐 제대로 처벌도 못하게 되면 이것 또한 써먹지 못하
게 됩니다.

● 풀이

통솔자와 종업원 사이에 상호이해를 생기게 하는 것, 이게 인사
의 소중한 요령입니다. 압력만으로 사람을 쓸려고 하면 가장 졸렬
한 책(策)이 됩니다. 특히 상호이해가 아직 잘 안될 때에 섣불리
처벌을 하거나 하면 거기는 반발이 생겨서 통솔이란 점에 대해서는
전연 반대의 효과밖에는 생길 게 없는 것입니다.

속담에 '사람을 쓰기 보다 그 몸을 쓰라'는 말이 있읍니다만, 이

것은 반드시 직접 일에 손을 내밀라는 의미는 아니고, 부려먹을 만
큼만 태세로 끌고갈 만한 노력이, 할려는 일의 양에 상응(相應)돼
있지 않으면 안된다는 훈계라 생각이 됩니다.

요는 내 일이라 생각하고 일하는 사람들을 생각해줘야 됩니다. 꽤
애가 쓰이고 힘이 드는 일이지만, 그 노력에 정비례해서 사람을
움직일 수가 있는 것도 되는 것입니다.

그렇다고 해서 사람들에게 좋게만 하는 게 부려먹는 수단인가 하
면, 그것은 절대로 그런 건 아닙니다. 조여붙여야 할 때에 꽉 조
여붙이지 않으면 간단한 얘기로 무시를 당하게 됩니다. 서로 잘
이해하고, 친밀의 도를 깊게 하면 큰 과실이 있어도 좀처럼 처벌
같은 건 하기가 어려워지는 터입니다. 인정에 매인다고나 할까, 금
시 흐리멍텅해집니다. 그저그저 하는 생각, 이게 재난의 원인이 된
다고 생각하지 않으면 안됩니다.

규율만은 엄하게 세우고 그리고도 내몸같이 아끼는, 그러한 데
가 대단히 믿음직하지만, 이게 분명하지 않으면 신통하게 사람을
다루지는 못합니다. 이 사정에 대해서는 더욱 파고 들어 다음 조
항에서 이것을 설명하겠습니다.

〔原文〕 故令之以文　齊之以武. 是謂必取. 令
　　　素行　以敎其民　則民服. 令不素行　以
　　　敎其民　則民不服. 令素信箸者　與衆
　　　相得也.

〔역주〕 齊之以武 : 규율로서 일률적으로 정제한다는 말. 必取 : 공
　　　격하면 반드시 탈취한다 라는 뜻.

〔해석〕 그러니 이것을 시키는데 문(文)을 가지고 하고, 이

것을 재(齊)하는데 무(武)를 갖고 한다. 이것을 필
취(必取)라 한다. 영(令) 본래부터 행해지고, 그리
고 그 백성을 가르치면, 즉 백성이 복종한다. 영이
본래부터 서지 않고 그 백성을 가르치면, 즉 백성
이 복종하지 아니한다. 영이 본래부터 서는 것은 중
(衆)과 서로 얻기 때문이다.

● 대의

영(令)은 교령(教令)으로 가르치고 인도한다는 것. 문(文)은 질
서예절(秩序禮節)이란 의미로 무(武)와 대칭적(對稱的)으로 쓰이
는 말. 재(齊)는 정(整)이란 것과 같습니다. 필취(必取)는 싸우면
반드시 이기고, 공격하면 반드시 취한다는 언어(言語)에서 나온
말입니다.

사졸(士卒)을 인도하는 데는 질서, 상호 이해라든지 하는 게 기본
이지만, 이것을 정비하고, 실천에 적합(適合)시키려는 건 무덕(武
德), 위력적인 힘이 됩니다. 이게 양방 경비가 되어서 비로소 백
전백승이 이뤄지는 것입니다.

이것은 질서가 유지되고 서로의 사이에 이해심이 되어있을 때에
지시교도가 되면 민중이 곧 따라가고, 이게 없으면 억지로 지시
호령을 할려고 해도 좀처럼 따라오지 않는 것과 똑 같습니다. 상호
이해가 잘 되어있다고 하는 것은 민중과 일체가 되어 있다는 것입
니다.

그곳에는 조금의 틈도 없는 굳은 단결이 있습니다. 이게 모든
것의 기본(基本)입니다.

● 풀이

  이게 행군 제9편의 결문(結文)이 돼 있는 터이지만, 일하는 사
람들과 지도자와의 사이가 호흡이 딱 맞는다는 것, 이게 모든 근
본문제입니다. 그렇게 끌고가는데는 충분한 좋은 이해와 좋은 질
서가 없어선 안됩니다. 나라를 움직이는 것도, 군을 움직이는 것
도, 또 사업을 운영하는 것도 모두가 이게 기본이란 것입니다.

제 10 편

지형(地形)

1

〔原文〕 孫子曰　地形有通者　有挂者. 有支者
　　　　有隘者　有險者　有遠者.

〔역주〕 支 : 지탱하다.　隘 : 좁고 막힘.

〔해석〕 손자가 말하기를 지형(地形)에 통하는 자가 있고,
　　　　패(挂)하는 자가 있다.　지(支)하는 자가 있고, 애
　　　　자(隘者)가 있어 험(險)한 자가 있고 먼 자가 있
　　　　다.

● 대의

패(挂)는 못 같은데 걸린다는 뜻에서 방해한다는 것.　지(支)는
서로 노려본다는 것.

지형에는 여러가지가 있습니다만, 먼저 제1에 쑥 빠져나갈 수
가 있는 곳, 다음에는 방해물이 있어서 걸리는 곳, 상대방이 내밀
고 있는 곳, 들어가기 어려운 곳, 험한 곳, 거리가 먼 곳, 이 여
섯 가지로 크게 나눌 수가 있습니다.

● 풀이

천시(天時)는 지리(地利)만 못하다 합니다만, 여기서는 지형에
따라서 취해야 할 전술상의 주의를 써놓은 일편(一編)입니다. 전부
를 육형(六形)으로 크게 나눠서, 이 1형(一形)마다에 대해서 지
금부터 세설(細説)하려고 하는 거니까, 그 서두에선 별로 해설의 필
요는 없을 것입니다.

〔原文〕 我可以往　彼可以來　曰通. 通形者
先居高陽　利糧通以戰則利.

〔역주〕 **通形**：사방이 트여 있어서 아군도 갈 수 있는 적군도 갈 수 있는 지형. **高陽**：높고 양명한 곳. **利糧通**：식량 보급의 편리를 확보함.

〔해석〕 '내가 갈 수가 있고 그가 올 수가 있는 것을 통(通)이라 한다. 통형(通形)은 먼저 고양(高陽)에 있고, 양통(糧通)을 이(利)로 하고, 그리고 싸우면 즉 이가 있을 것이다.

● 대의

고양(高陽)이란 것은 높은 땅으로서 맑은 남면(南面)의 곳이란 의미입니다.

피아(彼我)의 상대가 편한 곳, 이것을 통(通)이라 합니다. 이러한 통형에서는 되도록이면 높고 밝은 곳을 선취하지만, 왕래가 편한 만큼 곧잘 양도가 끊어질 염려가 있으니까, 그점을 충분히 유리한 조건으로 해두고 전쟁을 개시하는 게 이득일 것입니다.

● 풀이

전쟁터의 실제의 지형에 관한 연구인만큼 이 장에서는 별로 직접적으로 배울 건 적을 것 같습니다. 그러나 그 안에 있는 본질적인 것을 느낀다면, 크게 도움이 되는 게 있을 터이니까, 역시 통독(通讀)해 주시기 바랍니다. 혹은 본론보다도 다소간 지엽말절이 되는 곳에 우리들이 배울 게 발견될는지도 모르겠습니다.

이 조항에서도 이 쪽에 편리한 지점은 상대에게 있어서도 한가

지로 편리한 곳이니까, 배후의 진지를 안전하게 확보하라는 주의
에도 경청할 만한 게 있습니다. 고양(高陽)의 지도, 공개 공동시장
에 해당되는 거겠죠? 그러한 시장을 상대로 하는 경우는 체력적인
지속성이 없어선 문제가 안됩니다. 나쁘게 되면 끈기를 겨루는 마
당이 될 가능성조차 있습니다. 지구(持久)에 필요한 조건을 최선
의 상태에 대비하는 것을 암시하고 있다고 생각해도 좋을는지 모
르겠습니다.

〔原文〕 可以往　難以返　曰挂. 挂形者　敵無
　　　　備　出而勝之. 敵若有備　出而不勝
　　　　難以返不利.

〔역주〕 挂形 : 挂는 掛와 같으니 단다는 뜻이다.

〔해석〕 가기는 하는데 돌아오기 어려움을 괘(挂)라 말한
　　　다. 괘형(挂形)은 적의 대비가 없으면 출격해서 이
　　　것을 이길 것이다. 적이 만일 대비함에 있으면 나
　　　가서 이기지 못하고 돌아오기가 어려워 이가 없을
　　　것이다.

●대의

이쪽에서 들어가기는 쉬운데 되돌아올려고 하는 건 어렵다. 마
치 낚시바늘같은 지형(地形)을 괘(挂)라 합니다.

이러한 낚시바늘형의 지형에는 적에 방비가 없다. 방비가 불완
전하다고 보면, 용감하게 출격하면 이길 수도 있지만, 만일 상대
가 방비를 해놨으면, 이기지 못한 게 마지막이 되어 돌아오기가 어
려운터라, 대단히 불리한 싸움이 될 가능성이 많습니다.

● 풀이

농형(籠形)의 쥐덫에 이런 게 있습니다. 밸브판(瓣)이 역시 이런 거지만, 여간 확실한 승산이 없는 한 이러한 밸브지대에 함부로 들어가는 건 사양하는 게 좋습니다. 진흙속을 밟아들어가는 일에 예사로 손을 내미는 사람이 있습니다만, 이것을 일컬어 멧돼지전법이라 말합니다.

〔原文〕 我出而不利　彼出而不利　曰支. 支形者 敵雖利我　我無出也. 引而去之 令敵半出而擊之利.

〔역주〕 支形 : 아군이 진출하여도 불리하고, 적군이 진출하여도 불리한 지형. 양쪽이 대치하여 격리된 지점.

〔해석〕 내가 나가서 이가 없고, 그가 나가도 이가 없음을 지(支)라 말한다. 지형(支形)은 적이 나를 이한다 해도 내가 나가선 안된다. 되돌아와서 이것을 떠나 적으로 하여금 반쯤 나가게 해서 이것을 치는 게 이익일 것이다.

● 대의

이쪽이 출격해도 불리하고, 그렇다고 해서 상대방도 함부로는 나가기 어려운 지형, 이러한 쓰리고 가려운 눈총싸움만 하는 형의 자리를 지형(支形)이라 말합니다.

이러한 지형인 곳에는 비록 상대편에서 유혹의 틈을 보여도 엄벙덤벙 여기 걸려 나가서는 안되는 것입니다. 오히려 반대로 진을 물러서는 것 같이 보이고, 상대편이 여기 낚여서 반쯤 나오는 콧배기를 맹공(猛攻)하는 게 훨씬 유리합니다.

●풀이

이러한 나가지도 들어오지도 못하는 서로 같은 상태로 못박혀 있는 정경(情景)은 곧잘 있습니다. 견디기가 어려워 먼저 나선 편이 지기 마련이란, 냉전(冷戰), 긴박한 두개의 대립의 상태에 놓였을 때에 양쪽이 모두 애가 탑니다. 일촉즉발, 여기다 조금만 자극이 주어지면 곧장 폭발해 버릴려 합니다.

여기다 꾀임의 낚시를 던지면 곧장 걸려들려고 합니다. 상태가 나쁜 대립이라고는 백번 알지만 정신없이 일어서게 되는 거로, 이러한 때의 은인자중, 꾹 참는 수업이 소중할 것입니다.

오히려 후퇴를 하고 상대를 끌어낸다고 하는 것도 이러한 팽팽하게 긴장된 상태에서는 가능성이 많은 것입니다. 상대가 반쯤 나올 무렵을 때려잡는 것은 앞에 나온 도하작전에서 배운 것입니다. 이러한 호흡을 배우는 것은 특히 주식투자가(株式投資家)들에겐 꼭 필요합니다.

〔原文〕 隘形者 我先居之 必盈之待敵 若敵 先居之 盈而勿從 不盈而從之.

〔역주〕 盈: 만족하다. 완전하다는 뜻─충실한 수비를 의미. 從: 攻과 같은 뜻으로 쓰이고 있음.
隘形: 좁고 막혀서 답답한 곳을 이르는 말

〔해석〕 애형(隘形)은 내가 먼저 여기 있으면, 반드시 이것을 막고 그리고 적을 기다리고, 만일 적이 먼저 여

기 있으면, 막으면 쫓지를 말고 막지 않으면 이것
을 쫓으라.

● 대의

영(盈)은 뚜껑을 닫는 것입니다.

애형(隘形)은 이미 말씀드린 것 같이, 입구가 좁은 양쪽의 산의 한쪽 주둥이의 땅. 이러한 곳에서는 이쪽이 선착해서 점거하고 있을 때는 입구를 충분히 단단히 굳혀서 적이 쳐들어오는 것에 대비하는 게 좋고, 반대로 상대편이 먼저 와 있으면 입구의 방비가 확실한 한 적의 뒤를 쫓지않는 게 좋습니다. 이 관계는 쌍방이 같습니다.

다만 상대편에 그 방비가 없다고 판단이 되면 그때야말로 상대편의 뒤를 추격해가는 게 좋은 것입니다.

● 풀이

일방구(一方口)의 사업이란 게 있습니다. 어떤 좁은 범위의 수요자에게 단단히 결탁이 돼 있는 사정의 사업입니다.

특수한 성능을 지닌 제품에 관한 것 등이 여기 해당이 되는 터이지만, 이러한 사업을 지켜나가려고 할 때라든지, 또는 밖에서 여기다 손을 댈려고 할 때가 이 애형(隘形)에 해당된다고 생각이 됩니다.

이러한 때에 어디까지나 이 일을 지켜나갈려고 한다면, 이 일방구(一方口)라는 조건에 해당되는 특수성을 어디까지나 소중하게 하는 게 중요합니다. 예사로 알고 멍청하게 등한히 하거나 안심하고 있거나 하면 입구의 수비를 잊어먹고 있는거나 한가지라, 남에게 공격을 받기에 알맞습니다.

또 이러한 사업에 착수할려고 생각하면, 역시 지금 말한 일방구

(一方ロ)의 사정에 대한 수비의 유무를 잘 조사해보고 제3자에겐 어쩔 수 없는 강한 특수성으로 연결되 있거나, 특수성능이 문제가 안될 만큼 우수한 성능이라도 발견되지 않는한 함부로 덤벼선 안됩니다.

〔原文〕 險形者　我先居之　必居高陽以待敵
　　　　若敵先居之　引而去之　勿從也.

〔역주〕 險形 : 험난한 지형. 之 : 대명사로써 險形.

〔해석〕 험형(險形)은 내가 먼저 여기 있으면　반드시 고양(高陽)에 있으며 적을 기다리고, 만일 적이　먼저 여기 있으면　물러나서 여기를 떠나 쫓아선 안된다.

● 대의

험한 지형에서는 이쪽이 우선해서 여기를 점거하고 있는 경우엔 되도록 높은 남면한 밝은 곳을 골라잡아서 여기다 진을 치고, 적의 내습을 기다리는 게 좋고, 반대로 적편이 먼저 있을 경우엔 오히려 그러한 곳은 철수해서 여기를 뺏을려고 안하는 게 좋습니다.

● 풀이

천연의 요해라 하는 것은 역사라든지 전통에 의한　성명(聲名)이란 것으로 생각하면 들어맞을 것 같습니다. 그러한 것에 기면 영업은 되도록이면 그 명성을 높일 것, 타에 뛰어나는데도 힘을 쓰고, 그리고서 그 명성이나 평판에 상처가 나지 않도록 하는 것이 교양이 있는 게 된다고 생각합니다.

〔原文〕遠形者　勢均難以挑戰　戰而不利.

〔역주〕 **遠形** : 양군의 위치에서 서로 멀리 떨어져 있는 지점.

〔해석〕 원형(遠形)은 세가 비슷하면 싸움을 시작하기가 어렵고 싸워도 이가 없을 것이다.

● 대의

적이 대단히 먼 곳에 진치고 있을 경우에는 만일 피차의 세력이 비슷비슷하다면, 이것은 손을 내민 편이 손해가 됩니다. 비록 전투되어도, 아마 부가 나쁜 싸움을 하게 될 것입니다.

이유는 병정을 시달려 놓을 것, 보호선이 길어지는 것 등, 지금까지 여러번 나온 것이 원인인 것입니다. 원거리라도 피아의 실력에 거리가 있다든가, 그것을 카바할 만한 뭔가가 있을 때는 자연 얘기가 달라지는 것은 말할 것도 없습니다.

● 풀이

현대와 같이 단추 한개로 전쟁을 한다는 시대가 되어, 이 관측은 아마 빗나간 게 되겠습니다만 이것은 거리관계 소용이 없어지기 때문이며, 이론의 바닥에 있는 건 조금도 변함없이 들어맞을 터인 것입니다.

목측거리(目測距離)가 멀다고 하는 것은 내구력과 비교해서 터무니없이 원대한 계획을 세운다는 것도 되겠죠? 중소기업같은데서 곧잘 눈에 뜨이는 현상이지만 과연 목적도 훌륭하고, 수단방법도 올바르다는 일을 뜻하고, 도중에서 기가 죽어서 팔방 자금원조를 얻으려 뛰어다니다가, 드디어는 거지신세 끝에 죽어버리는 것도 보는 수가 있습니다만, 이게 자기 분수대로, 일과 실력의 균형을 생각하지 않고 싸움을 떠벌렸기 때문입니다.

〔原文〕 凡此六者　地之道也. 將之至任. 不可
　　　　不察也.

〔해석〕 대체로 이 여섯가지는 지(地)의 길이다.　장(將)의 지임(至任)이다.　살피지 않으면 안된다.

●대의

이상 여섯가지의 것은 지형(地形)에 의한 전투의 관찰, 추론의 방법입니다. 이것은 통솔자에게 있어서 제일 소중한 임무의 하나입니다. 충분한 양해를 필요로 합니다.

●풀이

통형(通形), 괘형(桂形), 지형(支形), 애형(隘形), 원형(遠形), 험형(險形), 여섯은 통솔자가 대국으로 봐서 꼭 사전에 판단을 내리지 않으면 안될 중요한 주의사항입니다. 이 중에도 벌써 거의 상식이라 해도 좋을 것도 있는 것 같습니다만, 어느거나 병법의 본질, 요령이란 것을 포함하고 있습니다. 구체적인 적예(適例)를 배운다는 것보다도, 그 본질적인 것을 파악하는 게 중요합니다. 살피지 않으면 안되겠습니다.

2

〔原文〕 故兵有走者　有弛者　有陷者　有崩者

有亂者 有北者. 凡此六者　非天地之災
將之過也.

〔해석〕 그러니 병(兵)에는 뛰는 자가 있고, 해이하는 자가
　　　　있고, 빠지는 자가 있고, 무너지는 자가 있고, 어
　　　　지러워지는 자가 있고, 도주하는 자가 있다. 대체
　　　　로 이 여섯가지는 천지의 재난이 아니고, 장(將)
　　　　의 과오이다.

● 대의

주(走)는 뛰어서 빨리 도주하는 것, 이(弛)는 긴장이 풀어지고
늘어지는 것. 함(陷)은 빠지는 구멍 투성이로 연한 것, 붕(崩)은 통
제가 깨지는 것, 난(亂)함은 규율이 없는 것, 배(北)는 도주를 잘
하는 것입니다.

이상 여섯개의 경향이 곧잘 병사들 사이에 나타나는 것입니다.
전조까지의 곳에서 말씀드린 것은 어떻게 해볼 수 없는 지형이란
자연현상에 결부된 것이지만, 이 여섯가지는 어느거나 자연현상과
는 관계가 조금도 없는 순수하게 인간적인 것입니다.

따라서 이것은 어디까지나 통솔자에게 결함이 있는 데서만 생겨
나는 거라 봐서 잘못이 없습니다. 그것은 군형편(軍形編), 행군편
등에서 설명한 것 같은 것이, 잘 알려져 있지 않기 때문인지 모르
는 것입니다.

● 풀이

주(走), 이(弛), 함(陷), 붕(崩), 난(亂), 배(北)라는 병의 육
형(六形)이 있다는 것, 그러한 것들은 천재적인 것은 아니고 인재

적인 것, 인재적인 것이란 것은 어디까지나 지도의 지위에 있는 사람의 책임이란 것을 서두에 내걸어 놓고, 지금부터 순차를 따라 그 육형(六形)에 관해서 간단히 설명을 해보이려는 것입니다.

〔原文〕 夫勢均以一擊十曰走. 卒強吏弱曰弛.
吏強卒弱曰陷.

〔역주〕 **勢均** : 地의 利에 대한 정세가 서로 균등함.

〔해석〕 대체 세(勢)가 고르고 一을 가지고 十을 치는 것을 주(走)라 한다. 졸(卒)이 강하고 리(吏)가 약한 것을 이(弛)라 말한다. 리(吏)가 강하고 졸(卒)이 약한 것을 함(陷)이라 말한다.

●대의

리(吏)라 하는 것은 군의 직책을 맡은 것, 일반장교나 하사관을 말합니다.

병의 소질(素質), 무기의 우수성, 장비의 충실도 등 병세가 대등해도 1 대 10이란 큰 차이가 있는 병술로 상대편에 덤빌려고 하면, 이것은 암만해도 도주를 빨리 해야 합니다.

병졸편이 강하고, 이것을 지휘하는 하급장교나 하사관 등이 약골인 경우엔 이 군대는 탄력이 없습니다.

그 반대로 하사관만 강하고, 진짜 병졸이 약골이면 구멍투성이로 질이 연한 보잘것 없는 게 됩니다.

●풀이

군병엔 여섯가지 경향이 있다는데 그 특색이나 그러한 경향에서 생겨나는 간단한 이유를 관찰하고 있는 터이지만, 이것은 그대로 일하는 자들의 직장의 공기로 바꿔놓고 볼 수가 있습니다.

먼저 최고의 주병입니다만 1을 갖고 10을 당한다고 하는, 모공(謀功) 제3에서 쓴 바 있는 포위작전을 할 수 있는 것과 반대가 됩니다. 적은 병력으로 상대를 해댈려는 무리에서 생기는 것입니다. 당연히 필요한 원인이 잔뜩 부족하다든지, 설비 불완전이라든지, 그러한 이유에서 능력 이상의 작업을 강요당하면 단시일은 어떻게든 지탱이 되겠지만, 그 동안에 파탄이 생겨서 인원이나 설비에 상당할 만한 능률이 오르지 않고 맙니다. 지나친건 부족한 것과 같다는 얘기를 말씀 드렸습니다만, 모자라는 것도 정도를 지나면 지나친 정도같은 데다 비길 게 못되고 맙니다.

5의 실력으로 6이나 7까지는 어떻게 변통이 될는지 모르지만, 9·10이란 일의 양을 기대하면 반대로 4나 3으로 양은 줄어들고 맙니다. 양은 돼도 질이란 점에서 결함이 생기고 마는 것입니다. 이것을 주병(走兵)이라 말해서 무방할 것입니다.

리(吏)는 과장, 계장, 직장, 주임이란 등속의 소위 직책이 딸린 사람들입니다. 일반사원이나 공원들은 아무리 우수하고 근면해도, 이러한 직책이 딸린 사람들에게 결점이 있으면 전체의 고위에 따분한 데가 생기고 일이 척척 진행이 안됩니다. 직장이 활기가 없고 작업이 보람이 없어지고 맙니다. 이게 이병(弛兵)입니다.

반대로 간부급만 딱딱거리고 있어도, 평사원이나 공원들이 소질이 나쁘면 만사가 공전을 하게 됩니다. 함병(陷兵)입니다.

이러한 주병, 이병, 함병의 사태가 되면 모두 간부급의 책임같이 뒤집어씌우게 됩니다만, 이 사람들의 책임을 묻기 전에 이러한 차림새를 만든 최고간부의 반성이 필요한 것입니다.

〔原文〕 大吏怒而不服　遇敵懟而自戰. 將不知
　　　 其能. 曰崩.

〔역주〕 **大吏**：고급간부. **懟而自戰**：성남을 참지 못하여 장수의 명
령을 기다리지 않고 제 마음대로 전투를 벌이는 일

〔해석〕 대리 (大吏) 노해서 불복하고, 적을 만나 내 (懟) 해
서 제멋대로 싸운다. 장 (將) 그 능을 모르는 것이
다. 이것을 붕 (崩)이라 말한다.

● 대의
대 (懟)는 원망 (怨)하는 것입니다.

최고지휘관에 그들만한 기량 (器量)이 없으면, 그 배하의 고급
지휘관이 분개하고 있기 때문에 좀처럼 말을 안 듣습니다. 적을 만
나도 속으로 재미가 없으니까 제멋대로 작전을 세워서 싸웁니다.
부하의 기능이나 능력을 평가해서 알아보지를 못하니까, 그 활용
을 못하는 최고지휘자를 받들고 있다 보면 이러한 결과를 보게 되
는 수가 있습니다.

이것을 붕병 (崩兵), 통제가 안된 병사라 말하는 것입니다.

● 풀이
사장, 회장, 중역실에 사업경영의 지식이 부족하기 때문에 유능
한 간부사원의 의견을 물어보려고도 않고, 유치하고 엉뚱한 방침
만 내어놓으면 부장, 공장장급의 사람들은 기분을 잡치고 맙니다.
이렇게 되면 이러한 위치에 있는 사람들이 저마다 자기 판단으로
일을 할 수 밖에 없다고 생각하게 되겠지요. 각 부서의 방침이 지
리멸렬 상태가 되고 제멋대로 돼버리면, 통제가 제대로 된, 위에

서 아래까지 호흡이 통하는 운영은 안됩니다. 이게 붕병(崩兵)입
니다.

〔原文〕 將弱不嚴　敎道不明　吏卒無常　陳兵
　　　　縱橫 曰亂.

〔역주〕 **無常** : 떳떳함이 없음. 질서가 없다는 뜻. **陳兵縱橫** : 혼란
한 상태. 대형으로 정돈되지 않은 것을 이름.

〔해석〕 장이 약하고 엄(嚴)치 못하고, 교도(敎道)가 분명
　　　　치 않으면, 이졸(吏卒)이 무상하고, 병이 진(陣)
　　　　하길 종형(縱橫)하는 걸 난(亂)이라 말한다.

● 대의

교도(敎道)란 것은 지휘명령이란 실질적인 해석과　군사교련이
라 보는 것등 해석이 두가지로 되는 모양인데, 그　어느면이든간
에 의미는 통합니다. 여기서는 그 후자에 따라서 대의를　해석해
보겠습니다.

총지휘관이 의지가 박약하고 팔팔하지가 못합니다. 따라서 평소
의 훈련도 시원찮습니다. 만사가 요령이 없습니다. 이렇게 되면 여
기 따르는 사관도 병졸도 일정한 규율이란 게 없고, 막상 실천이
되어 포진이 되도 지리멸렬하여, 혹은 종으로 혹은 횡이 되고 마
는 것입니다. 이런 것을 난병이라고 말합니다.

● 풀이

엄하지 못하다 하는 것은 부하에 대해서보다도, 수뇌 자신이 자
신에 대해서 엄한가 어떤가 해석하는 것이 올바를 것입니다.

스스로 돌봐서 스스로 엄하지 못하면 아무리 귀찮게 잔소리를
해도 교도훈련이란 것은 될 턱이 없습니다. 따라서 사내의 공기는
어딘지 모르게 흐리멍텅한 데가 생기고, 깔끔하게 긴장된 규율이
란 게 생기지 않습니다. 일상업무에도 이게 나타납니다. 각부서가
지리멸렬, 저마다 멋대로 일을 하고 있는 게 됩니다.

그러한 태도로서는 절대로 업적은 오르지 않습니다. 업적이 오
르지 않는다고 해서 함부로 귀찮게 집무내규를 만들거나, 잔소리
를 하거나 하면 오히려 역효과가 생겨서 사내는 더욱 산산조각이
나고 맙니다.

〔原文〕 將不能料敵　以少合衆　以弱擊強　兵
　　　　無選鋒　曰北. 凡此六者敗之道也. 將
　　　　之至任　不可不察也.

〔역주〕 選鋒 : 선택된 정예 부대. 北 : 패배.

〔해석〕 장(將), 적을 알아보지를 못하고, 소(少)를 갖고
　　　　중(衆)에다 접전을 시키고, 약(弱)을 갖고 강을 치
　　　　고, 병(兵)에 선봉(選鋒)이 없음을 배(北)라 말한
　　　　다. 대체로 이 여섯가지는 패(敗)의 길이다. 장(將)
　　　　의 지임(至任)이니까 살피지 않으면 안된다.

● 대의
선봉(選鋒)의 봉(鋒)은 칼날, 창의 날이란 뜻으로, 선봉(選鋒)
은 군의 선수(先手), 선두정예부대를 말합니다.

총대장이 적의 실력을 확인하는 능력이 없으면, 소수병력으로
다수의 적을 대항시키고, 약세부대로 무리하게 강력부대에 쳐들

어가게도 합니다. 이러한 형편으로서는 도저히 유력한 정예부대
를 선두에 세우고, 당당한 진용으로서의 결전은 어림도 없는 거
니까, 병사들은 각자가 제멋대로 도주를 합니다. 이게 배병입니다.
　이상 여섯가지 주(走), 이(弛), 함(陷), 붕(崩), 난(亂), 배(北)의 병
형(兵型)은 대군의 전형적인 것입니다. 이렇게 되는 최고책임은
총대장에게 있습니다. 조심해야 됩니다.

●풀이

수뇌부에 일의 비중을 재는 능력이 없어서 다만 함부로 덤빕니
다. 맞붙고 나면, 뒤는 무턱대고 부딪쳐가기만 하면 길은 거기에 열
릴 것이다. 해놓고 보자, 이렇게 돼선 도저히 큰 일은 안됩니다. 이
러한 형편으로 움직이는 게 배병(北兵)입니다.
　이상 여섯으로 분류된 사업경영의 형태가 모두 패의 도, 최악의
사람을 쓰는 법이라는 것이지만, 근대기업에 맞춰 놓고봐도, 아직
이밖에도 다소 있을런지 모르지만, 뚜렷한건 대강 다 된 것같이 생
각이 됩니다. 손자의 충고를 듣고 크게 살피고 싶은 것입니다.

3

〔原文〕 夫地形者　兵之助也. 料敵制勝　計險
　　　　阨遠近　上將之道也. 知此而用戰者必
　　　　勝　不知此而用戰者必敗.

〔역주〕 **料敵**：적의 정세를 헤아려 봄. 적정을 판단함. **險阨**：險
　　　隘.險形과 隘形을 이르는 말.

〔해석〕 대체로 지형은 병(兵)의 도움이다. 적을 알아보고

승을 제하고, 험애원근(險阨遠近)을 재는 것은 상장(上將)의 길이다. 이것을 알고 싸움을 해먹는 자는 반드시 이기고 이것을 모르고 싸움을 해먹는 자는 반드시 패한다.

● 대의

험애(險阨)는 험한 곳, 통로에 위치한 지형의 모양입니다.

이와같이 고찰을 해들어가면 지형이란 것은 결국 병전(兵戰)의 보조적인 것이 됩니다. 상대를 알고, 이기는 방법을 잘못하지 않도록 세우고, 그리고는 지형의 원근이나 험하고 막힌 것 등을 고찰해 봅니다. 이게 총지휘관의 임무가 되는 것입니다.

이러한 것들의 이치를 충분히 알아가지고 그 법칙대로 싸움을 하면 그것은 틀림없이 이길 수가 있을 것이고, 그렇지 못하다면 아마 필패(必敗)라 할 수 있을 것입니다.

● 풀이

객관정세가 이렇고 저렇고 해도 결국은 실동부대(實働部隊)를 어떻게 써먹느냐에 달린 것입니다. 면밀한 기획, 정확한 계산 위에 서서 개시, 경영되는 사업이 통제가 잘 된, 즉 치면 울리는 것 같은 조직의 손으로 운영되어 가면, 여기 필승의 길이 있다고 할 수가 있습니다.

이러한 곳에 수뇌진의 역량(力量)이란 게 여실이 나타나는 것입니다.

〔原文〕 故戰道必勝 主曰無戰 必勝可也. 戰道不勝 主曰必戰 無戰可也. 故進不

求名　退不避罪　唯民是保　而利於主 國之寶也.

〔해석〕 그러니 싸움의 도(道) 반드시 이기고자 하면, 주
(主) 싸우지 말라 해도 반드시 싸워도 가하다. 싸
움의 도 이기지 못하겠으면, 주 반드시 싸우라 해도,
싸우지 않아도 가하다. 그런고로 진격을 하면서도
명예를 생각하지 않고, 물러나서는 죄를 피하지 않
고, 다만 백성을 편하게 하고, 주에 이되게 함은 나
라의 보배다.

● 대의

그러니 이치로 따져서 이 싸움은 절대로 이긴다고 보면, 군주의
명령으로 싸우지 말라는 시달이 있어도 오히려 거기 배반을 해서
싸우는 게 좋을 것이고, 그 반대로 싸우라 해도 가망이 없는 싸움
은 자기 뜻대로 중지해도 좋습니다.

그리고 진실에 있어서는 명성을 구하지 않고 죄를 받게 되어도
피하지 않고, 일에 전심 민심을 편안하게 하는데 힘쓰며, 주군에게
유리하게 되는 수단에 몰두하면 이거야말로 국보적인 존재가 됩
니다.

● 풀이

여기서는 완전무결한 수뇌진의 이상형에 잠시 얘기를 한것입니다
만, 거기까지 가면, 사장의 명령이라도 들을 필요가 없을 경지에 도
달하면, 명리공죄를 초월한 심경이 되지 않아서는 안된다는 것입
니다.

전종업원의 복지와 사업체의 이익, 다만 그것만을 염원하고, 추

호의 사심도 없이 완전히 상형의 수뇌는 말하자면 사보(社寶)에 비
길 수 있을 것이란 애깁니다.

〔原文〕 視卒如嬰兒 故可與之赴深溪. 視卒如
愛子. 故可與之俱死. 厚而不能使 愛
而不能令 亂而不能治 譬如驕子 不
可用也.

〔역주〕 驕子 : 응석부리는 아들. 방자한 자식.

〔해석〕 졸을 보기를 어린아이 같이 보고 그런고로 이것과
함께 심계(深溪)에도 같이 갈 수 있다. 졸을 보기를
자식을 보는 것만 같다. 그런고로 이것과 함께 죽
을 수도 있다. 후해도 써먹지 못하고, 사랑해도 호
령하지를 못하고, 난해도 다스리지 못함은 예를 들
면 교자(驕子)와 같아서, 써 먹지를 못한다.

● 대의

교자(驕子) 방자한 자식.

장군이 병졸을 돌봐주고, 기르는 것은 마치 부모가 어린아기를
기르는 것 같아야 됩니다. 이렇게 돼야만 깊고 무서운 골짝에도,
지옥이라도 같이 손잡고 갈 수가 있게 되는 것입니다. 또 이것을
길러내는데도 사랑스러운 자식과 같은 심정으로 한다면 죽어도 함
께 죽자는 것으로 생도, 사도 한 뜻이 돼서 하는 게 됩니다.

그러나 이 귀여워함이지만 이게 좀 잘못되면 어처구니가 없
게 됩니다. 마치 너무 버릇없이 기른 아이같이 말은 안듣고, 질서

를 어지럽혀도 이것을 어쩔수가 없게 되어, 해볼 방법이 없는 형편없는 아이가 됩니다. 이렇게 되면 전연 쓸모가 없을 것입니다.

● 풀이

고용인과 고용주의 관계가 혈연의 부자지간 같이 마음이 통하게 되는 것은 이상적인 형태지만, 여기도 역시 위험이 있습니다. 너무 만만하면 깔봐버리는 것입니다.

그러나 이 관계도 어디까지나 주고, 받는 식으로 준 것만큼 취하려고 하는 현금거래 같이 되도 좋지 않습니다. 이러한 가족적인 관계를 갖는 형태를 전근대적이라 보지만, 양자가 하나의 사업을 사랑한다는 심정으로 빈틈없이 하나가 되어가게 된다면, 거기 같은 관계가 생겨나는 것입니다.

모두가 사업이란 것을 통해서 행해지는 거라면 좋은 것이며, 이게 사정(私情), 사생활의 면에까지 구별없이 적용되면 난처합니다. 물론 사정, 사생활의 점에 관해서도 이해나 원조가 있어서 나쁠 까닭은 없습니다. 그러나 그것은 어디까지나 이웃의 애정이 없어선 안되고, 이것과 사업장간을 혼동하면 수습이 안됩니다.

〔原文〕 知吾卒之可以擊　而不知敵之不可以擊　勝之半也.　知敵之可擊　而不知吾卒之不可以擊　勝之半也.　知敵之可擊　知吾卒之可以擊　而不知地形之不可以戰　勝之半也.

〔해석〕 내 졸의 칠 만한 점이 있는건 알아도 적의 칠 수 없을 만한 것은 모른다면 승리는 절반이 된다. 적을

칠 만한 정도인건 알아도 내 졸이 칠 수 없음을 모르는건 승리의 절반이다. 적을 쳐서 가한 것을 알고, 내 졸이 칠 것을 알아도 지형이 쳐서 불가한 것을 모르면 승리는 절반이다.

● 대의

자기 병사의 실력이 적을 격멸할 만한 실력이 있는 것만은 알고 있으나 상대방의 실력이 격멸을 당할까 어떤가를 잘모르는 정도로는 이 승부는 승패가 절반이 된다고 해도 무방할 것입니다.

또 상대방의 실력은 잘 알고 있어도, 자기편의 실력을 잘 모르는 것도, 이것과 한가지로 승패는 절반 정도라 말할 수 있습니다.

다시 또 하나 이 양쪽을 잘 알고 있어도, 전쟁터가 되는 지형과의 관계가 잘 파악 안돼 있을 때도 한가지로 반반이 되겠습니다.

● 풀이

일을 해내는 능력의 측정은 절대로 일방적이어서는 안되고, 그것은 사고원인이 되는거라 생각된다는 것입니다. 부딪치는 상대에 따라서, 그 경우의 능력 측정이 한쪽으로 기울어져 있으면 승리의 가능성은 반감한다는 것입니다.

더욱 그 사업장 주위의 환경, 객관정세 등의 판단을 잘못해도 같은 결과가 될 것이라는 것입니다.

〔原文〕 故知兵者 動而不迷 擧而不窮. 故曰 知彼知己 勝乃不殆. 知天知地 勝乃可全.

〔해석〕 그런고로 병을 아는 자는 움직이면 망설이지 말고, 거(擧)하면 궁하지 않는다. 그런고로 말하기를, 저를 알고 나를 알면 승리하고 즉 위태하지 않다고 한다. 천(天)을 알고 지(地)를 알면 승리는 즉 완전할 것이다.

● 대의

지금까지 얘기를 해온바와 같이 싸움이란 것은 잘 알고만 있다면 움직이다가 이러쿵저러쿵 망설이는 일도 없고, 일단 일을 시작한 후에도 막혀버리는 실태는 없을 터입니다.

이게 소위, 상대를 알고 나를 알면 승리에 위험성은 전혀 없고, 하늘의 때와 지의 이(利)를 분간하기만 하면 완전한 승리를 얻을 수가 있다는 옛말의 뜻대로 되는 것입니다.

승리에는 일체의 우연이란 것은 없는 것입니다. 이길 만해서 이기는 것, 지형이란 병술의 분야도 이러한 활용에 의해서 사는 거라 생각하십시다.

● 풀이

지형(地形) 10편의 결어(結語)입니다.

여기서의 지식은 단독(單獨)으로는 결국 지식에 불과한 것이며, 이게 총합되어서 비로소 산움직임이 가능하다는 주장을 하고 있는 터이지만, 이것도 지식으로서 총합(總合)이라는 건 아니고 실지로 맞춰넣을 수 있는 능력이 아니고서는 안된다는 것을 요구하고 있는 것 같습니다.

지형이란 전장의 터이고, 객관정세입니다. 여기 어떻게 적합시키는가, 객관정세를 내 사업에 끼워넣는 방법은 결국 인간관계에 있다고 하는 착상인 것 같습니다. 지형편이라 제목을 붙여놓고 주로 사람의 써먹는 법을 설명하고 있는 건, 그러한 이유에서인 것 같습니다.

　객관정세에 대한 고찰은 아직 이것으로 끝나는 건 아닙니다. 다음의 구지(九地) 제11편에 계속해서 구지구변(九地九變)이란 생각으로 옮아갑니다.

제 11 편

구지(九地)

1

〔原文〕 孫子曰　用兵之法　有散地　有輕地
有爭地　有交地　有衢地　有重地　有
圮地　有圍地　有死地.

〔역주〕 散地 : 병사들의 집과 가까이 있어 안정이 안되는 곳.

〔해석〕 손자 말하기를 용병법(用兵法)에는 산지(散地)가
있고, 경지(輕地)가 있고, 쟁지(爭地)가 있고, 교
지(交地)가 있고, 구지(衢地)가 있고, 중지(重地)
가 있고, 비지(圮地)가 있고, 위지(圍地)가 있고,
사지(死地)가 있다.

●대의

　산지(散地)는 산만하게 되기 쉬운 땅. 경지(輕地)는 동요하기
쉬운 땅. 쟁지(爭地)는 취하기도 하고 빼앗기기도 하는 땅. 교지
(交地)는 출입하기 쉬운 발판이 좋은 땅. 구지(衢地)는 교통의 요
충으로서 당시의 사정에서 각국에 통하는 국경지대에 있는 것 같은
요지. 중지(重地)는 경지의 반대로, 이제 빼도 박도 못하는 땅. 비
지(圮地)는 출입에 힘이 드는 거친 땅. 위지(圍地)는 산이나 내에
에워싸인 옹색한 땅. 사지(死地)는 이제 마지막이란 절대절명의
땅이란 의미입니다.

　처음에 나오는 산(散), 경(輕), 쟁(爭)의 삼지에서 뒤에는, 구변
(九變) 제8의 서두에 육지(六地)로 헤아려진 것과 같습니다.

　왜 같은 게 재차 등장돼 있는가 하는 이유는 전혀 다른 관점에서

살펴보는데서 구지(九地)의 내용이니, 그 보는 각도의 차이 같은 건 뒤에 하나씩 들어내어서 해설할테니까 중복을 피하기로 하고, 여기서는 용병에 있어서 구지구변(九地九變)이란 법칙이 있다는 것만 대의로 소개하기로 합니다.

● 풀이

이 장에서는 전장의 지형 제10에 계속해서 지리적인 것에 관계가 있는 전반의 문제, 구지구변(九地九變)이란 것에서 거기 관련한 생각을 발전시켜서 설명을 할려는 것입니다.

〔原文〕 諸侯自戰其地者 爲散地. 入人之地而不深者 爲輕地. 我得則利 彼得亦利者 爲爭地.

〔역주〕 輕地 : 남의 나라 안에 침입하였으나 아직 깊이 들어가지 않은 곳에서 싸우는 경우의 싸움터.

〔해석〕 제후(諸侯) 스스로 그 땅에 싸우는 자를 산지라 한다. 남의 땅에 들어가도 깊지 않은 것을 경지(輕地)라 한다. 내가 얻으면 즉 이가 있고, 적이 얻어도 또한 이가 있는 것을 쟁지(爭地)라 한다.

● 대의

여러나라의 왕후(王侯)가 자기의 영토내에서 싸울 때는 도대체가 정든 땅이라 근친(近親), 지인(知人) 같은 게 가까이 있다는 관계로, 싸움하는 사기(士氣)가 좀처럼 하나로 통일이 안되고, 자꾸만 산만하게 되기가 쉽습니다.

다음에 타국의 영토내에 들어가서 하는 전투에서도 그렇게 깊이 들어가지 않는 경우에, 괜히 고국쪽으로 마음이 당기거나, 또는 고국 쪽에서 정보가 너무나 쉽게 들어오기 때문에 곧잘 동요되기 쉬운 곳 이런데가 경지(輕地) 입니다.

그리고 거기를 손아귀에 넣으면 전략상 대단히 좋다는 땅은 한 발자국 앞서 점령한 편이 좋습니다. 그러한 곳은 앞을 다투어 입수하려고 덤빕니다. 이게 쟁지(爭地) 입니다.

● 풀이

이 싸움은 자기의 영토니까, 라는 말을 곧잘 하기를 좋아합니다. 이것은 이쪽에 있어서 충분히 유리하다는 것이 됩니다. 그러나 뜻밖에도 이러한 영역에서의 싸움에는 곧잘 상대를 깔보는 탓인지, 전력을 기울여서 싸운다는 노력을 기울이지 못한다는 결점이 숨어 있다는 것도 주목할 필요가 있습니다.

그러나 이게 타자(他者)의 영역의 일이라도, 지금까지의 이쪽의 일과 별로 많이 다른데가 없다는 경우, 역시 같은 심리가 작용하기가 쉽습니다. 이게 경지(輕地)라고 칭하는 것에 해당되는 거죠.

하루라도 빨리 먼저 손을 대는 게 유리하고, 뒤따라 일을 할려고 하면 보다 이상의 노력이 들고, 내용품질이 다 훨씬 좋은 것이 산출이 되더라도 좀처럼 앞서간 것을 따라갈 수가 없다고 하는 일도 있는 것입니다. 이것을 통속으로 같은 버드나무 밑에 미꾸라지는 없다고 말하는 것입니다.

〔原文〕 我可以往 彼可以來者 爲交地. 諸候之地三屬 先至而得天下之衆者 爲衢地. 入人之地深 背城邑多者 爲重地.

〔해석〕나도 갈 수가 있고, 그도 또한 올 수가 있는 것을
교지(交地)라 한다. 제후(諸侯)의 땅이 삼속(三屬)
해서, 먼저 가면 천하의 중을 얻는 것을 구지(衢
地)라 한다. 남의 땅에 깊이 들어가서 성읍(城邑)
을 등지는 게 많은 자를 중지(重地)라 말한다.

●대의
삼속(三屬)이란 것은 세개나 네개의 나라에 접해 있다는 의미.
이 쪽에서도 가기가 쉽고 그 대신 저 쪽에서 오기가 쉬운 곳, 이
것을 교지(交地)라 말합니다.
다음으로 여기만 잡아두면 사방팔방 꽉쥘 수가 있다는 곳, 말
하자면 '급소'라 일컬어지는데가 구지(衢地)입니다.
적지까지 쳐들어가서 적의 성지보다도 더욱 오지(奧地)까지 밟
아들어간 곳이 중지(重地)입니다. 여기까지 들어가버리면 좀처럼
간단하게는 나오지 못합니다.

●풀이
누구든지 쉽게 할 수 있는 일이 있습니다. 누구의 손에도 들기
쉬운거란 게 있을 것입니다. 이게 교지적(交地的)인 것입니다.
또 거기만 꽉 잡고 있으면 그게 모든 방면의 목을 잡고 있는 게
되는 급소에 해당되는 장소가 있는 것입니다. 그러한 곳은 급소가
되는 만큼 많은 사람과 직접 이해관계가 많은 곳이 됩니다. 이게
구지(衢地)입니다.
빼도 박도 못하는 답답한 곳을 중지(重地)라 말합니다.

〔原文〕行山林險阻沮澤凡難行之道者 爲圮地.

所由入者隘　所從歸者迂　彼寡可以擊
吾之衆者　爲圍地. 疾戰則存　不疾戰
則亡者　爲死地.

〔역주〕 圮地 : 군사들의 몸과 마음을 훼상하는 땅. 圍地 : 높은 산
에 둘러 싸이고 통로가 좁고 험난하여 위험한 곳.

〔해석〕 삼림(山林), 험조(險阻), 저택(沮澤), 대체로 가기
가 힘드는 땅을 비지(圮地)라 한다. 들어가는 곳은
좁(隘)고, 따라서 돌아오는 것은 우(迂)하며 그는
적으면서 우리의 많은 것을 칠 수 있는 곳을 위지
(圍地)라 합니다. 빨리 싸우면 즉 살고 빨리 싸우
지 않으면 죽는 곳을 사지(死地)라 말한다.

● 대의

산이 깊은 밀림(密林), 험한 곳, 축축한 습지로 병사를 진격하
는데 고난을 겪는 데를 비지(圮地)라 합니다.

들어가는 목이 대단히 좁고, 돌아갈려고 하면 크게 돌아가야만
된다는 악조건의 의지하고, 작은 병력으로 큰 이쪽 부대를 맞아
싸울려는 곳을 위지(圍地)라 말합니다.

또 단호한 직전직결이란 비상수단을 쓰는 곳으로, 혹은 살아남
을는지 모르나 그러한 수단에 나가지 않는 한 십중팔구는 전멸의
쓰라린 꼴을 당하게 되는 지경을 사지(死地)라 말합니다.

● 풀이

소위 내우외환(內憂外患)이 차례로 답지하는 것을 대단히 재
미없는 경지, 그러한 곳에서 우물쭈물하고 있을 수는 없다는 장면

에 부딪칠 수도 있는 것입니다. 이게 비지(圮地)라 하는 것에 해당이 될 것입니다.

다소의 무리를 각오하고 뛰어들면 혹 어떻게 될 것이니, 게다가 철수하는데도 상당한 곤난이 예측되며, 다만 좋은 것은 일 자체가 의외로 쉬우니까, 그런 것을 무릅쓸 만한 각오가 있다면 하는 곳이 위지(圍地)가 됩니다.

또 죽나사나 어물어물하다간 목이 달아날는지 모르지만, 단호하게 부딪치면 의외로 쉽게 돌파할 수도 있는 것입니다. 이게 사지(死地)입니다.

이상 9종류로 나눠서 여러가지 경지를 비교해서 여기다 이름을 단 것인데, 이런 경지에 부딪쳤을 때에 어떻게 하는 게 최선의 방법인가 하는 게 다음에 설명이 돼 있습니다.

〔原文〕 是故散地則無戰. 輕地則無止. 爭地則
　　　　無攻.

〔역주〕 **無戰**: 無는 勿과 의미가 같은 뜻으로 '말라'는 말

〔해석〕 그런고로 산지에서는 즉 싸우지 말라. 경지(輕地)에는 즉 머물지 말라. 쟁지(爭地)에는 즉 공격하지 말라.

●대의

이상 말씀드린 9종류의 이상한 경지(境地)에 대처하는데 필요한 주의사항을 요약해서 지금부터 설명하겠습니다.

먼저 제일의 산지(散地)에서는 무엇보다도 전쟁을 시작하지 않는 일입니다. 되도록이면 국외에라도 유도하도록 하지 않으면 사

기가 하나로 집결이 잘 안됩니다.

경지(輕地)에서는 꾸물대지 말고 재빨리 전진해야 됩니다. 이런 곳에서 제자리걸음은 절대금물입니다.

다음은 쟁지(爭地)인데 이것은 이쪽이 늦었을 경우엔 공격할려고 하면 손해입니다. 상대는 쉽게 빼앗길려고 안할 것이고, 그것 자체가 그렇게 하는데 도움이 될만큼 유리한 지역이기 때문입니다.

●풀이

최초의 산지를 사업에 맞춰보면 동일 종류의 유사한 일만 뒤쫓아가서, 한군데서 빙빙 돌고 있다면 발전이 없을 것이라 생각이 됩니다.

하나의 주형(鑄型)에 들어맞는 일은 쉽기 때문에 거기 위험이 있습니다. 변통할 보람이 없는 가까운 일이라면, 오히려 재래의 일을 좀 더 깊이 연구해 본다든지, 혹은 잔뜩 비약을 해본다든지 어느편을 취하든지 할 것이지 어중간한 일은 안하는 게 좋습니다.

이게 다른 업자가 시작한 일에 손을 뻗칠 경우라면, 이것은 하나의 경지(輕地)라 봐도 좋을 것입니다. 타령(他領)의 입구에서 우물쭈물하고 있는 것 같이, 같은 정도의 제품이라든지 사업을 뒤쫓는다는 건, 거기는 조금도 희망이 없습니다.

힘이 안드는 쉽게 할 수 있다는 것만으로 이러한 경지(輕地)에 해당하는 일에 손을 대서는 안됩니다. 이것은 이론적으로도 누구에게나 알 수 있는 일임에는 틀림이 없지만, 자 현실이 되면, 특히 우리나라의 경우에선 이러한 경지 산업이 얼마나 많은가 정 손자에게 탄식을 시키는 실정입니다. 이 경고는 다음의 교지 이하에도 통하는 것이 됩니다.

〔原文〕 交地則無絶. 衢地則合交. 重地則掠.

〔역주〕 合交 : 제3국과 외교 관계를 맺는 것이 합당하다는 뜻.
　　　　掠 : 약탈.

〔해석〕 교지에는 즉 끊어서는 안된다. 구지(衢地)에서는
　　　　즉 외교를 잘 하라. 중지(重地)에서는 즉 약(掠)하
　　　　라.

● 대의

사방에 통하는 교통이 편리한 곳에 가거든 부대간에 틈이 생기
지 않도록 조심을 해야만 됩니다. 상호연락이 긴밀하지 않으면 사
방에 눈이 있어서 하마터면 그 허(虛)를 찔릴 위험이 언제나 있기
때문입니다.

각국이 국경을 맞대고 있는 지역에선 저마다의 나라와의 접촉을
잘 지녀나가도록 해야 됩니다. 괜한 마찰은 전쟁에 지장을 가져옵
니다.

훨씬 오지(奧地)에 들어간 경우, 되도록이면 양식같은 것은 현지
조달에 힘쓰고, 어쩔수 없으면 약탈해야 합니다.

● 풀이

어느 정도의 성가(聲價)가 생기고 나면 그리고난 후에는 소위 추
수자(追隨者)인데, 이쪽에 일일의 장이란 게 있고, 절대로 유리한
입장에 서게 됩니다. 경쟁이 되고 보면 이쪽에 제자리걸음만 없으
면 된다는 게 되니 방위도 수월합니다.

이것은 정황(情況)이 약간 비슷하지만, 이게 구지(衢地)란 게 되
면, 다만 지금의 예와 같은 유행이란 건 아니고 누구든지가 당연히
손을 대는 일과 같은 것 어디서든지 공통성이 있는 제품의 생산이

여기 해당이 될 것입니다,

이러한 경우에는 절대로 독선만은 금물입니다. 일반수요의 형편, 간사제품의 동향 그 특징이나 결점, 장점, 단점에 언제나 세심한 주의를 기울일 필요가 있는 것입니다. 이게 '외교에 주의'하는 것입니다.

다음이 '중지에서는 약탈하라'가 되면 상대의 이러한 특징은 모두 소화해서 남김없이 자기 것으로 할 뿐만 아니라, 훨씬 우수한 것을 완성시켜, 요행히 잘 된다면 상대의 단골까지 전부 이쪽에 뺏아버리는 노력이 필요하게 됩니다.

〔原文〕 圮地則行. 圍地則謀. 死地則戰.

〔역주〕 行 : 머뭇거리지 말고 지나간다는 뜻. 謀 : 꾀한다. 모략을 쓴다.

〔해석〕 비지(圮地)에서는 곧 가라. 위지(圍地)에서는 즉 모(謀)하라. 사지(死地)에서는 즉 싸우라.

● 대의

발판이 나쁜 곳에서는 절대로 제자리 걸음이 금물이고, 만난을 제하고 전진해야만 됩니다.

산중의 분지라든지 하구(河口)의 삼각주(三角洲) 같은 곳 등 팔방이 막혀버린 땅에서는, 상당히 상대편의 뜻밖에 나가는 신모기책(神謀奇策)을 쓸 일입니다. 이게 위지(圍地)의 책입니다.

최후의 제 9 번째의 사지에선 이제 이론(異論)도 대책도 없습니다. 싸우는 것 뿐입니다. '사중에 활(活)이 있다'고 하는 것은 이러한 경우겠죠?

●풀이

일반 시장의 침체기미라든지 또 불경기 기미일 때에는 빨리 그러한 상태를 벗어나야만 됩니다. 거기 말려서 우물쭈물하고 있으면 그대로 침체해버리고 옴쭉달싹을 못하게 됩니다. 상황(商況)에 맞춰서 소극책을 쓰기 보다는 다소 적극방책을 써서라도 그러한 상태를 뛰어넘어버려야만 됩니다.

이 상태가 더욱 심하게 와서 옴쭉달싹을 못할 지경이 되면 적극방책이라 하기보다는 더욱 결단성있는 신모기책(神謀奇策)까지는 안되더라도, 꽤 대담한 술책을 써서라도 한꺼번에 타개책을 강구하는 게 좋을 것입니다.

드디어 영 완전히 막혔다는 상태에 빠졌을 때에는, 대의 그대로 다만 오직 외골수로 싸우는 한수뿐. 서툰 고려나 망설임 같은 건 있어선 안됩니다. 죽음을 각오하고 부딪치면 거기 의외로 활로가 열리는 것입니다. 무슨 일이 있어도 그대로 굶어죽어선 안됩니다. 안되는 대로 화려하게 최후의 일전을 기도하는 것입니다.

2

〔原文〕 古之所謂善用兵者　能使敵人前後不相及　衆寡不相恃　貴賤不相救　上下不相扶. 卒離而不集　兵合而不齊　合於利而動 不合於利而止.

〔역주〕 衆寡：많고 적음.

貴賤：귀하고 천함. 相扶：서로 도움.

止：끝마치다. 못하게 하다. 막다.

〔해석〕 소위 옛날 용병을 잘하는 자는 적으로 하여금 전후
가 합하지 못하게 하고, 중과(衆寡)가 서로 의지
하지 못하게 하고, 귀천이 서로 구하지 못하게 한
다. 상하는 서로 거두지 못한다. 졸은 흩어져서
모이지 않게, 병은 합해서 가지런하지 않게 한다.
이를 만나면 움직이고 이가 안되면 그친다.

● 대의

고래(古來)로 전쟁을 잘하는 명장이라 하는 사람들은 대체로 다음과 같은 방법을 취한 것입니다. 그 방법은 먼저 적군의 전진과 후진 사이에 연락을 끊어버리게 하고, 대부대와 각 소부대가 저마다 전연 별개로 활동하여, 그 사이에 상호원조의 줄이 이어지지 못하게 했습니다.

또 상관과 하사졸 막료간부와 전선 부대와의 사이에 협력관계를 갖지 못하게 상하의 불일치 불통일을 초래하고, 혹은 산산조각으로 혹은 한군데 뭉쳐버리고, 정연한 전력이 되지 못하게 만들었던 것입니다(자군이라면 모르지만, 상대편의 적군을 그렇게 마음대로 조종할 수 있을는지 이상하다 생각하실테지만, 그 방법이 다음 조항 이하에 설명이 됩니다.)

더구나 위기의 유리·불리의 식별은 날카롭게 유리라 보면 곧장 움직이고, 불리라 보면 자중해서 조금도 움직이지 않는다는 태세를 분간해서 써먹은 것입니다.

● 풀이

여기는 주로 교란전술이 주가 돼 있습니다. 상대의 지능을 약화시키기 위해서는 정연한 군의 총력이 하나에 집결되는 것을 방해하는데 있다고 가르치고 있는 것입니다.

그러나 이것이 사업과 전쟁의 다른 점으로서, 전쟁에선 물론 이기기 위해서 어떠한 수단 방법도 선택하지 않을테지만, 평화시의 사업이면 그러한 비상수단에 나가는 것은 여간 특별한 경우라면 모르지만 난처한 얘깁니다. 전쟁엔 정정당당하게 통용하는 수단방법도 이게 사업이 되고 보면 음험비열(陰險卑劣)한 것이 됩니다.

따라서 그 전후를 이쪽에서 수단을 써서 능동적으로 하는 거라 생각하지 말고, 상대방이 스스로 그러한 태세가 되는 것을 절대로 놓치지 않고 발견하라는 것으로 해석하고, 참고로 하면 좋겠습니다.

여기서 설명이 된 것의 내용은 지금까지 각처에서 설명한 것 뿐인데, 별로 색다른 건 하나도 없습니다. 다만 지금까지는 자기편의 태도로서, 그렇게 돼서는 안된다고 소개를 한 것들입니다. 이쪽에 있어서 그렇게 돼서는 안되는 것은, 적에 대해서는 그렇게 됐으면 좋겠다고 바라는 일들이라, 상대를 무너뜨리는데는 먼저 그 태세를 어지럽게 하는 것, 그 방법을 어떻게 하는가가 앞으로의 설명이 될 것입니다.

하긴 병법을 안다고 하는 것은 그 근저에 있는 것을 파악하는 것입니다. 이러한 것을 파악하는 것을 목적으로 하고, 무엇인가 체득이 되면 그 언저리의 전술같은 것, 판매외교전이란 것에도 활용이 되리라 생각이 됩니다.

〔原文〕 敢問敵衆整而將來. 待之若何. 曰先奪
其所愛則聽矣. 兵之情主速. 乘人之不
及 由不虞之 攻其所不戒也.

〔역주〕 聽 : 시키는 대로 쫓는다. 兵之情 : 작전하는 情狀, 작전의
사정. 主速 : 신속한 것이 으뜸이라는 뜻.

〔해석〕 구태여 묻는다. 적중(敵衆)이 정연하게 곧 올려고 한다. 이것을 대기하는데는 어떤가? 말하기를 먼저 그 사랑하는 것을 뺏으면 즉 들을 것이다. 병(兵)의 정(情)은 속(速)한 것을 주로 한다. 사람이 미치지 못함을 틈타고 염려하지 않은 것에 의해서 그 경계하지 않는 곳을 치는 것이다.

● 대의

완전하게 정돈된 당당한 적군이 곧 바로 들어닥치려 합니다. 이렇다할 결함이 없습니다. 이런 때에 이것을 대기하는 측은 어떻게 해야 하나 하는 질문에, 이렇게 답변을 하겠다는 것입니다.

먼저 적에게 있어서 가장 관심이 강한 것을 탈취하는 것입니다. 그게 뭣인가는 그 때에 따라서 다를테지만, 상대의 군주라든지 그 가족, 식량고, 보급로 등 여러가지가 있겠죠? 그 제일 소중하게 보는 것을 첫째로 공략하는 것입니다. 이것은 확실히 효과가 있읍니다. 전략적인 가치라기보다 정신적인 충격을 주어서 상대를 심리적으로 동요시키는 것입니다.

상대편에 동요, 혼란이 생기면 여기에서는 이쪽 작전이 들어갈 여지가 생기는 것입니다. 거기다 따라들어감으로 상대의 정연한데 비뚤어짐을 주는 것입니다.

전쟁에 임할 때에 그 군의 움직임이라든지 형편은 무엇보다도 먼저 속히 한다는 것이 첫째라 봅니다. 예를 들면 상대의 손이 닿지 않는다 생각하면, 곧장 상대방이 생각하지도 못한 뜻밖의 방향에서, 특별히 경계를 하고 있지 않은 곳을 골라서 공격을 한다는 것 같은 방법입니다.

● 풀이

　교란전술은 기습에 있다는 거죠? 기습은 상대편의 급소를 칩니다. 상대의 형세가 무너지게 거기를 때려부숩니다. 이러한 순서로 합니다. 전쟁의 거래란 건 신속제일, 기상천외의 곳에서 상대방의 의외의 곳을 친다는 이러한 순서가 되는 겁니다.

　여기서 주목할 만한 것은 일단 상대의 태세가 무너지게 해놓고, 그때 틈타고 들어간다는 수단입니다. 상대의 태세에　어지러움을 주는데는 상대의 제일 관심이 깊은 곳을 때려부수는 게 제일입니다.

　이 방법은 일상의 대인적인 교섭에도 그대로 참고가 되는　요령입니다. 논쟁같은 것을 하게 될 때에도 꼭 필요한 지식이 될테죠? 정면에서 정통으로 부딪치는 거로는 좀처럼 이길 가망성이 없는 것입니다. 먼저 상대의 급소를 꽉 찌릅니다. 상대는 반드시 허둥댑니다. 그러나 그대로 깊이 쳐들어가서 공격을 했다간 전투는 오래 걸립니다. 싹 방향을 돌려서, 상대편의 심리의 속을 이용해 가지고 뜻밖의 곳을 공격하는 것입니다. 이게 무서운, 상대를 납득시키는 때의 논쟁의 방법입니다.

3

〔原文〕凡爲客之道　深入則專　主人不克. 掠於饒野　三軍足食　謹養而勿勞　併氣積力　運兵計謀　爲不可測　投之無所往　死且不北. 死焉不得. 士人盡力.

〔역주〕客 : 남의 나라 안으로 쳐들어간 군대. 深入則專 : 원정군이

남의 나라 땅에 깊숙이 들어 가면 군사들이 도망할 생각을 하지 못하고 싸움에 전심하게 된다는 뜻.

〔해석〕 대체로 객이 되는 도(道)는 깊이 들어가면 즉 전(專)이 되어 주인이 이기지 못한다. 요야(饒野)에 약탈해서 삼군의 식이 족하고, 잘 길러서 괴롬이 없고, 기를 합하고 힘을 쌓아서 병을 운(運)하고 계모(計謀)하여 측량못할 것을 하고, 이것을 가는 곳이 없는데다 던지면 죽어도 또한 도주하지 않는다. 죽는다면 어찌 얻지 못하겠는가? 사인(士人)은 힘을 다할 것이다.

● 대의

객이란 적지에 들어가서 싸우는 객차(客車)란 말로서, 주인은 객이란 말에 대칭으로 쓴 것인데, 그 적국을 말하는 것입니다. 요야(饒野)는 결실이 풍성한 곡창지대란 의미입니다.

대체로 원정군으로서 적지에 깊이 침입한 경우에는 여기는 적지이기도 하니까, 일각의 여유도 없이, 마음을 놓지 못하고 상대방, 받는 편에서는 앞에 쓴 산지(散地)의 이론으로, 그만큼 진지한 데가 없는 터이니까, 이쪽과 비교해서 지기(志氣)란 점에서는 오히려 열위(劣位)에 있다고 해도 무방할 것입니다.

중지(重地)의 전쟁이니까 식량은 되도록이면 상대국의 농작지대에서 현지조달을 하고 병식은 부족이 없도록 조심을 하고, 양식 수송에 공연한 병력을 손해보지 않도록 해서 후고(後顧)의 근심이 없고 병의 기분도 몸도 되도록이면 편하게 해줘야만 됩니다.

이러한 배려를 하면 전군은 결속을 하고, 기력도 하나로 부풀어 오릅니다. 소위 중지의 근심이 없어지는 것입니다. 이러한 모습으로 포진(布陣), 전투배치를 하기도 하고, 세밀한 계략을 실행에 옮깁니다. 이렇게 되면 자연 목숨을 건 최후의 막다른 골목에 직면되더라도 도망갈 염려는 없습니다.

죽을 각오를 정해버리고 나면 못할 것은 없습니다. 도망가도 죽고 싸워도 죽는다는 장면에 직면한 경우의 병사는 절대로 당한 것입니다. 한사코 분전할 것은 틀림이 없습니다.

● 풀이

여기서는 중지전(重地戰)의 막판전쟁을 말하고 있습니다. 소위 죽기살기로 한사코 결단하는 활동입니다. 막다른 골목이 되면 이러한 전력이 나타나는거라, 불속에서 아이 어머님의 이상한 힘같은게 그러한 류가 될 것입니다. 그러나 이러한 힘을 평소의 경우에 기대하는 것은 좀 무리일거라 생각됩니다. 이것은 어디까지나 비상시 작전입니다.

〔原文〕 兵士甚陷則不懼　無所往則固　入深則拘　不得已則鬪. 是故其兵不修而戒不求而得　不約而親　不令而信. 禁祥去疑　至死無所之.

〔역주〕 無所往 : 갈 곳이 없음, 즉 탈출할 길이 없는 막다른 곳.
禁祥去疑 : 길흉에 대한 의심을 버림.

〔해석〕 병사 심(甚)히 떨어지면 즉 두려워하지 않고, 가는 곳 없으면 즉 굳고, 들어가기를 깊이 하면 즉 구(拘)되고, 어쩔 수 없으면 즉 싸운다. 이런고로 그 병 수(修)하지 않고, 그리고도 계(戒)하고, 구하

지 않고도 얻고, 약(約) 하지 않고 그리고도 친(親)
하고, 명령하지 않고 믿는다. 상(祥)을 금하고 의
심을 떠나면 사(死)에 이르기까지 가는 곳이 없
다.

●대의

함(陷)은 위기에 빠지는 것. 구(拘)는 구속되고, 자유를 빼앗긴
다는 것. 수(修)하지 않고 정비하지 않음, 약(約)함은 강제하는
것입니다. 상(祥)은 길흉(吉凶)의 예언, 막판싸움의 요령얘기가
전조 사항에서 계속되고 있습니다.

병사란 것은 어쩔 수 없게 되면 오히려 배짱이 생겨서 강해지는
데, 막판이 되면 의외로 흔들리지 않게 됩니다. 이렇게 적지 깊이
들어갔을 때는 제멋대로 가 불가능해지니까, 막상 하게 되면 상
당한 전투력이 생기는 것입니다.

그러니까 이렇게 되면 그들은 특별히 귀찮게 말하지 않아도 충
분히 자숙을 하는 것입니다. 별로 야단하지 않아도 훌륭하게 이쪽
이 원하는 대로 되는 것입니다. 강제하지 않아도 의지가 통하고 명
령하지 않아도 거기 상호신뢰가 있어서 움직여야할 방향을 이해
합니다.

이러한 때의 금물이 돼있는 미신만 없으면 비록 죽는 막판이
돼도 협력일치 태세를 위반하는 자는 없는 것입니다.

●풀이

위급존망(危急存亡)이라 할 때에 모두가 기분이 산산조각이 되
는 것이 제일 무서운 것입니다. 그것만 없다면 이러한 때의 모두
의 활동이란 것은 의외로 강한 것입니다. 무서운 것은 이러한 때

에 틈타고 들어오는 헛소문입니다. 이러한 때의 심리를 잘 파악한 후가 아니면 막판전쟁은 어렵습니다.

일하는 사람들 사이에 이렇다니 저렇다니 소문이 분분하게 떠돌면, 그것은 이미 말기증상이라, 한시각이라도 빨리 그 불안을 해소하는 수단을 강구해야 됩니다. 당당하게 위기라 선언을 하고, 그리고도 돌파할 수단이 있다는 것을 믿게 하는 게 상책입니다.

곧잘 부모의 마음을 자식이 모른다고들 말합니다만, 결코 그런 건 아닙니다. 알려야 할 것을 알리지 않으니까 그렇게 되는 것이며, 막판이 되어 나타나는 이상한 힘을 살려서 쓰는 것은 한줄기 줄이 통한 신뢰할 만한 게 있기만 하면 그것으로 족한 것입니다. 의심이 나게 해선 안됩니다. 그게 첫째이며 동시에 최후의 것입니다.

〔原文〕 吾士無餘財　非惡貨也. 無餘命. 非惡壽也. 令發之日　士卒坐者涕霑襟　偃臥者涕交頤　投之無所住者　諸劇之勇也.

〔역주〕 **令發之日** : 전투 명령이 내리는 날. **諸劇之勇** : 전제와 조귀와 같은 용기.

〔해석〕 나의 사(士) 여재(餘財)가 없다. 화(貨)를 싫어함이 아니다. 여명(餘命)이 없다. 수(壽)를 싫어함이 아니다. 영(令) 나리는 날, 사졸(士卒)에 앉은 자는 눈물이 옷깃을 적시고, 언와(偃臥)하는 자는 눈물이 턱을 타내린다. 이것을 갈곳 없는데 던지면 제귀(諸劇)의 용이다.

●대의

화(貨)는 재화, 금전. 수(壽)는 장명. 언와(偃臥)는 눕는다. 제
귀(諸劌)는 인명으로서, 제(諸)는 전제(專諸)란 사나이, 오(吳)나
라 당시의 공자(公子 뒤에 손자가 섬긴 오왕이 된 사람)의 명을
받아서, 당시의 오왕 요(僚)를 찌르려 단신으로 가서 성공한 용사.
귀(劌)는 조귀(曹劌)란 사람으로서, 노나라사람 조말(曹沫)이라고
도 했다. 노왕 장공(裝公)에게 힘이 센 것으로 신임을 받아 섬긴
장군이지만 싸움은 힘만 가지고는 잘 안되는 터이라, 재(齊)와 싸
워서 여러번 패전의 고배를 마시고, 이래선 면목이 없다고 재왕
(齊王) 환공(桓公)과의 강화조인의 자리에 들어가서 재왕 환공(桓
公)을 단도로 협박해가지고 잃어버린 노나라의 영토를 돌리게 한
용사입니다. 어느 것이나 사기(史記)란 당시의 역사책에 기록이
남아 있는 이름난 호걸입니다.

막다른 골목의 막판이 되면 물질욕같은 건 없어지는 것으로서, 당
시의 전쟁의 풍습으로, 약탈로 모아놓은 금전재보에 대한 집착도
없어집니다. 돈이 싫은 인간은 있을 턱이 없지만.

오늘만의 목숨이라 배짱을 정하면, 의외로 편한 것으로서 이것
도 별로 죽어도 좋다는 생각이 있는 것도 아니지만, 역시 생사를
초월해버리는건지 별로 문제가 안되는 것입니다.

이러한 지경이 되어버렸다 해도 전원이 무욕이나 생사에 태연한
대영웅이냐 하면 반드시 그런건만은 아니고, 최후의 결전명령이
내린 날의 양상을 바라보면, 조용히 앉아서 눈물을 흘려서 흐르
는 눈물이 옷깃을 적시고 있는 것도 있고, 누워있는 자는 아래턱에
흘러내리는 눈물을 닦으려고도 않고 흐르는대로 내어버리고 있을
정돕니다.

이러한 지경에선 어떻게 할른지 모르나 막상 최후의 막판이 되

고 보면, 훌륭하게 전제(專諸)나 조귀(曹劌)와 같은 내용 못지 않
는 전력을 발휘하는 것입니다. 이게 상식을 초월한 전투의 실제
입니다.

● 풀이

막다른 골목에 절대절명이 됐을 때는 종업원도 회사측도 태도여
하에 따라서는, 비록 함께 죽을 마셔도 하는 심사가 되는 것입니다.
물론 평소의 대우가 이러한 때에 분명하게 나타나는 거지만 이러
한 때에 약점을 이용해서란 태도로 종업원이 나올 지경이 되면,
보통때의 간부들의 결함이 여간 아니었던거라 봐서 틀림이 없습니
다.

감급(減給), 지배(遲配)도 예사로 알든 종업원, 이거야말로 바
라는 바이겠지만, 이것은 좀처럼 곤란한 문제입니다. 그러나 운영
의 요령을 바로 터득하고 있으면 집단심리라 하는 것은 의외의 곤
난도 어느 정도 극복할 수 있는 것입니다. 물론 이런 것을 기대하
는 것 같은 심사를 간부들이 갖고 있어선 역현상이 될 염려가 있습
니다만.

사업체로선 이러한 중지작전을 해나가는 것 같은 사태는 바람직
한 건 아니지만, 만일의 경우란 게 있읍니다. 경영자로선 충분한 연
구가 있어야만 되겠습니다. 이러한 중지작전을 쉽게 소화할 수 있
을 정도라면 평소의 운영은 눈부신게 있을 것입니다.

다만 이러한 것도 있습니다. 평소엔 별로 진가를 발휘않지만, 비
상시에만 몰라볼 만큼 강하다고 하는 일종의 특기를 갖고 있는 사람
이 있는 것입니다. 이것은 양자의 상태의 사이에 비상한 차이가
있다는 것을 식별이 돼 있지 않아서 그런거라 생각이 됩니다.

〔原文〕 故善用兵者 譬如率然. 率然者常山之
蛇也. 擊其首則尾至 擊其尾則道至
擊其中則首尾俱至 敢問 兵可使如率
然乎. 曰可. 夫吳人與越人相惡也. 當
其同舟而濟遇風 其相救也. 如左右手.

〔역주〕 **常山**：恒山이라고도 한다. 恒

率然：상산의 사는 뱀.

〔해석〕 그런고로 용병을 잘하는 자는 예를 들면 솔연(率
然)과 같다. 솔연(率然)은 상산(常山)의 뱀이다.
그 목을 때리면 즉 꼬리가 가고, 그 꼬리를 때리
면 즉 머리가 간다. 그 중간을 때리면 즉 수미(首
尾)가 함께 간다. 구태여 묻는다. 병은 솔연(率
然)과 같이 하면 가한가? 말하기를 가하다. 저 오
인(吳人)과 월인(越人)은 서로 미워하지만, 그가
배를 같이 타고 건너면서 바람을 만나게되자, 그 서
로 구해주기를 좌우(左右)의 손과 같다.

●대의

솔연(率然)이란 것은 얼른이란 의미의 형용사지만, 여기서는 그
러한 뱀의 이름입니다. 상산(常山)이란 것은 중국의 오악(五岳)의
하나에 들어가는 유명한 산으로서, 현재 하북성곡양현(河北省曲陽
縣)의 서북에 있는 것입니다. 상산의 뱀은 전설에 나타나는 대사
(大蛇)로 행동력이 엄청나게 빨라서 무서운 괴사(怪蛇) 입니다.
사람들이 이것을 솔연(率然)이라 부르면서 무서워했다고 합니다.

교묘한 용병법은 예를 들어 보면 솔연(率然)이란 뱀과 같습니다. 솔연이란 것은 상산에 살고 있는 뱀인데, 이건 대가리를 치면 꼬리를 갖고 치고, 꼬리를 치면 머리로 덮칩니다. 가운데를 치면 머리와 꼬리가 한꺼번에 덤벼듭니다.

병사를 움직이는데 솔연뱀과 같이 하면 어떻겠느냐 한다면, 그것이 좋다고 답변을 하겠습니다. 그 이유는 오나라의 사람과 월나라의 사람은 대단히 사이가 나쁘다는건 여러분이 아시다시피의 형편입니다. 그 오나라 사람과 월나라 사람이 같이 배를 타고 도중에서 질풍을 만나서 그 배가 엎어지게 되었다고 가정합시다. 그러한 때는 평소의 미움이나 반감은 간곳이 없어지고 함께 배가 엎어질려는 것을 막을 것입니다. 마치 한사람의 인간이 두 손을 쓰는 것 같이, 일치협력을 할 것임에 틀림이 없습니다.

서로 적대시하는 오나라와 월나라 사람도 그러한 것입니다. 인간도 위급하게 되면 수미상응하는 일을 할 소질을 반드시 갖고 있는 것입니다. 그것을 잘 끄집어 내어서 쓰느냐 못쓰느냐가 용병의 잘하고 못하는 게 되는 것입니다.

● 풀이

막판에서 발휘되는 초자연적인 이상한 힘을 어떻게 그렇게 되는가를 분석해 보려고 합니다. 돌풍을 만난 배의 예는 신통한 비유입니다. 지금까지 오월동주(吳越同舟)란 말이 남아있습니다. 막판에는 어떻게든지 해서 이것을 벗어날려고 공통의 의지로 모두가 완전히 결합되어 일심동체란 모양이 되어 움직이는 것이 위기를 빠져나가는 것이 되는 거라 생각이 됩니다.

바른편이 맥이 빠지면 왼편이 뛰어가서 도우고, 왼편이 맥을 못추면 바른편에서 도우려 오는 상산의 뱀같은 활동이 사지전을 버티어 나가게 하는 최대의 이유로서, 일견 이상한 힘이 나오는 것같이 생각이 되어도, 결코 이상할 것은 없고 전체가 하나가 되어 움직이는 강력함이 그 본체일 거라 설명하고 있는 것입니다.

〔原文〕 是故方馬埋輪　未足恃也. 齊勇若一　政之道也. 剛柔皆得　地之理也. 故善用兵者　携手若使人　不得已也.

〔역주〕 **方馬埋輪**：말을 매어 타지 못하게 하고, 수레의 차륜을 매장하여 움직이지 못하게 함.

〔해석〕 그런고로 말을 방(方)하고 윤(輪)을 묻는 것도 아직은 믿는데 부족하다. 용(勇)을 함께 해서 하나같이 되는 것은 정(政)의 도이다. 강유(剛柔) 모두 얻는 것은 지의 이(理)이다. 그러니 용병(用兵)을 잘 하는 자는 손(手)을 잡는 것이 한사람을 쓰는 것 같은 것은 어쩔 수가 없다.

●대의

방(方)은 뗏목같이 뜨는 것. 윤(輪)은 차륜(車輪)이다.

이러한 일치협력체제란 것은 군마(軍馬)를 한줄로 세우고 고삐를 잇는다든지, 병차의 차바퀴를 흙중에 묻어서 멋대로 움직이지 못하게 하는 등의 외적인 강제(强制)를 보고 눈의 모양만을 만들어 안심시키는 것 같은 성격의 것은 아닌 것입니다.

용자는 버티고 약자는 뒤로 뺑소니를 치는 것 같은 부동(不同)을 없이 하고, 전부가 한결같이 한몸과 같이 해버리는 것은 오직 군정(軍政)의 힘입니다.

강용(剛勇) 유약(柔弱), 여러가지 타입의 병정들을 거기 상당하게 전원을 잘 써먹는 것은 지의 이(利)와 맞춰서 하기 때문입니다. 구지(九地)에 저마다 적당한 책(策)을 쓰기 때문입니다. 이것을 바꾸어 말한다면 이상적인 용병의 법으로써, 각자의 손을 잡은 것 같이 나가는 것도 물러서는 것도 보조를 통일하게 하는, 마치 한사람의 인간과 같이 움직인다고 하는 것은 자연 그렇게 하지 않을 수 없는 구조로 하기 때문입니다.

강제해서 되는 건 아닙니다. 자연의 추이(推移)로 그렇게 되어간다. 이게 요결입니다.

● 풀이

눈을 크게 뜰만한 무서운 활동이란 것은 강제에 의해서 생겨나는 건 아닙니다. 짜고 하는 연기(演技)와 같이 얄팍한 것이 아닌터이라, 일하는 사람들이 본연의 욕구로 맹목적으로 움직이는, 그게 자연의 이(理)에 적합한 경지(境地)를 현출(現出)하지 않으면 안되는 것입니다.

거기 작위(作爲)의 그림자같은 건 전연 발견되지 않는, 높은 곳에서 낮은 곳에 물체가 굴러가는 것 같은, 그러한 것이 아니면 안되는 것입니다. 더구나 각자가 덮어놓고, 방향을 정하지 않고 움직였다간 아무것도 안됩니다. 자연 목적을 향해서, 하나의 방향에 일사불란(一絲不亂)하게 움직이는 게 아니어서는 도저히 성취되는 게 아닙니다.

작위를 하지 않고 그리고도 일정한 방향을 갖게 한다고 하는, 이 호흡을 몸에 지니는 것이 고급간부로서의 중요한 요령일 것입니다.

〔原文〕 將軍之事　靜而幽　正而治. 能愚士卒

之耳目　使之無知　易其事　革其謀
使人無識　易其居　迂其途　使人不得
慮.

〔역주〕 **靜以幽** : 태도가 진정하고 생각함이 깊고 차분하다.

正而治 : 법을 세움이 엄정하고 처사가 잘 간추려짐.

〔해석〕 장군의 일은 정(靜)하면서도 유(幽)하게, 정(正)이
면서 치(治)한다. 능히 사졸(士卒)의 이목(耳目)
을 어리석게 하고, 이것을 알지 못하게 하고, 그 일
을 바꾸고, 그 모(謀)를 고치고, 사람으로 하여금
알지 못하게 하고, 그 거처를 바꾸어 그 길을 멀게
하고, 사람으로 하여금 여(慮)하지 못하게 한다.

● 대의

유(幽)는 분명하게 모른다는 글자입니다. 장군으로서 노력하지
않으면 안되는 것을 말해보면 다음과 같이 될 것입니다.

침착냉정(沈着冷靜), 속 깊은데가 있어서, 게다가 경위를 밝혀
서 통치합니다. 기밀에 속하는 것 같은, 군사 같은 것을 일체 하
졸들의 귀에는 들어가지 않게 이것을 귀머거리로 만들어 둡니다. 한
번 한 것은 반복안하게 하고, 앞서 써먹은 모략(謀略)은 재차 쓰
지 않도록 해서 자기편에도 작전의 진실을 모르게 합니다.

그 때문에 작전본부의 장소를 언제나 바꿔보기도 하고, 거기 가
는 통로도 되도록이면 꼬불꼬불해서 알기 어려운 길을 선택하는
등, 되도록이면 정체를 파악하기 어렵게 했습니다. 이게 장군의 요
령입니다.

● 풀이

알리지 말고 의지하게 하라가, 당시부터의 위정자의 요령이지만, 이것은 현대에서는 통용 안되는 것 같습니다. 그러나 기밀을 요하는 대본이면 역시 알지 못하게 하는 게 요체(要諦)임에는 변함이 없는 것 같습니다. 다만 알리지 않는 것만으론 사람들은 따라오질 않습니다. 의지하게 하는 신뢰감을 갖게 하지 않아서는 안되는 것이 잊어서는 안될 조건입니다.

모략(謀略)을 반복해서는 안된다는 것, 한번 써먹은 작전은 좀처럼 이것을 다시는 쓰지 않는다는 것도 중요한 요령입니다. 일반의 노름, 바둑, 장기 등 대가(大家)의 대국같은 것도 이것은 필요조건이 돼있다 합니다만, 한번 성공한 방법은 좀처럼 그 맛을 잊어버리기가 어려운 것으로 힘에 겨울 때는 나도 모르게 같은 방법에 손이 뻗친다고 합니다.

초심자일 때에는 그 수밖에 모르니까 그렇게만 두지만, 거긴 반복만 있고 발전이 없습니다. 언제까지나 오직 한군데를 빙빙 돌게됩니다.

싸움의 경우도 경영의 경우도 똑같은 말을 할 수가 있는데, 환경의 조건에 맞춰서, 그 당면한 국면마다 진지한 고심, 공부를 거듭하지 않으면 안된다는 것입니다. 조용하고도 유(幽)한 명인, 달인(達人)의 경지에 통하는 게 없어선 안된다는 얘기도 할 수가 있을 것입니다.

〔原文〕師與之期　如登高而去其梯. 師與之深
　　　　入諸候之地　而發其機　若驅群羊　驅
　　　　而往　驅而來　莫知所之. 聚三軍之衆

投之於險　此將軍事也.　九地之變　屈
伸之利　人情之理　不可不察也.

〔역주〕 **發其機** : 싸움의 기회가 도래함. **屈伸之利** : 어느 것이 유
리한가를 판단하는 것. **人情之理** : 인간의 심리.

〔해석〕 이끌고 이것과 여(與)를 기(期)할 것, 높은데 올라
서 그 제(梯)를 거(去)함과 같다. 이끌고 이것과
함께 깊이 제후(諸侯)의 땅에 들어가 그 기(機)
를 발할 것, 군양(群羊)을 쫓는데 쫓아가고, 쫓아
오고, 가는 곳을 모름과 같다. 삼군(三軍)의 중을
모으고, 험(險)에 투하고 이게 장군의 일이다. 구
지(九地)의 변, 굴신(屈伸)의 이(利), 인정(人情)
의 이(理), 살피지 않으면 안된다.

● 대의

기(期)함은 예기한다든지 각오한다든지 하는 것, 기(機)를 발함
은 물(物)의 발동(發動)을 다스린다는 것으로, 기운(氣運)의 변
화를 일으키는 게 별안간 모양이 달라진다는 것을 의미합니다.

막상 군단을 이끌고 적지에 깊이 들어가서 일을 일으키려고 하
는 바에는 양치는 자가 양의 무리를 치듯, 갈때도 올때도 다만 양
치는 자의 회초리를 따라 맹종하는 것과 같지 않으면 안되는 것입
니다.

전군을 몽땅 사지에 몰아넣습니다. 거기 있는 건 지휘자의 가슴
속의 호흡이야말로 장군의 생명일 것입니다. 변통자재한 구지(九
地)의 법의 쓰는 솜씨, 진퇴굴신(進退屈伸)의 거래, 그 사이 인간
의 미묘한 심리감정 등을 밉살스러울 정도로 알고 있는 게 필요

합니다. 장군된 자의 진가(眞價), 참면목이란 게 발휘된 것은 이
러한 때입니다.

● 풀이

사지에 들어간 경우에 활동하는 사람들의 심리적인 움직임은 지
금까지 충분히 관찰돼 있다고 생각하지만, 이것을 다만 형편되는대
로 두어서는 문제가 안될 것입니다. 이것을 잘 알아가지고 자연
의 세란 것에다 어떤 방향을 만들어 준다는 움직임이 최고수뇌부
에게 기대됩니다.

여기서 손자는 교묘한 예를 들고 있습니다만, 양치는 목자가 양
의 무리를 쫓을 때의 기법(技法)이, 군중을 이끄는 요령으로써 일
정한 방향으로 양의 무리를 향하게 하는 것은 결코 위협이나 명령
으로는 잘 안되는 것입니다.

군중 그 자체를 잘 알고 있지 않으면 안됩니다. 활동하는 사람들
이 모여서 하나의 힘이 되어있을 경우의 그 자연스러운 움직임
이란 것을 잘 분간해 놓지 않으면 안되는 것입니다. 소수의 사람이
라면 하나하나를 손을 잡고 이끈다는 수법도 가능하지만, 큰 집단
에선 이건 안됩니다. 오히려 개개는 자기가 가는 곳을 모르는 군
양(群羊)이라도 상관없습니다. 오히려 군양(群羊)으로 있게 하는
게 좋다고까지 말할 수 있습니다.

다만 중요한 것은 군양을 몰아가는 목자의 숙련된 수완이 수뇌
부에 없다면, 파국은 그대로 진짜의 파국으로 끝나는 위험이 강하
다는 것입니다. 더구나 이러한 경우의 집단은 온순한 양은 아니고,
어느정도 흥분하고 있는 맹수(猛獸)와 같은 존재일 때가 많을 것
입니다. 이것도 잊어선 안될 것입니다.

4

〔原文〕 凡爲客之道　深則專　淺則散. 去國越
境而師者　絶地也. 四達者　衢地也.
入深者　重地也. 入淺者　輕地也. 背固
前隘者　圍地也. 無往所者　死地也.

〔역주〕 **絶地** : 본국과 격리된 땅. 즉 외국의 땅. **四達** : 사방으로
길이 트인 곳. 즉 교통이 아주 편리한 곳.

〔해석〕 대체로 객(客)이 되는 도(道)는 깊으면 즉 전(專)
하고, 옅으면 즉 흩어진다. 나라를 떠나고 경(境)
을 넘어 원정(遠征) 감은 절지(絶地)이다. 사달(四
達)함은 구지(衢地)이다. 들어가기를 깊이함은 중
지(重地)이다. 들어가기를 옅음은 경지(輕地)이다.
고(固)를 등에 애(隘)를 앞둠은 위지(圍地)이다. 갈
곳이 없음은 사지(死地)이다.

● 대의

여기는 완전히 앞에 게재한 구지(九地)의 법의 복습입니다. 그
것을 간추려서 한번 더 얘기한 것이고, 독립된 의미가 따로 있는
건 아닙니다. 앞의 것은 구지란 것에 대해서 그 저마다의 정세의
성격을 설명한 것이지만, 그 뒤의 것은 완전히 중복을 하는 것도
있는 것 같지만, 이러한 구지(九地)에서의 장군, 수뇌자가 주의할
점을 표현을 '달리, 다소 착안점을 달리해서 재인식이 필요한 점

을 설명하려는 것이겠죠?

● 풀이

이미 말씀드린 것과 똑 같고, 특별히 새로 해설할 게 없습니다.

〔原文〕 是故散地 ·吾將一其志. 輕地　吾將使
　　　　之屬. 爭地　吾將趨其後. 交地　吾將
　　　　謹其守. 衢地　吾將固其結.

〔역주〕一其志 : 아군의 군심을 전쟁에 전념하게 만드는 것. 使之
屬 : 귀속하게 한다. 趨其後 : 陣地의 후방에 달려감.

〔해석〕 이런고로 산지(散地)에는 나는 장차 그 의지를 하
　　　　나로 하려 한다. 경지(輕地)에서는 나는 장차 이
　　　　것을 속(屬)하려 한다. 쟁지(爭地)에서는 나는 장
　　　　차 그 뒤로 가려고 한다. 교지(交地)에는 나는 장
　　　　차 그 수비를 조심하려 한다. 구지(衢地)에서는
　　　　나는 장차 그 결(結)을 굳게 하려 한다.

● 대의

구지(九地)에 있어서 수뇌자의 요령은 지금까지 여러가지로 말
씀드린 터이지만, 또 한번 중점이 될 만한 것 하나씩을 들어서 말
을 한다면 다음과 같이 됩니다.

산지(散地)에서는 무엇보다도 여러사람의 심정을 하나로 통일하
는데 노력해야 합니다. 경지(輕地)에서는 되도록이면 밀집대형
을 취하게 합니다. 쟁지에선 상대를 거기서 끄집어 내서 뒷자리에
앉히는 걸 노립니다. 교지의 경우엔 충분히 수비에 중점을 두겠습

니다.

구지(衢地)에선 접촉하는 나라들과 우의를 맺는데 전념(專念)
합니다.

●풀이

이미 말씀드린 것과 같읍니다.

〔原文〕 重地　吾將繼其食.　圮地　吾將進其途.
　　　　圍地　吾將塞其闕.　死地　吾將示之以
　　　　不在活.　故兵之情　圍則禦　不得已則
　　　　鬪　過則從.

〔역주〕 **繼其食**：아군의 식량이 重地에서 단절됨이 없게 한다는 뜻.
　　　　進其途：행군의 길을 전진하여 통과한다는 뜻.

〔해석〕 중지(重地)에서는 나는 장차 그 식(食)을　이으려
　　　　한다.　비지(圮地)에서는　나는 장차 그 길을 나가
　　　　려고 한다.　위지(圍地)에선 나는 장차 그 궐(闕)
　　　　을 막으려 한다.　사지에서는 나는 장차 거기 보이
　　　　기를 살지 않는 것으로 하려 한다.　그런고로 병
　　　　(兵)의 정(情)은 포위되면 즉 막고, 어쩔 수 없으
　　　　면 즉 싸우고 과(過)하면 즉 따른다.

●대의

적지에 깊은 중지(重地)라면 양식을 대는 게 큰일이 됩니다.　거
친 비지(圮地)에서는 얼른 지나가 버려야 됩니다.　팔방이 막힌 위
지(圍地)에선　적이 만든 함정이 있는 한쪽의 혈로(血路)를 내 스

스로 막고, 사지와 같은 전법을 씁니다. 사지가 되면 도저히 살아날 가망이 없으니까 죽을 각오를 시키는 게 첫째입니다.

이상과 같이 병정이란 것은 완전히 포위되어 이제 도주할 수가 없다고 깨달으면 싫어도 한사코 싸우는 자, 그밖에 방법이 없다는 게 되면 필사적으로 싸울 뿐이고, 위기도 도를 지나 이미 절대절명이 되면 자기란 것을 잊어버리고 이쪽에다 맡겨버린다는 심사가 됩니다. 이게 인정이고 인간의 본성입니다.

●풀이

인간이 갖고 있는 본래의 약점, 어떻게도 제어할 수 없는 본능적인 것, 이것조차도 최악의 싸움이란 사태에선 활동하지 않으면 안된다는 것입니다. 그 활용은 순응할 때도 있고, 역용할 때도 있습니다. 이것은 당면하는 그 곳, 그곳의 정세에 따라서 적당하게 판단을 하고 곧 실시하지 않으면 안된다는 것입니다.

〔原文〕 是故不知諸候之謀者　不能預交. 不知山林險阻沮澤之形者　不能行軍. 不用鄕導者　不能得地利. 四五者不知一非覇王之兵也.

〔역주〕 鄕導：정세를 자세히 알고 있는 자가 남을 위하여 길을 인도하여 주는 것. 四五者：此三者의 오기로 보고 있다.

〔해석〕 그런고로 제후의 모(謀)를 모르는 자는 미리 사귀지를 못한다. 삼림험조저택(山林險阻沮澤)의 형을 모르는 자는 군을 이끌지를 못한다. 향도(鄕導)를 안쓰는 자는 지(地)의 리(利)를 얻지못한다. 45의

1 이라도 모르면 패왕(霸王)의 병이 아니다.

●대의

45는 4에 더하기 5로 9, 구지(九地)를 말합니다. 패왕(霸王)
은 패자(霸者), 천하를 쥐는 권력자라든지 왕자란 의미.

근린제후의 모략의 지식이 없는 사람과는 손을 잡아서는 손해
라든지, 삼림·험소난소(險所難所)·습지(濕地) 등의 지리적인 지식
이 없으면 군을 움직이는데 어렵다든지, 현지인의 길잡이를 붙잡
지 않으면 시종 자리를 잡지 못한다든지 하는 것을 군쟁편(軍爭
編)에서 말씀드렸지만, 이러한 지식에 구지의 지식이 없어선 안됩
니다.

이 구지의 법 가운데서 하나라도 빠진 게 있으면 도저히 천하를
취할만한 병법이 될 수는 없다고 단언합니다.

●풀이

객관정세와 인간심리의 관계, 이 두개의 것을 결부시켜서 생각
할 수 없는 사람에게는 도저히 천하는 얻지 못한다는 얘기입니다.

객관정세의 변화는 진실로 민감하게 이것을 켓치합니다. 그러한
일종의 특기를 갖고 있는 사람이 있습니다만, 다만 그것만으로는
특기에 불과합니다. 사람은 이런 사람을 정보원(情報員)이라 말합
니다. 또 뭐든지 알고 있다. 진실로 여러가지 지식을 갖고 있지만,
돈을 버는 데는 전연 무능한 사람도 있습니다.

사람을 움직여야할 때와 그곳의 정세에 응해서 사람을 움직이
는 요령을 잘 결부시키는 재능을, 이러한 사람은 갖지 못하기 때문
입니다. 알고 있는 것도 언제나 중요합니다. 움직이는 법, 움직이게
하는 법을 분간하고 있는 것도 중요합니다. 그러나 이 양자를 관련
시킬 수 있는 재능이 없어선 참 사업은 성취시킬 수 없다고 말할
수 있습니다.

5

〔原文〕 夫霸王之兵　伐大國　則其衆不得聚.
威加於敵　則其交不得合.　是故不爭天
下之交　不養天下之權　信己之私　威
如於敵.　故其城可拔　其國可墮.

〔역주〕 **大國** : 자기 나라보다 강대한 국가.

〔해석〕 대체로 패왕(霸王)의 병은 대국(大國)을 치면, 즉
그 중이 모이지를 못한다. 위(威), 적에 뻗치면,
즉 그 교, 맞지를 않는다. 그런고로 천하(天下)의
권(權)을 기르지 않고 자기의 사(私)를 신(信)하고
위(威) 적에 뻗친다. 그런고로 그 성을 뺏을 수 있
고 그 나라는 타(墮)할 수 있다.

● 대의

　권(權)을 양(養)하지 않는다는, 권력의 증강에 도움을 주지 않
는다는 것, 사(私)를 신(信)해서는, 단독의 힘을 느린다는 것으로
서, 타(墮)한다는 것을 깬(破)다는 의미입니다.

　한번 천하를 쥔 패왕의 군세가 막상 딴 대국을 치게 되면, 그 세
력이나 관록(貫祿)에 눌려서 상대국의 민심이 하나로 결집되지 않
게 되고, 그 위력이 적국에 뻗치는데 따라서 그 나라와 보통 친교
를 맺고 공수동맹을 하고 있는 나라들도 접근하지 않게 됩니다.

　이렇게 되니까 다투어서 이러한 천하를 쥐는 강국(强國)의 세력

하(勢力下)에 참가하거나 해서 그 조력을 기대한다는 것 같은 정책을 취하고, 함부로 이러한 강국의 세력의 증강에 손을 내미는 것 같은 짓은 안하는 게 좋습니다.

● 풀이

같은 값이면 다홍치마란 말이 있는데, 권력자(權力者)의 힘을 빌린다는 것은, 뒤집으면 그 권력자를 더욱더욱 크게하는 게 됩니다. 여기 독점자본의 폐단이 생깁니다. 가능하다면 어디까지나 자력을 중심으로 뻗어나고 싶은 것이지만, 근대의 자본경제기구에서는 그렇게만은 안될 것입니다.

그러나 큰 경제기구와 관련을 갖는다는 것은 모든 점에서 좋기도 하지만, 그 압력을 받는 위치에 있게 되는 것은 충분히 계산에 넣어서 짜놓지 않으면, 이렇게 되는 게 아닌데 하기 쉽습니다. 이용한다는 것은 이용을 당하는데 불과하다는 것만은 잘 알고 행동을 해야만 됩니다.

독립자존은 이상합니다. 이상과 현실은 일치 안됩니다. 현단계의 경제기구에선 함부로 이상적인 형태만 추구한다는 것은 전시대적인, 소박단순한 생각이란 게 됩니다만, 이론적으로는 이 손자의 착안은 올바르다고 해야만 되겠습니다.

〔原文〕 施無法之賞 懸無政之令 犯三軍之衆若使一人. 犯之以事 勿告以言. 犯之以利 勿告以害

〔역주〕 無法之賞 : 상례의 규정에 없는 파격적인 후한 상. 犯之以事 : 유리한 면을 들어 격려한다.

〔해석〕 무법(無法)의 상을 주고 무정(無政)의 영(令)을 현(懸)하면 삼군(三軍)의 중(衆)을 써먹는 것이 한 사람을 쓰는 것과 같다. 이것을 쓰는 일로, 분부를 하는데 말로써 하지 말 것. 이것을 쓰는데 이를 갖고 하고 고(告)하는 데는 해(害)를 갖고 하지는 말라.

●대의

무법(無法)의 상(賞)이란 임시의 상을 줄 것, 무정(無政)의 영(令)은 얼른 얘기를 하면 전시의 임시 특별법이라고나 할까, 평소의 법령을 적당하게 수정, 환골탈태(換骨奪胎)를 해도 상관없습니다. 현(懸)은 당시의 풍습으로, 정령(政令) 같은 건 판(板)에 써서 높은 곳에 걸어서 게시했습니다. 고지판(告知板) 같은 형식을 취한 데서 써먹은 표현입니다.

여기서 얘기는 일전(一轉) 해서, 여기서 전지(戰地)의 장군의 하사졸 등의 쓰는 법에 대해서 방법론에 옮아갑니다.

전장에서는 평소의 규율은 통하지 않습니다. 정세에 따라서 그때 그때 적당하게 상을 주고, 또는 평소엔 위법도 묵인해 주고, 또 평상시에 없던 법령을 내도 좋습니다.

이렇게라도 안하면 많은 군대를 통솔 못합니다.

전쟁에서는 만사가 묵묵히 실행 이론은 소용이 없습니다. 다만 행위가 있을 뿐입니다. 설명도 변명도 교훈도 없습니다. 행위가 그대로 말이 됩니다.

또 병사들에게는 전투의 유리한 면만 알리게 하고, 손실 손해같은 것은 일체 덮어둬도 좋습니다. 이것은 전장에서 하는 거니까 평소와는 다릅니다.

● 풀이

산업(産業)이나 기업(企業)은 평상시의 것이다. 전시의 그것과는 분명한 일선(一線)이 있습니다. 평시는 어디까지나 합법적이 아니면 안됩니다.

이것을 쓰는데 일을 갖고 하고, 고하는 데는 말을 갖고 하지말라는 불언실행(不言實行)이란 의미로 썼습니다만, 불언실행은 자기 자신의 행동에 대해서 하는 얘깁니다. 이것이 타에 미치면 이것은 독재(獨裁)가 됩니다. 아마 반민주적인 방법입니다. 전시대적인 방법입니다.

그러나 평상시에는 절대로 피해야만 되는 수단 방법이라도 일단 비상시에 부딪치면 원칙대로 중의(衆意)를 듣고, 사태의 처리에 기회를 놓친다는 폐단이 있을 것입니다. 암만해도 이러한 독단전행(獨斷專行), 어느 일부의 생각을 전체에 미친다는 비상수단이 필요합니다.

그러나 이것은 자꾸 반복되어서는 안 되는 수단입니다. 평소와 비상시의 경계를 분명히 하는 것을 잊지 말고, 그리고 한번 큰일에 부딪치면 이러한 독재적 전제를 강행하고, 잘못이 없을 만한 판단력을 연마해 두지 않으면 안된다고 할 수 있습니다.

그리고 또하나 소중한 것은 이러한 경우의 독재전제에 의해서, 만일 일을 잘못했을 때에 그 책임의 추구가 내몸에 들어닥칠 것을 두려워하고, 우를 보고 좌를 보고, 결단을 망설이는 일이 있어선 안됩니다. 이러한 때에 단연 책임을 지고, 단호한 처치를 할 만한 각오와 용기가 없어선 안됩니다. 평소에는 함부로 휘두르지 않는, 특별한 최후의 용기를 갖고 있다는 게 됩니다.

〔原文〕 投之亡地然後存 陷之死地然後生. 夫衆

陷於害　然後能爲勝敗.　夫爲兵之事
在順詳敵之意　併敵一向 千里殺將.
是謂巧能成事

〔역주〕 **順詳敵之意** : 신중하게, 또는 謹愼하여의 뜻.

　　　陷方害 : 위해. 위험

〔해석〕 이것을 망지(亡地)에 던져서 비로소 존(存)하고, 이
　　　것을 사지(死地)에 빠뜨린 후에 산다. 대체 중(衆)
　　　은 해에 빠져서 그런 후에 능히 승패를 결단한다.
　　　도대체 병사(兵事)란 적(敵)의 의를 순상(順詳)
　　　하는데 있고, 적을 일향(一向)에 합쳐서, 천리장
　　　(千里將)을 죽인다. 이것을 잘해서 능히 일을 이
　　　룬다고 말한다.

●대의

망지(亡地)는 멸망의 땅, 사지(死地)와 같은 의미. 순상(順詳) 한
다는 것은 상대를 대항하지 않고 상대가 움직이는 대로 한다는 의
미. 일향(一向)에 합친다는 외줄기길에 들어가게 한다. 밖에 변화
의 방법을 강구할 여지가 없는 한정된 방향에다 움직임을 통일한
다는 것입니다.

막판의 지경이 되면 거기 비로소 활로가 생기는 거로서 소위 결
사적이 되어야 살길도 터진다는 것입니다. 대중이 선미로서 생사
의 귀로 절대절명의 막판까지 다가서면, 거기서 참으로 승부를 결
단할 진지성이 나타납니다.

이 심리는 전장에서도 살려서 써야만 됩니다. 거기는 상대의 움
직임이 순응하는 게 첫째입니다. 상대가 나가면 이쪽이 물러선다.

상대가 물러서면 이쪽이 진격한다. 하나하나, 자세하게 상대의 뜻을 알아보고, 그 의도에 대응하면서 진퇴합니다. 이러한 방법을 취하면서도, 서서히 상대를 하나의 방향으로 몰아넣는 것입니다. 이렇게 하면 천리밖의 적장도 친다는 결과가 가능해집니다.

이 싸움이 무리없이 자연스럽게, 교묘하게 행해져야만 큰 승리를 기대할 수가 있는 것입니다.

●풀이

이러한 막다른 장면에서의 기적적인 승리에 한해서 전기담같은 데서는 야단을 하는 거지만, 그러한 세상의 소문, 얘기꺼리가 될만한 싸움은 진짜가 아니라는 게, 본래의 손자의 주장이었던 것을 생각해내시기 바랍니다.

정정당당한 전쟁이 싸움의 마땅한 모습이지만, 싸움의 일면에는 이러한 것도 있는 것입니다. 이러한 다른 두개의 면이 적절한 때에 활용이 될 때에 필승의 길이 생긴다는 것입니다. 기업의 수뇌자도 평시형과 전시형의 두 종류가 있고, 그 양쪽에 통용하는 타입은 좀처럼 적지만, 그래선 병신이 됩니다. 화전(和戰), 어느쪽이든 어떤사태라도 놀라지 않을 만한 주의가 있어야 됩니다.

〔原文〕 是故政擧之日　夷關折符　無通其使
屬於廊廟之上　以誅其事. 敵人開闔必
亟入之. 先其所愛　微與之期. 踐墨隨
敵　以決戰事

〔해석〕 그런고로 정거(政擧)의 날 관(關)을 이(夷)하고 부(符)를 꺾고, 그 사(使)를 통하지 않고 랑묘(廊廟)

의 위에 려(厲)하고,　그리고 그 일을 주(誅)한다.
적이 개합(開闔)하면　반드시 극(亟)이 여기 들어
간다. 그 사랑하는 곳을 먼저 하고, 회미하게 이것
을 기한다. 묵(墨)을 밟고,　적을 따라 그리고 전
사(戰事)를 결한다.

● 대의

정거(政擧)의 날이란 것은 개전(開戰)의 묘의(廟議)가　결정되
는 날이란 것, 관(關)을 이(夷)하고는, 국경을 폐쇄한다는 것.　부
(符)를 겪고는 통행증을 폐기한다는 것이니, 일체의 교통을 봉쇄
한다는 것입니다.

랑묘(廊廟)는 조정이란 말. 주(誅)하고는 책(責)과 한가지로, 책
임을 지운다는 의미입니다. 개합(開闔)은 두장의 문을 말합니다.
두자를 계속해서 움직임이란 의미로 봐서 잘못은 없을 것 같습
니다. 묵(墨)을 밟(踐)고는 먹줄대로 한다는 뜻이라, 정식대로 한
다는 의미입니다.

이상 얘기한 것을 요약하면, 막상 개전이 되면 먼저 국경을 막아
버리고, 일체의 교통을 정지합니다. 비록 상대편의 군사, 외교사절
이라 해도 입국을 허락하지 않습니다. 그중에는 최고회의가　정려
(精勵)되고, 최고책임자 총사령관이 결정이 되는 단계가 됩니다.

상대국의 동정에 변화가 생기면 곧장 거기 틈타고 들이밉니다.
한편, 적의 급소, 제일 소중한 곳이나 물건을 발견하고, 상대의 움
직임을 따라서 변통자재하게 전투를 해나가는 것입니다.

● 풀이

싸움은 언제나 질풍작전(疾風作戰)이지만, 그러한 상태에 들어
가기 전에 반드시 순서가 있습니다. 국교단절(國交斷絶),　국경봉

쇄, 조의(朝議)의 결정, 최고지휘관의 임명 등도 그렇지만, 이러한 것
도 크게 보면 일종의 사지적인 막다른, 사지작전과 통하는 데가
있다는 얘기가 하고 싶었던지도 모릅니다.

구지의 작전에선 그 객관정세를 따라 싸워야 할 수단이나 방법에
저마다 차이가 있는 거지만, 모든 것을 통해서 '어쩔 수 없는 지경'
의 결심과 일맥상통하는 무엇인가가 언제나 있는 거라고 하는 게
이 구지(九地) 제11편의 주장인 것 같습니다.

절대절명이란 막다른 제약이야말로 오히려 개방에 있어서는 계
기란 것, 더구나 그것을 확실한 해방에 이끌어주는 것은 올바른 정
법이며, 잘못이 없는 순서란 것이겠죠? 속담에 위태한 강을 건넌
다는 얘기가 있습니다만, 사업에는 어딘가 그러한 게 숨어있는 거
로서 그게 있기 때문에 사업에 발전이 있다고도 생각이 됩니다.

이러한 병법의 이론이 경영이나 경제판단에 도움이 된다는 것도
같은 이유에서라고 말할 수 없는 것도 아닙니다.

〔原文〕 是故始如處女　敵人開戶. 後如脫兎
　　　　敵不及拒.

〔역주〕 脫兎 : 도망하는 토끼로써 동작이 날쌘 것을 비유함.

〔해석〕 그런고로 시작은 처녀와 같이 하고 적인(敵人)이 문
을 연다. 그 후는 놀란 토끼같이 해서 적은 막아
내지를 못한다.

● 대의

탈토(脫兎)는 함정을 벗어난 토끼가 도망쳐 뛴다는 것.

막상 전쟁이 되면 최초는 조용히 몸을 지킬려고만 하는 것 같아

서, 보기에 유순한 처녀와 같기만 합니다. 그러니만큼 상대는 마음을 놓고 방비의 문을 열어버리는 것인데, 그 틈을 타고 한번 공격이 시작이 되면, 마치 놀란 토끼와 같이 신속하게, 번개같이 행동을 취합니다. 막을래야 막을 재간이 없을 만큼 **빠릅니다**. 이러한 행동은 충분한 요령이 있어야만 비로소 가능한 것, 그럴 만한 준비가 있어야 되는 재간입니다.

이 '처음은 처녀와 같이'……란 말은, 현대에서 다소 다른 의미로 쓰여지지만 원전(原典)에서는 손자의 말로, 전쟁의 요체(要諦)를 집약한 유명한 문구로 인정돼 온 것으로써, 이것은 '구지(九地) 11편'의 결어(結語)가 돼 있는 것입니다.

● 풀이

'시작은 처녀와 같이' 외견을 꾸미는 것 같이, 곧잘 해석이 되고 쓰여지기도 하지만 사실은 외모를 꾸미는 건 아니고, 그렇게 보인다는 것입니다. 보일려는 것과 보이는 것의 차이지만, 그 본질적인 면에서는 상당히 거리가 있는 표현이 됩니다.

대내적으로나 대외적으로나 결함이 없는 준비태세를 갖추고, 상대의 진퇴에 순응하면서 조용히 때를 기다리는 모습이 처녀와 같을 뿐이고, 쳐들어갈 때는 그때까지 축적된 힘이 일시에 폭발되어 '놀난 토끼같이' 되어 막을 수가 없이 되는 것이겠죠?

안으로 깊은 투지를 감추고 신중하게 만전의 책을 다해서 생각을 안으로 숨겨놓는 것이, 눈치에도 외부에 나타나지 않으니까, 상대도 깔보게 되는 것.

사실은 그 번득거리는 눈, 먹이를 노려보는 맹수와 같이 상대의 아무리 작은 움직임에도 쏠려져서 순간도 쉬지 않고, 전신경을 곤두세워서 몸으로 상대를 느끼고 있는 것입니다. 이 부동의 모습이 조용하면 조용할수록 그 긴장도는 강하다는 것입니다.

싸움에 이기기 위해선 최초부터 주도권을 쥘려고 안하는 것도 대단히 소중한 일이라 생각이 됩니다. 상대의 움직임에 따라서 움직이면서 서서히 주도체세로 갖고 간다는, '바둑'에서 말하는 '후수(後手)의 선수(先手)'를 이게 사업경영에서도 언제나 명심해야만 될 것입니다.

제 12 편

화공(火功)

1

〔原文〕 孫子曰　凡火攻有五.　一曰火人.　二曰
火積.　三曰火輜.　四曰火庫.　五曰火隊.
行火必有因.　煙火必素具.　發火有時.
起火有日.　時者天之燥也.　日者月在箕
壁翼軫也.　凡此四宿者風起之日也.

〔역주〕 **火攻** : 불을 놓아 적을 공격하는 것. **火人** : 적의 군사를 불
을 놓아 타 죽게 하는 것.

〔해석〕 손자 말하기를 대체로 화공(火攻)에　다섯가지가
있다.　一에 왈(曰) 사람을 태운다.　二에 왈(曰) 적
(積)을 태운다.　三에 왈 치(輜)를 태운다.　四에 왈
고(庫)를 태운다.　五에 왈 대(隊)를 태운다.　불(火)
을 지르는데는 반드시 인(因)하는 데가 있다.　연화
(煙火)는 반드시 본래부터 준비한다.　불을 지르는
데는 시(時)가 있다.　불을 일으키는 데는　날(日)
이 있다.　시(時)는 천(天)의 조(燥)함이다.　날(日)
은　월(月)의 기(箕), 벽(壁), 익(翼), 진(軫)에 있
다.　대체로 이 사숙(四宿)은 바람이 일어나는 날이
다.

●대의

적(積)은 축적된 양식 기타 군수품, 치(輜)는 수송차,　연화(煙

火)는 화공의 연장. 기(箕), 벽(壁), 익(翼), 진(軫)은 중국 고대의 성좌(星座)의 명칭(名稱)으로, 삼환(三垣) 28숙(宿)에 분류(分類)된 천체(天體) 중에 28숙 중의 4 숙(宿) 입니다. 28숙은 창룡(蒼龍), 현무(玄武), 백호(白虎), 주조(朱鳥)로 4 등분해서 칠숙(七宿)씩을 여기다 배(配)해서 다음 표(表)의 안에 인(印)을 붙인 것이 이 4 숙(四宿) 입니다.

蒼空(東宮)…角, 亢, <u>氐</u>, 奇, 心, 尾, 箕
玄武(北宮)…斗, 牛, 女, 虛, 危, 室, 壁
白虎(西宮)…奎, 婁, 胃, 昴, 華, 觜, 參
朱鳥(南宮)…井, 鬼, 柳, 星, 張, 翼, 軫

이런 것들은 대개가 황도(黃道) 부근에 존재하는 성좌이지만, 저마다의 별이 문화를 맡아본다든가, 길운을 다스린다든가 하는 전설적인 해석이 붙어 있어서, 이 4 숙(宿)은 바람에 관계가 있는 성좌가 돼 있습니다.

전화(戰火)란 말이 있는 것 같이, 전투에 불을 쓴다는 것은 당시부터 유효한 공격수단이 되어 있어서 이 일장이 첨가된 것 같습니다.

화공(火攻)의 방법에는 오종(五種)이 있습니다. 1 이 사람을 태우는 것이고 이것은 적진, 민가같은 것을 태우는 것, 2 가 적이 축적하고 있는 양식·군수품을 태우고, 3 은 수송차량대를 태우고, 4 가 군수품창고를 태웁니다. 5 는 적의 대열에 직접 화공을 해서, 그 대열을 혼란시킵니다. 이 다섯가지의 목적이 있습니다.

화공을 실행하는 데는 반드시 그것에 상당한 이유가 없어선 안됩니다. 날씨가 가물어서 이상건조(異常乾燥) 상태에 있다든가, 안성맞춤의 바람이 분다든지, 적진내에 내통하는 자가 있어서 쳐들어가는 실마리를 만들기 위해서라든지 여러가지 이유·원인이 이어서 하는 것입니다.

물론 화공에 필요한 도구는 미리 준비하고 있어야 할 것은 물론이지만, 그러나 그 마련이 있다고 해서 함부로 방화를 해도 된다는 건 아니고, 적당한 시와 날짜가 있는 것입니다.

시(時)란 것은 건천(乾天)이 계속되었을 때가 건조하니까 그런 시기를 말하는 것입니다. 날짜란 것은 월(月)에 기숙(箕宿), 벽숙(壁宿), 익숙(翼宿), 진숙(軫宿)이 있는데, 어느 것인가의 성숙(星宿)이 중첩이 됐을 경우입니다. 이 네개의 성숙은 옛날부터 바람이 이는 날로 알려져 있습니다.

● 풀이

화공(火攻), 수공(水攻) 같은 게 되면 현대의 우리들에겐 대체가 관계가 없는 얘기라, 이 형식의 해설도 쓸모가 없어집니다. 구체적으로는 소득이 없지만, 이것을 써먹는 요령이란 것은 반드시 우리들의 싸움에도 일맥 통하는 게 어딘가 있을 터인즉, 대강 훑어보고 지식을 기르는 도움이 되도록 했으면 좋겠습니다.

〔原文〕 凡火攻必因五火之變而應之. 火發於內則早應之於外. 火發兵靜者 待而勿攻. 極其火力 可從而從之 不可從而止.

〔역주〕 因 : 호응하는 것. 可從而從之 : 공격하는 것이 좋을 것 같으면 공격하라는 말.

〔해석〕 대체로 화공(火攻)은 반드시 오화(五火)의 변에 의해서 여기 응(應)한다. 화(火) 안에 나면 즉 빨리 밖과 응하라. 불이 나도 병이 조용하면 기다리

고 치지 말라. 그 불의 힘을 다하고 쫓을 수가 있으
면 이것을 쫓고 쫓지 못한다면 그만둔다.

● 대의

화공(火攻)이라 하는 것은 이상의 다섯가지로 나눠서, 그 불이
타오를 때에 적의 진형에 생기는 변조(變調)를 잘 확인해 가지고,
곧 여기다 대응책(對應策)을 취하도록 하지 않으면 안됩니다.

만일 상대의 진중에서 불꽃이 올랐다고 한다면, 이것은 적중에
내통하는 자가 있어서 이쪽을 끌어들이려는 단서를 만들려고 하
는 거니까 꾸물대지 말고 곧 외부에서 공격을 가하도록 하지 않
으면 안됩니다.

그러나 불꽃이 올랐다. 그러나 직의 쪽의 군인들에게 조금도 소
란스러운 모양이 안보이는 이러한 때는 함부로 덥비지 말고 잠시
형편을 살펴야만 됩니다. 그대로 화세가 강해지든지, 또는 곧 사
그라지고 말든지, 그 정세에 따라서 그 화재염상(火災炎上)을 이
용할 만한 기회인가, 또는 그렇지 못한가 잘 관찰해보고, 그 형편
을 봐서 공격도 하고 공격을 중지도 해야만 됩니다.

● 풀이

화재의 발생을 한 회사내의 내분(內紛)이나 쟁의(爭議)에 비겨
서 생각할 수도 있습니다. 그렇게 보면 이 조항의 해석도 그대로
적용이 될 것입니다.

상대편에 평조(平調)를 잃는데가 있다고 생각한다면, 거기 따라
서 밖에서 하는 공격태세란 것은 때리면 울리는 신속한데가 있어
야만 의미가 통하는 거지만, 그 실조(失調)의 성질이 도대체 어떤
것인가를 확인도 안하고 야단법석을 해서는 안됩니다.

어느정도 규모가 큰가 작은가, 또는 뿌리가 깊은가 얕은건가,
간단하게 고쳐질 것인가 어떤가, 그러한 것을 얼른 정확하게 판
단하는 게 무엇보다 요긴할테죠? 그 화력을 다하는 것입니다.
　실조가 오는 곳, 상대간부가 이것을 처리하는 능력이나 객관적 능
력이나 객관적인 정세의 움직임 등을 충분히 관찰해야만 됩니다.
더구나 만일 이것을 친다고 한다면 제일 유효적절한 시기를 살피
는 것도 잊어서는 안되는 조건이 될 것입니다.

〔原文〕火可發於外　無待於內　以時發之. 火
　　　　發上風　無攻下風. 晝風久　夜風止.

〔역주〕 上風 : 바람을 등진 곳. 下風 : 바람을 맞받는 곳.

〔해석〕 불 밖에 날 수 있는 건 안으로 기다림이 없고, 시를
　　　　가지고 이것을 내게 한다. 불, 상풍(上風)에 나면
　　　　하풍(下風)을 공격하지 말라. 주(晝)에 바람이 오
　　　　래면 밤에 바람은 그친다.

●대의

　정세가 오히려 밖에서 불을 지르는게 좋다고 봤을 경우엔, 특히
석진 안에서 출화(出火)같은 것을 기다릴 것도 없이, 시각과 풍
위(風位)의 관계 등을 판단하고 그럴 듯한 방법을 취하는 게 좋습
니다.
　또 불의 성질상 화재는 풍하(風下)로 향해서 번져가는 거니까,
바람받이(風上)에 발생한 화재에 대해서 그 풍하(風下)에 공격전
을 시작해서는 이쪽도 함께 불이 돌아서, 고전에 빠질 경우도 생
기니까 이건 금물입니다.

또 하나 낮에 하루종일 계속해서 바람이 그치지 않았을 때는 반드시 그 밤에는 바람이 잔다는 것도 알아둬야 됩니다.

● 풀이

외부에서 조금만 건드리면 곧 상당한 혼란이 생길 것 같은 일촉즉발이란 상태가 되어 있을 때에, 필요하다면 밖에서 문자 그대로 불을 질러서 소동을 일으킨다는 수단도 있겠지만, 이러한 때에 발화점이 될 데를 잘못보지 않도록 하지 않으면 반대로 상대를 경화(硬化)시키는데 그칠 우려가 있습니다.

또 이런 것도 있습니다. 속담에 긁어 부스럼이란 말이 있습니다. 만, 상대는 확실히 떠들썩해지겠지만, 그 영향이 이쪽에도 온다는 공통의 이해관계가 있는 점에다 손을 뻗치면 어처구니가 없는 일이 될 수도 있습니다. 이게 바람 길목에서 싸우는 것입니다.

모든 업계의 실정을 바라보면 곧잘 이 바람길목의 싸움을 구경합니다. 부당한 가격인하 경쟁도 혹은 여기 속하는 게 될 것입니다.

다음에 말할 바람과 주야의 관계는 이것은 그 나라의 지세라든지, 그 때의 기압배치 등과 밀접한 관계가 있는 거니까, 도매금으로는 얘기가 통하는 건 아닙니다만, 이러한 것을 경험칙(經驗則)이라 말합니다. 경험칙이란 과거의 경험이 통계적으로 가르쳐주는 일정한 법칙입니다. 이것은 무시못한다 생각이 됩니다.

다만 경험칙(經驗則)만 신봉하는 건 위험합니다. 그때 그때의 객관정세와 자세하게 겨눠보고 판단하는 게 절대로 필요합니다. 호황(好況)·불황의 교대같은 것도 여러가지 말이 있는 것 같지만, 이런 것도 되도록이면 들어둘 일입니다.

〔原文〕 凡軍必知五火之變 以數守之. 故以火

佐攻者明　以水佐攻者強.　水可以絕
不可以奪.

〔역주〕 **以數守之** : 상황을 헤아려서 수비하라는 뜻. **以火在攻者明**
　　　: 화공으로서 아군의 공격을 돕는 것은 현명하다는 뜻

〔해석〕 대체로 군은 반드시 오화(五火)의 변을 알고, 수를
가지고 이것을 지킨다. 그런고로 불로 공격하는
것으로 도우는 건 분명하고, 물을 가지고 치는 건
강(强)이다. 물은 끊을 수 있지만 빼앗지 못한다.

● 대의

수(數)는 실수(實數)란 것으로써 이장(章)의 서두에 나타난 사
숙(四宿)이라든지, 전후(前後)의 천후 등의 관계의 실지(實地)적
인 고려(考慮)란 의미입니다.

다섯개의 목표를 지니는 화공(火攻)이란 것은, 상대를 공격하는
수단이란 것은, 반대로 말한다면 그대로 내편이 받을 공격의 수단
이기도 합니다. 그러니 이것에 대해서는 충분한 지식을 갖고 있는
것과 동시에, 그때 그때의 실제에 맞춰서 만전의 경계를 할 만한
준비가 없어선 안됩니다.

보조수단으로서 화공을 시작하면 더욱 뚜렷한 승리를 얻게 될
것이고, 수공(水攻)도 비슷한 보조수단으로서 충분히 강력한 것
입니다. 다만 화공(火攻)과 수공(水攻)은 양도(糧道)나 탈출(脫出),
연락(連絡), 구원(救援), 출격(出擊) 등을 봉쇄해 버린다는 것은
되지만 상대가 갖고 있는 것을 잃게 한다는 면에는 적당치 않습니
다. 이게 불과 물의 차이입니다.

●풀이

공격하는 편의 무기는 그대로 공격을 받는 경우의 유력한 상대편의 무기입니다. 이것은 전편의 병법지식을 통해서 말할 수 있는 것이지만, 이쪽에 공격할 뜻이 없고, 그 필요도 없다고 생각해도, 언제 어디서 어떤 상대에게 공격을 받을는지 모르니까, 언제나 거기 대응할 만한 지식을 기르고, 어느 정도의 시책을 마련하고 있지 않으면 안된다고 말할 수 있을 것입니다.

암만해도 어쩐지 좀 쓴것 같은 느낌이지만, 수공편은 고립작전이라고나 할까, 상대를 고립상태에 몰아넣는 전법입니다. 이것은 이쪽이 상당히 강력하지 않는 한 효과가 없습니다.

더구나 완전한 포위대형을 취하지 않으면 안되니까, 한군데라도 빠질 길을 남겨둬서는 의미가 없으니까, 기업전으로서는 힘은 들고, 소득은 적의 전술에 속합니다. 특히 상대가 지구력(持久力)이 있을 때는 오히려 피하는 게 좋을는지도 모릅니다.

2

〔原文〕 夫戰勝攻取 而不修其功者凶. 命曰費留. 故曰. 明主慮之 良將修之 非利不動. 非得不用. 非危不戰.

〔역주〕 修 : 닦아 다스림. 닦아서 경계함. 功 : 성과, 결과.

〔해석〕 대체로 싸워서 이기고 공격해서 취하려고 그 공(功)을 닦지 않는건 흉(凶)하다. 비류(費留)라고 말한다. 그런고로 말하기를, 명주(明主)는 이것을

려(慮)하고, 양장(良將)은 이것을 닦는다고 이(利)
가 안되면 움직이지 않는다. 얻는 게 아니면 쓰지
않는다. 위태하지 않으면 싸우지 않는다.

●대의

비류(費留)란 것은 경비의 소모(消耗)가 뒤로 끈다는 것입니다.
싸우면 이길 것 공격하면 취할 만한 것. 이것은 당연한 얘기지만
싸워서 이기지 못하고, 공격해도 취하지 못한다면 그거야말로 최
악이겠죠? 이것만큼 화딱지 나는 일은 없을 것입니다. 이것을 불
러서 비류(費留)라고 말합니다. 나라의 경비의 장기소모에 불과하
기 때문입니다.

그러니 경솔하게 일을 일으키지 말고, 충분히 생각고려한 후에
비로소 군을 움직이는 게 명군(明君), 확실한 전과(戰果)를 기대할
수 있는 것을 양장(良將)이라 불립니다.

확실히 나라의 이익을 안보는 한에는 함부로 덤비지 않고, 뭔
가 얻는 게 없는 한 좀처럼 용병을 하는 전쟁이란 최후 수단에 나
가지는 않는 것, 또 나라의 안위(安危)에 관계가 되는 사태가 아닌
이상 싸우는 건 절대로 피하는 게 좋습니다.

●풀이

이가 없이는 덤비지 않습니다. 소득이 없이는 쓰지 않는다. 위
대하지 않고는 싸우지 않는다는 이 3개조는 그대로 기업전의 제목
으로도 좋습니다. 그중에 어느 하나가 빠져도 절대로 전투적인
행동을 일으키지 않는 게 좋습니다.

물론 단순한 농담에 불과하겠지만, '이를 보고도 안하면 용이
없는 것이다'는 말을 하는 사람이 있지만, 돈을 번다는 것을 하나
의 목적으로 덤빈다는 건 안됩니다. 얻는다는 말을 이상적으로 해

석하면, 개인이 얻는다는 것만이 아니고 사회가 얻는다. 사회적인
요구를 충족시켜 준다는 게 됩니다. 원컨대 그렇기를 바랍니다.

〔原文〕 主不可以怒而興師. 將不可以慍而致戰
合於利而動　不合於利而止. 怒可以復
喜　慍可以復悅　亡國不可以復存　死
者不可以復生　故明主愼之　良將警之.
此安國全軍之道也.

〔역주〕怒 : 성냄. 良將 : 어진 장군.

〔해석〕주(主)는 노(怒)로 사(師)를 일으켜서는 안된다.
장(將)은 분심으로 전투를 해서는 안된다. 이(利)
가 되면 움직이고, 이가 안되면 그친다. 노를 가지
고 또 기뻐하고, 분심으로 즐거워하지만 망국(亡
國)은 다시 서지 않는다. 죽은 자는 다시 살지 않는
다. 그런고로 명주(明主)는 이것을 삼가하고, 양장
(良將)은 이것을 경계한다. 이것이 나라를 안정시
키고 군을 온전케 하는 길이다.

●대의

국주(國主)란 것은 단지 화가 난다든지, 괘씸하다든지 하는 정
도로 정토(征討)의 군을 움직여서는 안됩니다. 장군도 그렇습니
다. 화가 나는 대로 전쟁에 뛰어들어선 안됩니다.

나라의 이가 될 때에 비로소 움직이고, 그게 합치 안되면 중지
하고 맙니다. 일단 노는 풀어지고, 또 기분이 좋아질 날은 올 것입

니다만, 한번 멸망한 나라는 두번 다시 있지 않고, 한번 죽은 사
람은 다시 살아나지 않습니다.

　명주(明主)·명군(明君)이란 사람은 이점에 되도록이면 신중하게
처신할 것이고, 양장·명장이라 불리는 사람은 이점에 최대의
경계를 기울일 것입니다. 그렇게 돼야 나라는 편안하고 군(軍)은
안전합니다.

● 풀이

　사업이나 경영에 감정은 절대 금물입니다. 쇠와 같은 냉정이 만
사를 지배합니다. 경영자, 수뇌부라 해도 인간입니다. 이게 인간으
로 좋으면, 인간이 아니어서는 안되는 면과, 절대로 인간이어서는
안되는 면이 있는 것입니다.

　하물며 일시적인 화딱지가 난다는 감정으로 경솔하게 일을 처
리하는 건, 천만의 말씀인 것입니다. 비록 그게 공분이건 결과는 사
분과 같은 결과가 됩니다. 대의명분(大義名分)이 있고 없고가 문
제가 안됩니다.

　동기는 여하간에 그 행동이 감정의 지배를 받고 있다간 만사는
허탕입니다. 어디까지나 타산 또 타산, 냉철에다 더하기 냉철만이
사업경영자의 본태가 아니어서는 안됩니다. 말할 것도 없이, 이 타
산은 눈앞의 욕심 같은 작은 게 아니고 크게 대국을 보는 타산입니
다.

제 13 편

용간(用間)

1

〔原文〕 孫子曰　凡興師十萬　出征千里　百姓
之費　公家之奉　日費千金　内外騒動
怠於道路　不得操事者　七十萬家　相
守數年　以爭一日之勝. 而愛爵祿百金
不知敵之情者　不仁之至也. 非人之將
也. 非主之佐也. 非勝之主也.

〔역주〕 興師 : 군사를 일으킴. 군대를 동원함. 公家之奉 : 국가가
공급하는 것. 相守 : 서로 버티고 있음. 爵祿 : 봉급.

〔해석〕 손자는 말하기를 대체 사(師)를 일으키기를 십만
(十萬), 나가서 정(征)하기를 천리(千里)이면 백
성(百姓)의 비용, 공가(公家)의 봉(奉), 하루에
천금(千金)이 들고, 내외소동(内外騒動)하고 도로
(道路)에 태(怠)하고, 사(事)를 조(操)하지 못하
는 자 70만가(萬家), 상수(相守)하기를 수년(數年),
그리고는 일일(一日)의 승(勝)을 다툰다. 그런데
작록(爵祿), 백금(百金)을 아껴서 적정(敵情)을
모르는 것은 불인의 지(至)이다. 사람의 장(將)
이 아니다. 주(主)의 좌(佐)가 아니다. 승리의 주
(主)가 아니다.

●대의

백성의 비(費)란 것은 일반인민에 부과(賦課)되는 군역(軍役), 강제노동, 전시과세(戰時課稅) 등의 출비부담이란 것 '공가(公家)의 봉(奉)은 국가부담의 전비나 봉록(俸祿)입니다. 내외소동이란 것은 내(內)는 국내, 외는 전지(戰地)인 외지, 소동은 소연(騷然)한 활동, 쉴새도 없는 심한 노동이라고 하는 의미입니다.

도로에 태(怠)한다는 것은 전쟁터와 본국과의 수송에 피로해서 발이 잘 떨어지지 않는다는 것. 다음 일을 조(操)하지 못한다는 것과 70만가(萬家)란 말에 대해서는 잠시 당시의 정전법(井田法)이란 제도를 소개하지 않으면 이해가 안된 줄 믿습니다.

고대중국의 제도에는 일리평방(一里平方)을 정자형(井)으로 9등분해서, 중앙의 한구역을 공전이라 하고, 그 수확을 조세로서 공납한다는 제도였다. 나머지 8구역(八區域)은 이것을 한가족씩에게 주어서 경작을 시키고, 그 수확은 사유소득이 되는 터였지만, 중앙의 한구역의 공전은 이러한 팔가족(八家族)의 노동력을 공출해서 공동노작을 했습니다.

전쟁이 터지면 이 여덟가족의 한 단위 안에서 의무로 한사람의 청년을 군인으로서 징집했습니다. 이 징병자를 안 내는 칠가족(七家族)은 군수품수송에 동원되어, 여러가지 물자를 공출할 책임을 지게 되었습니다. 문자 그대로 거국처세였습니다.

따라서 십만의 군사를 일으키게 되면, 군무 이외의 참전자는 70만 가족이란 계산이 됩니다. 사(事)를 조(操)한다는 본업에 종사한다는 의미이고, 작록(爵祿)은 관위(官位)의 봉급(俸給)을 말합니다.

만일 여기 십만의 병을 움직이고 천리의 먼길에 파병을 했다고 가정(假定)합시다. 그 때문에 소비되는 일반국민의 출비, 국가지출을 합산하면, 매일 거액인 돈을 쓰는 것만이 아니고, 내지, 외지

를 불문하고 상하로 소동이 생기고, 국민전체가 지치고, 본업을
내던져야 하는 집이 70만가에 달합니다.

적과 대응해서 으르릉대는 상태로 수년을 끈 나머지, 수없는 준
비, 막대한 전비의 결과가 단 짧은 시일의 승패를 겨루는 전투를
하는 거니까, 관위(官位)나 봉록(俸祿)을 아껴서 적정의 정찰을
넉넉하게 하지 않고 싸움에 들어가는 건 덜돼먹기도 여간이 아니라
해야만 될 것입니다.

이래선 장군이라 할 수도 없고, 군주(君主)를 보좌하는 그릇도
아니고, 또 승리(勝利)의 자리의 주인공(主人公)이 될 수 없다고
해도 과언은 아닐 것입니다.

● 풀이

일장공성만골고(一將功成萬骨枯)라 하지만, 공이 이뤄질지 안
이뤄질는지는 결과의 문제입니다. 비록 공이 안 이루어져도 전쟁
이란 것은 병사와 국민의 피의 한 방울까지 다 말라버리도록, 전
부의 모든 정력을 다 써버리고 맙니다.

이렇게 큰 희생을 내는 전쟁엔 사전의 충분한 조사가 필요하다
고 하는 게 이용간편(用間編)이 돼 있는 것입니다. 이것을 사업경
영에서 말한다면 조사에 해당됩니다. 충분한 조사없이 그 위에 수
립된 기획만큼 위험한 것은 없을 것입니다. 날카로운 판단, 소위
'짐작'이란 것도 필요하지만, 이 짐작의 뒷받침이 되는 조사가 있
어서 비로소 올바른 판단이 된다는 것을 잘 분간하고 있어야만
합니다.

〔原文〕 故明君賢將 所以動而勝人 成功出於
衆者 先知也. 先知者 不可取於鬼神.

不可象於事. 不可驗於度. 必取於人知
敵之情者也.

〔역주〕 **象於事** : 전에 있었던 상례의 상태대로 想定하는 것. **驗於
度** : 일정한 법칙에 의거하여 이루어 증험함.

〔해석〕 그런고로 명군현장(明君賢將)이 움직여서 남보다
뛰어나고, 공을 세우기를 뭇사람을 압도하는 까닭
은 먼저 알기 때문이다. 먼저 아는 것은 귀신(鬼
神)에 취해선 안된다. 사(事)에 상(象)해서도 안
된다. 도(度)를 험(驗)해선 안된다. 반드시 사람
에게 취해서 적의 정(情)을 아는 자이다.

●대의

귀신(鬼神)에 취한다는 것은 신불(神佛)의 탁선(託宣) 같은데다
판단의 근거를 발견한다는 것. 사(事)에 상(象)한다는 것은 전연
세계가 다른 딴 일에 맞춰서, 그 유사(類似)만을 단서로 판단을
한다는 의미. 도(度)에 험(驗)한다는 것은 당시의 풍습대로 귀복
(龜卜)이라고 거북의 갑(甲)을 불에 구어서 그 갈라지는 거로 점
을 한다는 것을 얘기한 것 같습니다. 이것은 일월성진(日月星辰)
의 운행도를 해석해 가지고 점성(占星)하는 설도 있는데 어느거나
좋겠습니다. 취(取)는 징(徵)하는 것입니다.

옛날부터 명군현장(川君賢將)이란 사람은 한번 움직이면 반드
시 만사람에 뛰어나고, 전승(戰勝)의 훈공을 성취하는 것도 모든
사람에게 걸출(傑出)했다는 것도, 모두가 먼저 상대편의 실정을
충분히 예지한 후에 일으켰기 때문입니다.

예지(豫知)한다고 해도 신불(神佛)의 탁선(託宣)에 의해서 미

견(未見)의 일을 판단한다든지, 다른 일에 비유해서 괜한 판단을
한건 아닙니다. 하물며 점성(占星)이나 거북의 갑판단(甲判斷) 등
으로, 이 천하의 대사가 결정될 게 아니니까, 어디까지나 인력으
로 적의 실정을 탐지해야만 됩니다.

● 풀이
예견(豫見)이란 것은 정 어려운 것입니다.
사전조사(事前調査) 그것도 구체적이고 과학적인 게 아니면 안됩
니다. 손자는 지금 그 얘기를 시작한 것입니다.
어떤 일을 할려고 할 때 넉넉하게 사전조사(事前調査)를 합니
다. 일은 의외로 쉽게 아무런 사고도 없이 무사하게 끝났습니다.
되돌아보니까, 별로 사전조사같은 것 안해도 같을 뻔 했다고 생각
이 됩니다. 이렇게 되면 조사에 소비된 시간과 비용이 전연 낭비가
되는 것 같이 생각이 됩니다.
그러나 이러한 조사없이 일을 착수했을 때와 비교하면 괜한 길
을 돌아가지 않게 되고 훨씬 지름길을 걸어서 목적지에 도달하고
있는 것을 깨닫게 됩니다. 최악의 경우를 생각하면 난관에 부딪쳐
서 막혀 버렸을는지도 모릅니다. 어떤 큰 손실이 들어닥쳐을는지
도 모릅니다. 그것을 무사하게 빠져 나간거라면 조사에 기울인 노
력이나 비용같은 건 싸게 먹힌 것입니다.
아마 손자의 시대는 이러한 길흉(吉凶)의 점(占)이란 것이 진짜
로 존중을 받아 채용되고, 때문에 관직조차 있고, 만사가 점역(占
易)에 의해서 결단되고 있었던 터입니다. 그러한 가운데서, 단연
이러한 '사람으로 적의 정보를 안다' 그런 자만이 명군(明君), 현장
(賢將)이었다고 단언(斷言)한 손자에게 경의(敬意)를 표해야 되겠
습니다.

〔原文〕 故用間有五 有鄉間. 有內間. 有反間.
有死間. 有生間. 五間俱起 莫知其道.
是謂神紀. 人君之寶也.

〔역주〕 **鄉間** : 그 고장 사람을 間者로 기용한 자. **內間** : 적의 관
리를 매수하여 간첩을 삼은자. **死間** : 이편에서 일부로 허
위의 일을 하여 이편의 간자로 하여금 그렇게 알고 적에게
전언, 또는 누설하게 하는 자. **生間** : 적지에서 정보활동을
하고 살아서 돌아 와 보고하게 하는 간첩.

〔해석〕 그런고로 간(間)을 쓰는데 다섯가지가 있다. 향간
(鄉間)이 있다. 내간(內間)이 있다. 반간(反間)이
있다. 사간(死間)이 있다. 사간(死間)이 있다. 생
간(生間)이 있다. 오간(五間)을 모두 일으켜서 그
도(道)를 아는 자가 없다. 이것을 신기(神紀)라 말
한다. 인군(人君)의 보배다.

● 대의

향간(鄉間), 내간(內間), 반간(反間), 사간(死間), 생간(生間)
에 관해서는 차조(次條) 이하에 하나씩 해설될테니까 각각의 의미
는 그쪽으로 넘깁니다. 신기(神紀)의 기(紀)는 강기(綱紀), 계통
을 세워서 다스린다는 의미로, 신기(神紀)라는 것은 신묘불가사
의(神妙不可思議)한 경륜(經綸)의 재능이란 뜻입니다. 이 경우는 절
묘한 천재적인 용간(用間)의 기능이란 의미로 봐도 될 것입니다.
적정을 정찰하는 첩보활동(諜報活動)에는 다섯 종류가 있습니다.
이름지어 향간(鄉間), 내간(內間), 반간(反間), 사간(死間), 생간

(生間)이라 부릅니다. 이 5종류의 첩보활동을 동시에 기용(起用) 해서 또는 바꿔놓고, 고쳐끼고 자꾸만 써먹으면 어떤 방법으로 적정을 입수하면 되는가, 적에도 이쪽에도 전연 분간이 안되는 것 입니다.

이것을 귀신이 하는 일 같다고 말할는지 모르지만, 이거야말로 국보적인 존재라 생각하지 않으면 안됩니다.

● 풀이

조사라 말하면 정면으로 정정당당한 모습을 상상하지만, 스파이 활동이 되면 은밀(隱密) 이하는 보통이 됩니다. 그러나 실제로는 조사와 스파이의 한계점이 자꾸만 희미해진 겁니다.

그러나 최근과 같이 고성능의 계산이란 것이 인간을 구사하게 되면, 어떤 가정의 명제를 기계에게 주어, 모든 경우의 변화를 예상하고 그 해답을 기계가 계산해내게 되면, 오문(誤聞)이나 오산(誤算)이 수반되기 쉬운 수업적(手業的)인 첩보활동에 의한 정보 수입의 분야는 점점 좁아져서, 조사에 의한 판단이란 것이 점차로 넓어져 갈 것입니다.

그러나 현실과 가정과의 사이에는 암만 해도 넘을 수 없는 선이 있으니까, 이 손자의 오간설(五間説)에도 한번은 귀를 기울일 필요가 있습니다.

〔原文〕 鄕間者 因其鄕人而用之也. 內間者 因其官人而用之也. 反間者 因其敵間而用之也. 死間者 爲誑事於外. 令吾間知之 而傳於敵. 生間者 反報也.

[역주] **反間** : 적의 간첩을 역으로 이용하여 이쪽의 간첩으로이용
　　　하는 것.

[해석]　향간(鄕間)은 그 향인(鄕人)들 중에서 이것을 쓴다.
　　　내간(內間)은 그 관인(官人)에 의해서 이것을 쓴
　　　다.　반간(反間)은 그 적의 사이에서　이것을 쓴다.
　　　사간(死間)은 광사(誑事)를 밖에서 하고,　나의 간
　　　(間)이 이것을 알고,　그리고 적에게 전하게 한다.
　　　생간(生間)은 돌아와서 보(報)하는 것이다.

　●대의
　광사(誑事)는 속인다는 글자로 허위,　거짓이란 뜻입니다.
　향간(鄕間)이란 것은 상대편의 농촌같은데의 동리사람들을　잘
써서 정보를 얻는 것입니다.　내간(內間)은 상대편의 나라의 인간
이지만 이번엔 상대의 관리입니다.　반간(反間)은 상대국의 간첩
을 역용하는 경우로서 더불 스파이라는 방법인데,　이쪽에서 달래
어서 쓸 때도 있고,　단지 가짜 정보를 주는 경우도 있을 것입니다.
　사간(死間)이란 것은 이 더불 스파이의 좀 더 복잡한 사용법으
로써,　저쪽으로 붙을 위험성이 있는 간첩에게 가짜 정보를 주어서
이것을 적에게 팔게 하는 방법입니다.　물론 위보(僞報)란 것이 틀
림없기 때문에　그 스파이는 적의 손에 사형이 될것은 확실합니다.
그런고로 사간(死間)이라 부르는 것입니다.
　최후의 생간(生間)이란 것은 상대국의 정보를 얻으면, 살아서 귀
국(歸國)해 가지고 그 정보를 자세하게 보고하는 것을 목적으로
한 수색(搜索)입니다.

　●풀이

향간이란 것은 상대의 근처의 거주자나, 출입하는 하청(下請) 업자나, 납입품(納入品)의 업자, 그밖의 음식업자라든지, 여러가지 상인들에게 정보를 얻는 방법입니다.

내간(內間)은 상대의 내부(內部)의 사람을 씁니다. 아마 매수(買收) 같은 내통(內通)이나, 연고관계 등을 활용하게 되겠지만, 기밀에 속하는 사항은 그럴 만한 상부의 역원(役員)을 달래는 것입니다.

반간(反間)은 더블스파이와 거짓정보를 제공하는 것, 두 종류가 있다는 건 전에 얘기를 했습니다. 거짓정보는 정보를 입수한다는 것 보다도, 일종 변형의 전투행위에 들어가는게 되는데, 용간의 대응책(對應策)으로선 꽤 재미가 있는 역할을 하게 되는 것 같습니다.

사간이란 게 되면, 좀 우리들의 세계에선 너무 복잡해서 실제에 용도는 없는 것 같지만, 출입하는 상인을 잘 꾀여가지고 상대편 가운데 잠입시켜서 참말같이 거짓말을 유포시킨다는 수도 있습니다. 물론 이 상인의 출입을 금지하게 될 테니까, 이것을 죽음이라 해석한다면 생각할 수 없는 것도 아닙니다.

〔原文〕 故三軍之事　莫親於間　賞莫厚於間
事莫密於間. 非聖知不能用間. 非仁義
不能使間. 非微妙不能得間之實.

〔역주〕 聖知 : 성인의 지혜. 間之實 : 첩보의 진실.

〔해석〕 그런고로 삼군(三軍)의 일은 간(間)보다 친한 것은
없고, 상(常)은 간보다 후한 건 없고, 일은 간(間)

보다 밀(密)한 것은 없다. 성지(聖知)가 아니면 간
(間)을 쓰지는 못한다. 인의(人義)가 아니면 간(間)
을 쓰지못한다. 미묘(微妙)가 아니어서는 간(間)
의 실(實)을 얻지 못한다.

● 대의

삼군을 다스리는 장군의 일 가운데에서도 스파이와 장군과의 사
이만큼 긴밀(緊密)을 요하는 건 없습니다. 호흡이 양자가 딱 맞지
않으면 잘 안됩니다. 따라서 주어지는 은상같은 것도 타와 비교
가 안될 만큼 후한 게 보통입니다.

일치는 무엇보다도 더 극비(極秘) 중에 진행됩니다. 최고지휘관
의 지속사무로서 취급됩니다. 적어도 중지(衆故)를 모으고, 게다가
모두가 검토를 가할 수 없는 문제인만큼, 장군인 자는 성지(聖知)
라 평할 만큼 훌륭한 주도(周到)함과, 맑은 영지(英知)란 것이 없
고서는 안되는 것입니다. 그렇지 못하면 간자(間者)가 써먹지 못합
니다.

이러한 어려운 일인 만큼, 여간 인덕(人德)이 있는 사람이 아니
어서는 원활하게 운영이 안됩니다. 미묘하고 용의주도한 데가 없
어선 용간(川間)의 실체란 건 파악되는 게 아닙니다.

● 풀이

사업체에서는 조사부장(調査部長) 자리에 가면 뭔가 한직(閑職)
이라도 맡아서 제일선에 물러난 것 같이 주의에서도 보고 본인도
그렇게 생각할 때가 많지만, 이것은 대단한 잘못이라 생각이 됩니
다. 조사의 일의 참 중요성을 알고 있다면, 손자의 연설을 기다릴
것 없이 이러한 생각은 없어질 것입니다.

만일 정보입수에 스파이전이 가미가 된다면 조사부장이란 사람

은 신맛도 단맛도 잘 아는 경험이 풍부한 인재를 기용해야만 됩니다.

2

〔原文〕 微哉微哉　無所不用間也. 間事未發而
先聞　間與所告者皆死.

〔역주〕 間事 : 간첩 관계의 일, 정보의 기밀.

〔해석〕 미(微)한지고 미(微)한지고, 간(間)을 쓰지 않는 곳
이 없다. 간(間)의 일이 아직 발(發)하지 않고, 그
러나 먼저 소문이 나면 간(間)이라 고하는 자는 모
두 죽는다.

● 대의

미묘 그것, 놀랄 만한 위력을 발휘하는 것. 이러한 세심의 간자
를 쓰는 법이며, 쓰기에 따라서는 어떠한 곳에서도 유효하게 간
자는 쓸 수가 있습니다.

만일에도 이러한 간첩전이 사전에 그 기구가 폭로라도 되는 경
우가 있으면, 정체가 알려진 간자는 말할 것도 없고, 그것을 들어
서 안 사람도 하나 남김없이 다 죽여버려야 되는 것입니다. 그만
큼 은밀 세심이란 것이 생명이 됩니다.

● 풀이

정보를 탐색하는데도 정보를 탐색할 염려가 있는 편도, 기밀이
새어나가는 것에는 충분한 경계를 해야만 됩니다. 실천이 되면 사

인(死人)에 입 없으니, 죽여버리면 그것으로 만사는 오케이지만, 오늘날의 사회에선 그런건 안됩니다. 그런만큼 그렇게 안되기전의 경계에 만전을 다하지 않으면 안된다고도 할 수 있습니다. 그야말로 사람을 보면 도둑이라 생각하다가 아니고, 스파이라 생각하다가 됩니다.

〔原文〕凡軍之所欲擊　城之所欲攻　人之所欲殺　必知其守將左右謁者門者舍人之姓名. 吾間必索知之.

〔역주〕守將 : 수비하는 우두머리. 謁者 : 손님을 접대하는 사람. 즉 관원.

〔해석〕대체로 군이 칠려고 하는 곳, 성중에 치려고 하는 곳, 죽이려고 하는 사람은 반드시 먼저 그 수장(守將) 좌우 알자(謁者), 문자(門者), 사인(舍人)의 생명을 안다. 내 간(間)이 반드시 이것을 색(索)해서 알게 한다.

● 대의

좌우(左右)란 것은 측근(側近), 막료(幕僚) 등을 말함. 알자(謁者)는 손님접대를 하는 비서관(秘書官)과 같은 것, 문자(門者)는 수위(守衛), 사인(舍人)은 잡부에 종사하는 사용인(使用人)을 말합니다.

싸우지 않으면 안되는 상대에 대해서 중점적으로 습격해야 될 때, 성이면 공격을 가할 처소를 조사하는 건 당연하고, 만일 인간을 칠려고 한다면 호위관의 장관 측근이나 막료는 말할 것도 없고,

비서나 말단의 수위, 잡역에 이르기까지 그 이름을 알아둘 필요
가 있습니다. 이것을 아는데는 이쪽의 간첩을 보내서, 이것을 탐
색하지 않으면 안됩니다.

● 풀이

상대를 안다고 하는 것은 사람을 아는 것이 첫째입니다. 인적구성
을 첫째로 알아둬야 합니다. 표면적인 사원인 명록만에 의한 조사
라든지 하는 겉핥기의 것으론 아직도 불충분하며, 수위, 식당의 급
사, 자동차, 트럭의 운전수에 이르기까지, 모든 인간을 조사해 둘
만한 노력이 필요하다는 게 손자류의 생각입니다.

만일 이게 자기제품의 소비층에 관한 조사라고 한다면, 수요자
층의 남녀성별(男女性別) 년령별(年令別), 직업별(職業別), 가능
하다면 그 학력·교양과 수입고까지 아는 것이 필요합니다. 가족구성
이나 지역적인 특징이라든지, 그외의 취미, 기호 등 조사해 둘만
한 항목은 많이 있을 터입니다. 이러한 조사의 수고를 아껴서 수
요의 움직임을 알려고하면, 그것은 언제나 공전하는 기상공론(氣
上空論)으로 끝납니다.

이러한 조사를 하는 하나의 방법으로써, 앙케이트를 구하는 방
법이 채택되는 수가 있습니다만, 이 앙케이트에 대해서 손쉽게 저
쪽에서 자발적으로 댓구하는 사람과, 그러한 수고를 극도로 싫어
하는 사람이 있는 터이라, 여기는 반드시 편향(偏向)이 있는 것입
니다. 그러한 편향의 오차(誤着)란 것을 수정할 만한 숫자를 파악
한 후가 아니면, 이 앙케이트 간자(間者)의 정보란 것을 조심없이
신뢰하면, 어처구니없는 오류를 범할 것입니다.

〔原文〕必索敵間之來間我者 因而利之 導而

舍之. 故反間可得而使也. 因是而知之.
故鄕間內間可 得而使也. 因是而知之.
故死間爲誑事 可使告敵. 因是而知之.
故生間可使如期.

〔역주〕 **敵間** : 적의 간첩을 이르는 말. **來間我者** : 우리나라에 와서 간첩 행위를 하는 사람을 이르는 말. **舍之** : 舍는 捨와 같은 뜻으로 놓아준다는 말. **反間** : 적을 이간시키기 위해서 자기편의 고통을 돌보지 않는 일. 반간고육지책(反間苦肉之策).

〔해석〕 반드시 적간(敵間)이 와서 이쪽을 간(間)하는 것을 찾아내어 이것에 이(利)를 주어, 인도해서 숙박을 제공한다. 그런고로 반간(反間)을 얻어 써먹는 게 가하다. 이것에 의해서 그것을 안다. 그런고로 향간(鄕間), 내간(內間)을 얻어 써먹는 게 가하다. 이것으로 그것을 안다. 그런고로 사간(死間), 광사(誑事)를 하고 적에게 고하게 한다. 이것에 의해서 이것을 안다. 그런고로 생간(生間)이 기(期)하는 대로 되게 해야 된다.

● 대의

이번에는 반간이란 것에 대해서 입니다. 적의 스파이가 잠입해 오면 만전의 수사망을 쳐놓고 여기 걸려들게 합니다. 잘 발견이 되면 뭐든지 편리를 봐주고 매수를 한다든지, 잘 유도해서 줄줄이 쪽의 숙사에 재워주도록 이끕니다. 이렇게 해서 반간(反間)을 시키는 자리로 몰아넣고 이쪽의 목적대로 써먹습니다. 이렇게 해서 차츰차츰 적의 내정을 압니다.

적의 내정을 이것으로 손에 잡힐듯 알게 되면, 향간·내간이란 것의 실마리를 만들 수도 있게 됩니다. 이것으로 더욱 자세하게 알게 됩니다. 그렇게 되면 사간(死間)의 법으로 허위를 유도하는 수도 써먹을 수 있게 됩니다. 이렇게 되면 생간(生間)도 수월하게 무사히 전보를 갖고 돌아온다는 기적도 이루어지는 것입니다.

●풀이

앞에 말씀드린 앙케이트에 대해서 빠짐없이 회답을 얻고자 해서, 무엇인가 경품을 드리겠습니다. 하는 수를 쓰는 것도 있는 듯 싶습니다만, 의논이라도 한 것 같이 회답자의 노력에도 상당하지 못할 만큼 허술한 물건일 때가 많은 것 같습니다. 이것은 비용의 관계도 있겠지만, 아마 조사의 참 가치와 필요도에 대한 인식이 부족한 정도를 폭로하고 있는 것 같아서 원통합니다.

선전전의 시대라고 해서 그러한 비용은 비교적 아낌없이 뿌릴듯 싶지만, 이러한 목표가 뚜렷하지 않는 선전은 소위 불특정다수(不特定多教)에의 작용으로, 진실로 막연한 효과를 기대할 수 있을 뿐입니다.

완전한 조사에 의해서 수요층의 실체를 파악해가지고 정확하게 표적을 쏘는 선전이라면 뿌리는 비용도 훨씬 살아오는 것은 틀림이 없어 보입니다.

하나의 항목에 대해서의 조사가 되면 그것을 발판으로 다음에서 다음으로, 심도(深度)의 조사가 가능해지리라는 것은 손자가 지적한 대로입니다.

〔原文〕 五間之事　主必知之. 知之必在於反間. 故反間不可不厚也. 昔殷之興也　伊摯在夏. 周之興也　呂牙在殷. 故惟明君賢將　能以上智爲間者　必成大功　此兵之要　三軍之所恃而動也.

〔해석〕 오간(五間)의 일은 주(主)가 반드시 이것을 안다. 이것을 아는 것은 반드시 반간(反間)에 있다. 그런 고로 반간(反間)은 후하게 하지 않으면 안된다. 옛날 은(殷)이 일어나자 이지(伊摯)가 하(夏)에 있다. 주(周)가 일어나자 여아(呂牙)가 은(殷)에 있었다. 그런고로 명군현장(明君賢將)이 능히 상지(上智)를 갖고 간(間)을 시키는 건, 반드시 대공(大功)을 이룬다. 이게 병(兵)의 요(要)로서 삼군(三軍)이 믿고 움직이는 바이다.

● 대의

은(殷)이라 함은 또 상(商)이라는 국명도 가졌다. 대체로 서력 기원전 1686년부터 1122년까지 계속된 나라였습니다. 그러나 전반은 전설적인 것이고, 중국의 좀 분명한 역사는 춘추시대 이후의 것이고, 이 시대의 것은 실은 잘 모릅니다. 이지(伊摯)는 이 상(商)의 16대 왕 탕왕(湯王) 시대에 재상(帝相)으로 윤(尹)이라 해서 이윤(伊尹)이란 게 통명(通名)이 돼 있습니다.

최초의 이(伊)는 상의 인국(隣國) 하(夏)의 나라에서 박사를 하는 사람인데, 탕왕(湯王)이 그 명성을 듣고 세 번 그를 청했더니 그 지우(知遇)에 감격한 나머지, 뒤에 왕을 도와서 고국(故

國)의 왕, 하(夏)의 걸(桀)이란 평이 나쁜 폭군을 쳐서 천하를 평정했다고 합니다. 손자는 이 사람을 일종의 간(間)으로서 취급하고 있지만, 맹자는 이 사람을 칭찬을 해서 성자(聖者) 대우를 하고 있습니다.

다음에 나타나는 주(周)는 건국 이래 14대째의 문왕(文王)이 대단한 명군으로서, 명성이 높아서 근린제국(近隣諸國)의 신망을 모으고 있습니다만, 그 아들 무왕(武王)이 또 훌륭해서 유명한 강여상(姜呂尚), 태공망(太公望)이란 사람의 도움을 받아, 앞서 나온 탕왕(湯王)의 자손인 은(殷)의 주왕(紂王)이란 폭군을 쳐서 천하를 평정했습니다.

태공망도 사실은 본래가 은(殷)나라 사람으로 늙어서 전혀 유유자적(悠悠自適), 낚시만 즐기고 있던 것을 사냥에 나갔던 문왕이 발견했다고 전해내려옵니다. 병학(兵學)의 스승으로 초빙을 받아서 무왕으로부터 그 아들 성왕도 섬겨서, 백여세의 장수를 하고 주(周) 29대의 기초를 만든 분입니다.

상지(上知)라함은 제 1 류의 재완가(才腕家)지능자를 말하는 것입니다.

얘기는 옛날 얘기가 됩니다만, 은(殷)에 성운(成運)을 갖고 오게 한 이윤(伊尹)은 원래가 멸망된 하(夏)의 사람이며, 또 주(周)의 홍륭(興隆)을 도운 태공망도 역시 이것에게 멸망을 당한 은나라 사람이었던 것입니다.

기왕 반간(反間)의 책을 행하려면 이러한 거물(巨物)을 붙잡고 오는것 같은 명군지장(明君智將)이 돼야만 건국의 위업(偉業)도, 규모가 큰 일도 이룰 수가 있다고 말할 수 있습니다. 이거야말로 병을 움직이는 요결(要訣)이며, 이만한 명지명랑(明智明朗)이 있어야만 삼군은 안심하고 움직일 수가 있는 것입니다.

● 풀이

이 결론의 일문(一文)의 인례(引例)로 이윤(伊尹)이나 여상(呂尚) 태공망(太公望)을 상지의 간(間)이라 해석하고 있는 것도, 손자가 이 간자(間者)의 실력을 얼마나 높이 평가하고 있는가를 알 수 있습니다.

앞서 말씀드린 조사나 통계라든지의 임무가 가장 중시되지 않으면 안되는 것을 의미하는 것입니다. 상지(上智)가 해야할 일인 것을 암시(暗示)하고 있는 것입니다. 조사숫자가 이 병(兵)의 요(要), 기업의 중심(中心)이며, 이것으로 모든 운영이 된다는 것이 손자병법 13편의 최후의 결어(結語)입니다.

판권
본사
소유

필승 손자병법

2014년 6월 20일 인쇄
2014년 6월 25일 발행

지은이 孫 武
옮긴이 김재하
펴낸이 최상일
펴낸곳 태을출판사
주 소 서울특별시 중구 동화동 52-107(동아빌딩내)
전 화 02·2237·5577
팩 스 02·2233·6166
등 록 1973년 1월 10일 제 4-10호

ISBN   978-89-493-0458-8   03820

• **주문 및 연락처**
  우편번호 100-456
  서울특별시 중구 동화동 52-107(동아빌딩내)
  전화 02·2237·5577 **팩스** 02·2233·6166